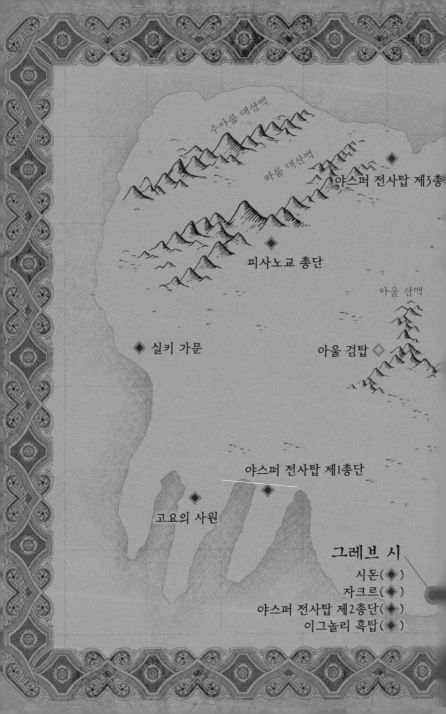

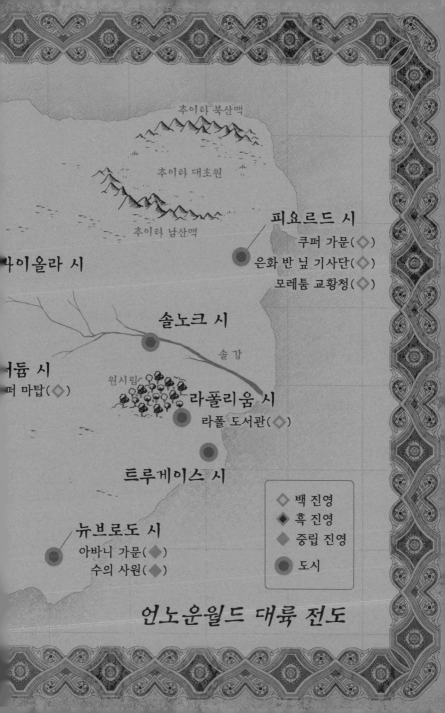

추이타 북산맥

추이타 대초원

추이타 남산맥

피요르드 시
쿠퍼 가문(◇)
은화 반 닢 기사단(◇)
모레툼 교황청(◇)

바이올라 시

솔노크 시

솔 강

버듐 시
떠 마탑(◇)

원시림

라폴리움 시
라폴 도서관(◇)

트루게이스 시

뉴브로도 시
아바니 가문(◆)
수의 사원(◆)

◇ 백 진영
◆ 흑 진영
◆ 중립 진영
● 도시

언노운월드 대륙 전도

ETAN

에탄

ORIGINAL FANTASY STORY & ADVENTURE

쥬논 판타지 장편소설

dream books
드림북스

이탄 13 내 아이디(ID)는 어쩌다 언데드

초판 1쇄 인쇄 2021년 10월 7일
초판 1쇄 발행 2021년 10월 21일

지은이 쥬논
발행인 오영배
편집 편집부
일러스트 필연
표지 · 본문 디자인 오정인
제작 조하늬

펴낸 곳 (주)삼양출판사 · 드림북스
주소 서울시 강북구 도봉로 173
대표 전화 02-980-2112 **팩스** 02-983-0660
편집부 전화 02-987-9393 **팩스** 02-980-2115
블로그 blog.naver.com/dreambookss
출판등록 1999년 3월 11일 제9-00046호

ISBN 979-11-283-7111-0 (04810) / 979-11-283-9990-9 (세트)

드림북스는 (주)삼양출판사의 판타지 · 무협 문학 브랜드입니다.

ETAN
이탄

ORIGINAL FANTASY STORY & ADVENTURE

쥬논 판타지 장편소설

13

내 아이디(D)는 어쩌다 언데드

dream books
드림북스

목차

사대신수

『성혈의 바하문트』

―신수: 날개 달린 사자

―상징: 공포

―속성: 흙(土), 피(血)

『불과 어둠의 지배자 샤피로』

―신수: 광기의 매

―상징: 탐욕

―속성: 불(火), 어둠(暗), 나무(木)

『포식자 하라간』

―신수: 투명 마수

―상징: 타락, 나태

―속성: 얼음(氷), 균(菌), 물(水)

『둠 블러드 이탄』

―신수: 냉혹의 뱀

―상징: 파멸

―속성: 금속(金), 빛(光)

발췌문

그것은 악몽의 시작이었다.

우리 몬스터들은 본디 고귀한 마나를 자연으로부터 끄집어 내어 신체를 변형시키거나, 마법적 권능을 발휘하거나, 혹은 영혼을 자유자재로 조종하는 것이 주특기였다.

이러한 축복이 하루아침에 모두 사라졌다. 음차원의 마나는 더 이상 우리에게 허락되지 않았다.

신체변형 전사는 몸을 강화할 수 없어 절망하였다.

마법 전사는 더 이상 마법을 펼칠 수 없어 괴로워하였다.

영력 전사는 영혼을 컨트롤 할 방도가 없어 미칠 지경이 되었다.

두 가지 이상의 특성을 지닌 귀족이나 세 가지 특성을 가진 왕의 재목들도 당혹스럽기는 마찬가지였다.

고귀한 마나가 중단되는 괴변은 어느 날 갑자기 우리를 덮쳤다. 결국 우리 몬스터들은 음차원의 마나를 음혼석, 즉 일종의 스톤에 저장하여 그 힘으로 버틸 수밖에 없었다.

다행히 아직까지는 음혼석의 수량이 충분하여 여러 종족들이 꾸역꾸역 버텨나가는 중이었다.

하지만 음혼석은 언젠가 수명이 다하는 소모품일 뿐.

그나마 최상급 음혼석은 스스로 마나를 만들어내기는 한다. 하지만 최상급 음혼석은 그 수량이 얼마 되지 않아 큰 의미는 없을 터, 장차 시간이 흘러 세상의 모든 음혼석이 소모되어 더 이상 신체변형도, 마법도, 영력도 사용할 수 없게 되었을 때 우리 몬스터들은 어떻게 되는 것일까?

이 괴변을 해결하기 위해서는 아무래도 우리의 세상을 벗어나 다른 차원의 상황을 살펴봐야할 것 같다.

―씨클롭 일족의 왕이 남긴 일기 가운데 발췌

제1화

전리품을 배분하다

Chapter 1

흐나흐 족의 공격과 기시항의 배신으로 인하여 알블—롭의 두 귀족인 비토와 구르토는 목숨이 간당간당했다.

다행히 제때 이탄이 등장하여 흐나흐 족을 물리치고 기시항도 포박해 놓았다.

알블—롭의 귀족들은 그제야 정신을 차리고는, 비토와 구르토를 살리기 위한 응급조치에 들어갔다.

다행히 비토와 구르토는 워낙 몸이 튼튼하고 생명력이 질겨서 곧 정신을 차렸다.

[어후우, 다행이다.]

[정말 선조님들께서 보우하셨어. 후우우.]

알블—롭의 귀족들은 겨우 안도의 한숨을 내쉬었다.

이탄이 손짓으로 코벨을 불렀다.

[코벨 단장, 나랑 면담 좀 합시다.]

이탄은 어느새 괴물수라의 모습을 벗어던지고는 다시 본래의 모습으로 돌아온 상태였다. 그럼에도 불구하고 이탄을 바라보는 코벨의 눈빛은 어두운 심연 속의 괴물을 대하는 듯 질려 있었다.

[나를 불렀소? 아니, 불렀습니까?]

코벨이 이탄에게 쭈뼛쭈뼛 다가왔다.

이탄이 바닥에 나뒹구는 의자 2개를 가까이 끌어당겨 코벨 앞에 놓았다.

[코벨 단장, 거기 좀 앉아 보쇼.]

[이탄 님, 무, 무슨 용무입니까?]

코벨이 당황하여 말을 더듬었다.

알블—롭의 귀족들은 바짝 긴장하여 이탄의 행동을 주시했다. 그들은 혹시라도 이탄이 코벨을 해칠까 두려워했다.

오직 머록과 아일라만이 이게 어떤 상황인지 짐작했다.

'이탄 님이 공적 정산을 요구하시려나 보구나.'

'이탄 님께 정산을 빨리 해드리는 게 좋지. 암, 그렇고말고.'

머룩과 아일라는 이탄의 다음 행동을 예측했기에 한결 편한 마음으로 상황을 지켜보았다.

과연 그들의 예상대로였다. 이탄의 입에서 배분 이야기가 흘러나왔다.

[내가 이 행성에 오기 전에 알블─롭 일족과 계약을 하지 않았겠소. 단장도 기억하시오?]

[예. 기억하고말고요.]

[그 계약에 따라 전공 점수 산정과 전리품 배분을 받고 싶소. 단장이 좀 해주쇼.]

[아! 해드려야죠. 바로 해드리겠습니다.]

코벨은 그제야 이탄의 목적을 깨닫고는 떨리는 가슴을 겨우 쓸어내렸다.

이탄이 주섬주섬 계약서를 꺼냈다.

[이 계약서에 따르면 나는 거래에 참여하는 것만으로도 상급 수프리 나무의 뿌리 두 가닥을 받기로 되어 있소.]

[당연히 드립니다.]

코벨이 냉큼 대답했다.

이탄이 바닥에 수북하게 쌓인 머리통들을 가리켰다.

[코벨 단장이 세어보면 알겠지만, 나는 흐나흐 족의 귀족 10명을 찢어 죽였소. 흐나흐의 전사는 261명을 해치웠지. 마지막으로 흐나흐의 전사 1명과 배신자 귀족 한 명을 생

포했소. 이 공로를 전부 인정하시겠소?]

[물론 인정합니다. 흐나흐 귀족 10명이니까 3,000점. 흐나흐 전사 261명 곱하기 한 명당 3점씩이니까 총 783점. 이탄 님께서 배신자 귀족 한 명을 생포하셨으니까 400점. 적의 전사 한 명도 생포하셨으니까 4점. 따라서 이탄 님이 받으실 총 점수는 4,187점. 그런데 셈하기 쉽게 4,200점을 이탄 님께 드리겠습니다.]

[오! 이제 보니 단장은 꽤 좋은 분이구려. 하하하.]

이탄의 얼굴이 활짝 폈다.

코벨은 고작 점수 13점을 더 얹어주었다고 기뻐하는 이탄을 보면서 웃어야 할지 울어야 할지 모르겠다는 표정을 지었다.

홀로 살아남아 포로로 잡힌 흐나흐 일족 전사도 괴상한 표정을 지었다.

[이제 다음으로 넘어갑시다.]

이탄이 기시항에게서 빼앗은 아공간의 문을 꺼내들었다.

[전공 점수 산정이 끝났으니 이제 전리품을 배분해야지. 코벨 단장, 이 아공간의 문 안에 들어 있는 보물들은 내가 주도적으로 얻은 전리품이 맞지요?]

아공간의 문 안에 들어 있는 물품들은 알블—롭 일족이 이번 거래를 위해서 탈탈 끌어 모은 귀중품들이었다.

이탄의 주장대로라면 알블—롭 일족은 그 귀중한 물품들 가운데 50퍼센트를 이탄에게 내놓아야 했다.

[그건!]

코벨의 안색이 변했다.

물론 이탄의 주장은 잘못되지 않았다. 이탄의 도움이 아니었다면 알블—롭 일족의 보물들은 고스란히 흐나흐 족의 손에 들어갔을 것이다. 이탄이 그 보물들을 되찾아 주었으니 마땅히 이탄의 몫을 챙겨주는 것이 옳았다.

[왜? 배분하기 싫소?]

이탄의 표정이 갑자기 싸늘하게 굳었다.

코벨은 황급히 도리질을 했다.

[아닙니다. 당연히 계약에 따라 배분을 해드려야지요. 다만, 그 아공간의 문 안에는 딱 하나뿐인 물건들이 있지 않습니까? 그런 걸 어떻게 반으로 나눠야 할지 고민스럽습니다.]

코벨이 구체적으로 언급은 하지 않았으나, 사실 그가 가장 염려하는 것은 신왕의 천랑회진이었다.

'이탄 님에게 천랑회진을 복사해드려야 하나? 일족의 염원을 이방인에게 내줘야 한단 말인가? 이 사태를 어쩌지?'

코벨의 이마에서 구슬땀이 흘렀다.

'후훗. 잔머리 굴리는 소리가 다 들리는구나.'

이탄이 속으로 웃음을 삼켰다. 이탄은 코벨의 속내를 훤히 들여다보았다. 이탄이 아공간의 문을 코벨에게 내밀었다.

[코벨 단장, 일단 안에 들은 물품들을 다 꺼내보시오. 그 다음에 하나씩 배분을 해봅시다.]

[예에? 아, 예.]

코벨이 아공간의 문을 개방했다. 코벨의 손을 통해 알블—롭 일족의 피와 땀이 스며있는 귀중한 보물들이 줄줄이 쏟아졌다.

파이브 스피어(Five Shpere: 오행주) 한 알.

30센티미터 크기의 퍼플 스톤 3개.

토트 족의 최상급 등껍질 2개.

최상급 수프리 나무의 뿌리 2개.

최상급 리노의 뿔 한 개.

블랙 샌드로 위장된 다크 샌드 한 줌.

오스트의 해머.

상급 수프리 나무의 뿌리 7개.

청금 1,500 킬로그램.

흑금 2,000 킬로그램(알블—롭이 가져온 흑금과 시칸에게 받은 흑금 한 궤짝을 더한 분량).

적금 800 킬로그램.

백금 800 킬로그램.

상급 음혼석 360개.

적린석 400개.

이 밖에도 중급의 음혼석 다수와 플라모 족의 깃털 수천 개, 눈알 달린 지팡이 등등이 이탄의 앞에 산더미처럼 쌓였다.

Chapter 2

마지막으로 코벨은 천랑회진의 비법이 수록된 종이뭉치를 파르르 떨리는 손으로 이탄 앞에 내놓았다.

코벨은 다른 보물들보다 천랑회진에 가장 신경을 썼다.

이탄이 먼저 말을 꺼냈다.

[우선 쉬운 거부터 해결합시다. 토트 족의 최상급 등껍질 한 개는 내가 챙기겠소. 최상급 수프리 나무의 뿌리도 내가 챙기면 되고. 블랙 샌드는 반으로 나눕시다.]

이탄은 최상급 등껍질과 최상급 수프리 나무의 뿌리를 하나씩 가져갔다. 블랜 샌드는 절반을 뚝 잘라 끌어갔다.

코벨의 눈가가 미미하게 떨렸다.

'어이쿠. 저건 블랙 샌드가 아니라 다크 샌드잖아. 여기

에 쌓아놓은 보물들 가운데 신왕님의 천랑회진을 제외하면 저게 가장 가치가 높은 물건일 게야. 하아아.'

코벨은 가슴 깊은 곳에서 한숨이 나왔다. 하지만 이탄의 앞에서 그런 내색을 할 수는 없었다.

이탄은 이어서 청금 750 킬로그램과 흑금 1,000킬 로그램, 적금과 백금 각각 400 킬로그램씩을 자신의 몫으로 챙겼다. 그 다음 상급 음혼석 180개와 적린석 200개도 자신의 앞으로 끌어당겨 놓았다.

이제 파이브 스피어 한 알, 퍼플 스톤 3개와 최상급 리노의 뿔 한 개, 오스트의 해머, 상급 수프리 나무의 뿌리 7개, 그리고 천랑회진이 남았다.

중급 음혼석과 플라모 족의 깃털, 눈알 달린 지팡이는 이탄의 관심 밖이라 건드리지 않고 내버려 두었다.

코벨의 눈길은 이 물건들 가운데 오직 천랑회진에만 고정되었다. 다른 알블―롭의 귀족들도 침을 꿀꺽 삼키며 천랑회진만 바라보았다.

이탄이 시칸에게서 빼앗은 아공간의 박스를 꺼냈다.

[코벨 단장님, 일단 이 박스도 개봉합시다. 이 안에 들어 있는 것들도 다 함께 꺼내놓고 다시 셈을 해보는 게 어떻겠소?]

[알겠습니다. 이탄 님의 밀씀대로 하지요.]

코벨이 이탄의 의견에 동의했다.

코벨은 이탄으로부터 아공간의 박스를 넘겨받아 강제로 열었다. 흐나흐 족이 가져온 보물들이 코벨과 이탄 사이에 수북하게 쌓였다.

코벨의 손에 이끌려 가장 먼저 튀어나온 것은 50 센티미터 크기의 퍼플 스톤 한 개였다. 이 퍼플 스톤은 시칸이 알블—롭 일족과 교환해서 얻은 물품이었다.

이어서 최상급 수프리 나무의 뿌리 한 개가 아공간 박스에서 나왔다. 이것도 시칸이 알블—롭 일족과 교환한 물품이었다.

유리새장 안에 외롭게 갇혀 있는 불새 한 마리. 이것 역시 시칸이 알블—롭 일족과 교환한 품목이었다.

머리에 2개의 뿔이 달린 여우의 두개골. 이 또한 물물교환의 결과물이었다.

뒤를 이어서 드디어 신왕의 토템이 등장했다.

코벨은 신왕이 남긴 늑대 토템을 아공간 박스 밖으로 꺼내놓으면서 얼굴을 푸들푸들 경련했다. 그가 아무리 마음을 진정하려고 애써도 소용없었다. 코벨의 심경이 얼굴에 다 드러났다.

코벨만 그런 것이 아니었다. 다른 알블—롭의 귀족들도 모두 다 안색이 딱딱하게 굳었다.

알블―롭 귀족들의 입장에서는 수많은 보물들 가운데에 천랑회진과 신왕의 토템이 가장 중요했다. 심지어 그들은 '이 두 가지만 온전하게 건질 수 있다면 다른 것들은 어찌 되어도 상관없다.'라고 생각했다.

[이탄 님.]

코벨이 이탄에게 간절한 눈빛을 던졌다.

이탄은 코벨의 애끓는 심정을 모른 척했다.

[코벨 단장, 흐나흐 족의 아공간 박스 안에 다른 보물들도 많이 들어있을 텐데요? 계속 꺼내보죠.]

이탄의 말은 사실이었다. 흐나흐 족은 이번 거래를 통해서 알블―롭 일족의 기를 팍 꺾어놓을 요량이었다. 그래서 오늘 이 자리에 귀하디귀한 물품들을 다양하게 가져왔다. 비록 시칸은 그 귀한 보물들을 자랑도 다 하지 못하고 죽어버렸지만 말이다.

[하아아. 알겠습니다.]

코벨이 땅이 꺼져라 한숨을 내쉬었다. 그리곤 아공간 박스 속에 들어 있는 물품들을 계속해서 꺼내놓았다.

은빛으로 번쩍거리는 비늘 8개.

비늘은 하나하나가 약 2미터 크기였다. 비늘의 포면에는 은빛 문양들이 고풍스럽게 새겨져 있는데, 그 은빛으로부터 뇌전의 기운이 쩌서적 풍겨 나왔다.

코벨이 비늘을 보고 흠칫했다.

[최상급 리노의 비늘이군요.]

리노의 비늘은 뿔에 비해서는 가치가 떨어졌다. 뿔이 비늘보다 희소성이 높기 때문이었다.

그렇다고 해서 리노의 비늘이 쉽게 구해지는 물건은 아니었다. 리노의 비늘은 공격과 방어 용도에 고루 적합하여 찾는 이들이 많았다.

'리노의 비늘도 내가 찾던 거잖아? 하하하.'

이탄의 입 꼬리가 기분 좋게 씰룩거렸다.

코벨이 아공간 박스 속에 손을 또 집어넣었다. 이번에는 1미터 크기에 푸른 문양들이 새겨진 비늘 100개가 등장했다.

[상급 리노의 비늘 100개입니다.]

코벨이 푸른 비늘들의 정체를 밝혔다. 이것도 이탄이 바라던 물건이었다.

[계속 꺼내보쇼.]

이탄이 코벨을 재촉했다.

다음으로 코벨이 꺼낸 것은 흑금이 담긴 궤짝 8개였다. 각 궤짝마다 흑금이 1,000킬로그램씩 담겼으니까 총 8,000킬로그램이나 되었다.

코벨은 여우의 꼬리도 꺼냈다. 붉고 흰 털이 탐스럽게

돋아난 여우 꼬리가 총 20개였다. 각 꼬리의 본래 크기는 100 미터가 넘었으나, 손에 쥐면 40 센티미터 이내로 바짝 줄어들었다.

아공간 박스 속에서는 토트 족의 최상급 등껍질도 추가로 등장했다. 이 귀한 물건이 무려 6개나 되었다.

[허어. 최상급 등껍질이 뭐가 이렇게 많아?]

슈이림이 탄식했다.

알블—롭의 귀족들도 흐나흐 족의 부유함에 머리가 얼떨떨했다.

이어서 등장한 물건도 알블—롭의 귀족들을 경악시키기에 충분했다.

[어억? 최상급의 음혼석이 들어 있다니! 이럴 수가.]

코벨이 조약돌을 하나 쥐고는 흥분해서 외쳤다.

최상급 음혼석은 특이하게도 상급 음혼석보다 크기가 더 작았다. 동글동글하고 하얀 조약돌 안에서 보라색 빛이 영롱하게 번뜩였다.

조약돌이 발산하는 은은한 빛은 퍼플 스톤의 색깔과 일치했으며, 그 내부에서 정제된 음차원의 마나를 끊임없이 토해놓았다.

Chapter 3

상급 음혼석은 귀한 물건이기는 하되, 소모품이라는 한계가 있었다. 상급 음혼석에 담긴 음차원의 마나를 모두 소모하고 나면 폐기처분 해야만 했다.

반면 최상급 음혼석은 반영구적으로 쓸 수 있는 보물이었다. 그러므로 최상급 음혼석과 상급 음혼석은 감히 비교도 할 수 없었다. 이건 마치 퍼플 스톤과 우드 스톤을 비교하는 것과 마찬가지였다.

안타깝게도 알블—롭 일족은 지금까지 단 한 개의 최상급 음혼석도 보유하지 못했다. 그래서 퍼플 스톤을 여러 개 가지고도 별다른 진전을 이루지 못하였다.

'그런데 만약 현자님들이 최상급 음혼석을 깊이 있게 연구한다면? 어쩌면 그분들이 퍼플 스톤을 정제하여 최상급 음혼석을 제조하는 방법을 찾아낼지도 몰라.'

코벨은 이런 상상만 해도 숨이 막혔다.

물론 알블—롭의 입장에서는 천랑회신과 신왕의 토템이 가장 중요했다. 하지만 다크 샌드와 최상급 음혼석도 그 다음으로 귀중한 물품들이었다.

'혹시 이탄 님이 최상급 음혼석에도 눈독을 들일까?'

코벨은 이탄의 눈치를 살폈다. 코벨이 보기에 이탄의 속내는 짐작이 불가능했다.

이탄이 코벨에게 물었다.

[이게 끝이오?]

[아닙니다. 아직도 안에 더 있습니다.]

코벨은 아공간 박스를 탈탈 털었다.

박스 안에서 상급 음혼석 500개가 와르르 쏟아졌다. 토트 족의 상급 등껍질도 무려 60개나 튀어나왔다.

잿빛의 기다란 털도 다섯 가닥이 나왔다.

[엉? 이건 유바의 털 같군요.]

코벨이 눈을 빛냈다.

유바 일족은 그릇된 차원에서 강자로 손꼽혔다. 비록 그들이 리노 일족이나 뽈브 일족처럼 그릇된 차원 전체를 지배하는 오대강족 안에는 들지 못하였지만, 그 다음 가는 수준은 되었다.

유바 일족의 털은 주변을 투명하게 만들고 기척을 감출 수 있기에 은신용 망토를 제작하는 데는 최고의 재료였다. 또한 유바의 털로 옷을 지으면 불에도 타지 않고 도끼도 튕겨낼 정도로 방어력이 좋았다.

그 밖에도 유바의 털은 영혼을 끌어모으는 힘이 있어서 영력을 수련하는 몬스터들에게는 아주 중요한 재료였다.

코벨이 의견을 덧붙였다.

[제 판단에 이 다섯 가닥 모두 상급 유바의 털 같습니다.]

[그렇소?]

이탄이 유바의 털에 호기심을 느꼈다. 이탄의 머릿속에는 피사노교가 동차원에 쳐들어왔을 때가 떠올랐다.

'그때 유바 일족 한 명이 피사노 쌀라싸를 측면 지원했었더랬지. 대규모 몬스터 군단을 이끌고 말이야. 그런데 그 유바 일족이 능력을 발휘하자 그의 주변의 몬스터들이 모두 투명하게 변했어.'

이탄이 잠시 과거를 회상했다.

그 즈음 아공간의 박스 속에서는 마지막으로 눈알이 하나 튀어나왔다.

[허걱! 씨클롭의 눈.]

코벨이 기함했다.

씨클롭은 리노, 뿔브, 구아로, 츄르바와 함께 그릇된 차원을 쥐고 흔드는 오대강족 가운데 하나였다.

외눈박이 종족이라 불리는 씨클롭들은 태어날 때부터 괴력을 지녔을 뿐 아니라, 외눈에서 방출하는 마력이 어마어마하여 모두들 두려워했다.

특히 최상급 씨클롭의 눈알은 최상급 리노의 뿔보다 훨씬 더 구하기 어렵기로 악명이 높았다.

지금 코벨이 꺼내든 눈알은 안타깝게도 최상급은 아니었다. 수박만 한 크기에 주홍빛으로 번들거리는 상급 씨클롭의 눈알이었다.

씨클롭 일족은 하급의 경우 하얀색 눈을, 중급은 피처럼 붉은 눈을, 상급은 주홍색 눈을 지녔다. 마지막으로 최상급 씨클롭은 노란색 눈알을 가진다고 알려졌다.

흐나흐 족은 이 가운데 상급 씨클롭의 눈알 하나를 거래장에 가져온 것이다.

이탄은 씨클롭의 눈알을 본 순간 곧바로 깨달았다.

'오호라. 루꼴의 지팡이에 박혀 있던 붉은 눈알이 이제 보니 중급 씨클롭의 눈이었구나.'

이탄의 짐작이 맞았다. 플라모의 귀족 루꼴은 아주 오래전에 씨클롭 전사의 눈알을 하나 손에 넣었다. 그리곤 그 눈알로 영력의 지팡이를 만들어서 붉은 곤충들을 컨트롤하는 용도로 사용했다.

씨클롭의 눈알을 끝으로 아공간 박스에 들어있던 물건들은 모두 공개되었다. 이탄이 코벨에게 조건을 하나 내걸었다.

[코벨 단장, 가져가야 할 물건들이 많다 보니 아공간이 하나 있으면 좋겠군요. 아공간의 문과 아공간 박스도 일종의 전리품 아니오? 그러니 둘 중 하나는 내게 넘기쇼.]

[듣고 보니 이탄 님의 말씀이 일리가 있습니다. 이탄 님께서 아공간의 박스를 가지시면 어떻겠습니까? 제가 사용법을 알려드리겠습니다.]

　코벨은 친절하게도 이탄에게 아공간 박스의 사용법을 일러주었다.

　이탄은 원래 본인만의 아공간을 소유했다. 그의 아공간 속에는 동차원의 단약과 부적, 아몬의 토템과 아몬의 현, 심지어 신비로운 큐브 아조브도 2개나 들어있었다.

　이 2개의 아조브 가운데 첫 번째 것은 이탄이 언노운 월드에서 얻은 물건이었다. 이어서 두 번째 아조브는 동차원 남명에서 획득했다.

　이탄은 이 밖에도 아조브를 하나 더 가지고 있었는데, 그것은 간씨 세가에 있기에 아공간 속으로 옮겨오지 못하였다.

　사실 이탄의 아공간은 눈앞에 쌓여 있는 모든 보물들을 담고도 빈자리가 꽤 많이 남았다. 그러니 이탄이 굳이 새로운 아공간을 탐낼 필요는 없었다.

　하지만 이탄은 알블—롭 일족들에게 자신의 아공간을 보여주고 싶지 않았다. 알블—롭뿐 아니라 세상 그 누구에게도 아공간의 존재를 들키고 싶지 않은 이가 바로 이탄이었다. 이탄이 코벨에게 아공간을 요구한 것은 바로 이런 이유 때문이었다.

이탄은 새 아공간 박스를 만족스럽게 내려다보았다. 그리곤 코벨에게 다시 시선을 돌렸다.

[코벨 단장, 이제 본격적으로 협상을 해봅시다.]

[예. 이탄 님.]

코벨은 마음을 단단히 먹고 협상에 돌입니다.

[이탄 님, 제가 솔직히 말씀드리겠습니다. 오늘의 이 전리품들 중에는 우리 알블―롭 일족이 목숨처럼 여기는 보물이 2개가 있습니다. 그 다음 중요한 물건이 3개가 더 있고요.]

코벨이 말한 가장 중요한 보물 두 가지는 당연히 천랑회진과 신왕의 토템이었다.

이어서 두 번째로 중요한 물건은 최상급의 음혼석과 파이브 스피어였다. 그 다음은 오스트의 해머를 꼽을 수 있었다.

나머지 재료들도 모두 귀한 것들이되, 알블―롭의 입장에서는 위의 다섯 가지 보물이 가장 소중했다.

물론 코벨은 마음속으로 다크 샌드를 염두에 두었으나, 그런 내색을 하지는 못했다.

Chapter 4

　[이탄 님과의 계약서에는 분명히 전리품을 5대 5로 배분한다고 되어 있습니다. 하지만 부디 우리의 입장을 헤아리셔서 천랑회진과 신왕님의 토템을 양보해주실 수는 없으십니까? 그것들은 정말 우리들에게 절실합니다.]

　코벨이 간절히 요청했다.

　이탄은 그런 코벨을 물끄러미 바라보았다.

　이탄의 대답이 다시 코벨의 뇌에게 들리기까지는 고작 몇 초 걸리지 않았다. 하지만 코벨은 그 몇 초가 몇 년은 되는 것처럼 길게 느껴졌다. 그만큼 코벨의 마음이 절실하다는 의미였다.

　마침내 이탄이 마음의 결정을 내렸다.

　[코벨 단장.]

　[말씀하십시오. 이탄 님.]

　[내가 천랑회진과 토템을 양보하면, 나머지 물건들의 분배는 어떻게 할 생각이오?]

　[아!]

　코벨의 뇌에서 탄성이 흘렀다.

　[오오오!]

　알블―롭의 다른 귀족들도 모두 감격했다.

코벨은 솔직한 마음 같아서는 이탄에게 [나머지 보물 전부를 다 가지십시오. 이탄 님은 그러셔도 됩니다.]라고 외치고 싶었다.

하지만 그럴 수는 없었다.

'최상급 음혼석은 우리도 꼭 필요한 보물이야. 현자님들이 그걸 연구하면 퍼플 스톤을 정제하여 최상급 음혼석을 제조할 방안을 찾아낼 수 있을 게야. 그러니까 최상급 음혼석은 가능하면 꼭 얻어내야 해.'

코벨은 최상급 음혼석에 대한 욕심을 버릴 수 없었다. 이어서 다른 귀중한 보물들도 코벨의 눈에 박혔다.

'저기 저 파이브 스피어는 벨린다 님의 유품이란 말이다. 오스트의 해머도 말할 것 없이 중요하다고. 아아아. 그렇게 치면 토트 족의 최상급 등껍질이나 리노의 뿔과 비늘도 우리 알블—롭 일족에게 꼭 필요하지. 그렇다면 다크 샌드는? 저것은 블랙 샌드가 아니라 다크 샌드라고. 으으읏.'

코벨의 뇌에 욕심이 샘솟았다. 솔직히 코벨은 이 귀중한 재료들을 이탄에게 내주고 싶지 않았다.

그러다 코벨이 정신을 퍼뜩 차렸다.

'헉! 내가 지금 무슨 미친 생각을 하고 있는 게야? 이탄 님이 마음만 먹으면 이 모든 것들을 다 빼앗아가도 우리 알블—롭은 되찾을 방도가 없어. 과욕을 부리지 말자. 다른 것들은 포기하더라도 천랑회진과 신왕님의 토템을 차지하면 돼.'

코벨이 이탄에게 조심스럽게 여쭸다.

[이탄 님, 만약 이탄 님께서 천랑회진과 신왕님의 토템을 양보해주신다면, 그 다음 보물의 선택권은 이탄 님의 뜻에 맡기고 싶습니다. 이탄 님께서 천랑회진과 토템을 제외한 나머지 보물들 가운데 자유롭게 고르시면 어떻겠습니까? 수량이나 품목에 상관없이 자유롭게 말입니다.]

이게 현명한 방법이었다. 괜히 코벨이 욕심을 부렸다가 이탄의 기분을 상하게 만들면 더 골치가 아파질 가능성이 높았다.

아일라와 머록은 코벨이 현명하다고 생각했다.

한편 슈이림은 속이 쓰렸다.

'크읏. 최소한 최상급 음혼석과 벨린다 님의 파이브 스피어는 제외했어야지. 하아아. 제기랄.'

그래도 슈이림은 이 말을 속으로만 삼킬 뿐 겉으로 내뱉지는 않았다. 슈이림도 돌대가리는 아니었다.

[그럼 이렇게 합시다.]

이탄은 아공간의 박스에서 나온 물건들 가운데 차원이동 통로를 뚫는 데 필요한 재료들을 모두 챙겼다.

최상급 리노의 비늘 8개.

상급 리노의 비늘 100개.

흑금 8,000 킬로그램.

최상급 토트의 등껍질 6개.

상급 토트의 등껍질 60개.

이 모든 것들이 이탄의 아공간 박스 속으로 척척 들어갔다. 이어서 이탄은 아직까지 분배되지 않고 남은 물건들을 쭉 훑어보았다.

코벨이 침을 꿀꺽 삼켰다.

이탄은 최상급 리노의 뿔부터 먼저 집었다.

[윽.]

슈이림과 카이림이 동시에 신음을 내뱉었다. 두 사촌형제는 최고급 무기를 제작할 수 있는 리노의 뿔이 아까워서 미칠 것 같았다.

이탄이 슈이림과 카이림을 힐끗 보았다.

[쓰읍.]

이탄의 눈동자 깊은 곳에서 불쾌한 빛이 치솟았다.

[죄송합니다.]

슈이림과 카이림이 목을 움츠렸다. 그들은 황급히 고개를 숙여 이탄에게 사과했다.

이탄은 최상급 수프리 나무의 뿌리를 하나 더 챙겼다. 상급 수프리 나무의 뿌리도 7개를 몽땅 가져갔다.

그래도 아직 남은 품목들이 꽤 많았다.

우선 기시항의 손에서 빼앗은 보물들만 따져도 파이브 스피어 한 알과 퍼플 스톤 3개, 그리고 오스트의 해머가 있었다.

이어서 시칸으로부터 강탈한 것이 50센티미터 크기의 퍼플 스톤을 비롯하여, 불새 한 마리, 뿔 달린 여우의 두개골, 여우의 꼬리 20개, 최상급 음혼석 한 알, 상급 음혼석 500개, 유바의 털 다섯 가닥, 상급 씨클롭의 눈알 한 개였다.

솔직히 이것들은 이탄의 관심 밖이었다.

'그래도 굳이 양보할 필요는 없겠지. 일단 챙겨뒀다가 나중에 내가 필요한 재료와 맞바꾸는 게 좋아.'

이탄은 퍼플 스톤 4개를 전부 가져갔다.

[끄으응.]

슈이림이 신음을 내뱉었다.

이어서 이탄은 파이브 스피어도 챙겼다.

'나는 법보에는 크게 관심이 없지만 나중에 오행주를 다른 사람에게 선물할 수도 있으니까 넣어둬야지.'

이탄이 파이브 스피어를 가져가자 코벨이 두 눈을 질끈 감았다.

이탄은 상급 음혼석 500개도 아공간 박스 속에 쓸어 담았다. 이어서 유리새장에 갇힌 불새도 챙기고, 뿔 달린 여우의 두개골도 집어넣었다. 유바의 털 다섯 가닥과 상급 씨클롭의 눈알도 이탄의 차지였다. 여우의 꼬리는 절반인 10개만 가져갔다.

그 상태에서 이탄이 행동을 멈추었다.

Chapter 5

코벨이 재빨리 눈알을 굴렸다.

'휴우우. 천랑회진과 신왕님의 토템을 건졌으니 일단 목표는 달성했다. 그 다음으로 최상급 음혼석과 오스트의 해머가 남았어. 여우의 꼬리도 10개가 남았고.'

이 정도면 코벨의 예상보다 훌륭했다. 코벨은 최악의 경우에 천랑회진과 신왕의 토템만 남기고 이탄에게 싹 다 내줄 마음까지 먹었다.

그러나 아직 협상은 끝난 게 아니었다. 이탄이 코벨을 빤히 바라보았다.

[코벨 단장.]

[말씀하십시오.]

[저 해머는 내게 필요가 없소만, 최상급 음혼석은 나도 욕심이 나는구려.]

[아! 그건.]

코벨의 낯빛이 변했다.

'허어, 이걸 어쩐다지?'

이탄이 최상급 음혼석에 눈독을 들이자 코벨은 심장이 덜컥 내려앉는 기분이었다.

'벨린다 님의 파이브 스피어는 상징적인 의미는 있지만 효용 가치는 낮단 말이다. 5개의 구슬이 모두 모여야 비로소 권능이 발휘되는데 이미 파이브 스피어 가운데 하나가 깨졌기 때문이지. 하지만 최상급 음혼석은 우리 알블—롭 일족의 미래를 위해서 중요한 보물이거늘. 이걸 어쩐담?'

이래저래 코벨은 머릿속이 복잡했다.

이탄은 그런 코벨의 속마음을 꿰뚫어 보았다. 이탄이 코벨을 들었다 놨다 했다.

[하지만 지금 코벨 단장의 표정을 보니 알블—롭 일족에게 최상급 음혼석이 꼭 필요해 보이는구려. 내 말이 틀렸소?]

[틀리지 않았습니다. 솔직히 말씀드려서 저희에게는 최상급 음혼석이 꼭 필요합니다. 이탄 님께서 만약 그것을 양보해주실 수만 있다면 이 은혜는 절대 잊지 않겠습니다.]

코벨이 체면도 불구하고 이탄에게 매달렸다.

이탄이 코벨에게 슬쩍 조건을 내걸었다.

[그런데 말이오. 나도 저 귀한 최상급 음혼석을 그냥 내줄 수는 없지 않겠소?]

[제가 어떻게 하면 되겠습니까?]

코벨이 간절함에 발을 동동 굴렀다.

이탄이 은근하게 코벨의 뒤쪽을 가리켰다.

[코벨 단장. 혹시나 해서 하는 말인데, 아까 전에 반반씩 나눴던 물품들 가운데 블랙 샌드 말이오. 그 나머지 절반을 내게 줄 수 있겠소? 그리고 저기 금속 투구에 내가 짜놓은 뽈브의 눈물. 그것도 원래는 반반씩 나눠야 하는데 내가 다 가지겠소. 대신 최상급 음혼석을 알블—롭 일족에게 양보하리다. 코벨 단장의 생각은 어떠시오?]

이탄이 코벨을 떠봤다.

사실 이탄은 다크 샌드의 정체를 진즉에 알아보았다. 기억의 바다에서 얻은 정보 덕분이었다.

[오오오!]

알블—롭 귀족들의 안색이 활짝 폈다.

이건 누가 봐도 알블—롭이 훨씬 유리한 거래였다. 블랙 샌드의 절반과 상급 뽈브의 눈물을 합쳐도 최상급 음혼석과 비교할 수는 없었다. 오늘 나온 물건들 가운데 천랑회진과 신왕의 토템 다음으로 중요한 보물이 바로 최상급 음혼석이었다. 최소한 코벨을 제외한 나머지 귀족들은 그렇게 생각했다.

코벨이 쓰게 웃었다.

'크윽. 저건 블랙 샌드가 아니라 다크 샌드란 말이다. 다크 샌드의 가치는 결코 최상급 음혼석에 못지않아. 오히려 그 이상이지. 그런데 혹시 이탄 님이 저 검은 모래의 정체를 알아본 것일까? 그래서 최상급 음혼석 대신 다크 샌드를 선택한 겐가? 휴우우. 어렵구나.'

코벨이 선뜻 답을 못했다.

슈이림이 황급히 코벨의 옆구리를 찔렀다.

[코벨 단장님, 왜 망설이십니까? 다른 것도 아니고 최상급 음혼석입니다. 저건 꼭 잡아야 하는 물건이란 말입니다.]

코벨이 고개를 끄덕였다.

[알고 있네. 나도 알아. 후우우우우.]

코벨은 길게 한숨을 내쉰 다음, 이탄을 바라보았다.

[이탄 님께서 선뜻 양보해주시니 고맙습니다. 블랙 샌드 절반과 뻘브의 눈물을 드리는 대신 우리 알블—롭 일족은 최상급 음혼석을 가지겠습니다.]

[나머지 잡다한 물건들이 있지 않소? 저것들도 알블—

롭에서 가지시오.]

이탄이 한쪽에 쌓인 물건들도 통 크게 양보했다. 중급 음
혼석을 비롯하여 눈알이 달린 지팡이에 이르기까지, 이런
것들도 꽤 값어치가 나갔다.

[감사합니다.]

이탄의 말에 코벨의 얼굴이 밝아졌다.

협상이 모두 끝났다.

코벨은 아공간의 문 속에 전리품들을 차곡차곡 담았다.
이탄은 이탄대로 아공간 박스를 들여다보며 히죽 미소를
지었다.

'지금까지 내가 그릇된 차원에서 수집한 것들이나 한번
정리해 볼까? 오늘 획득한 전리품들을 포함해서 말이야.'

이탄은 자신이 보유한 재화를 분류하여 한눈에 알아볼
수 있게 정돈했다.

정리된 목록은 다음과 같았다.

   1. 차원 이동을 위한 최상급 재료: 리노의 뿔 한
개, 리노의 비늘 8개, 토트의 등껍질 8개, 수프리
나무의 뿌리 2개.

   2. 차원 이동을 위한 상급 재료: 리노의 비늘 100
개, 토트의 등껍질 63개, 수프리 나무의 뿌리 10개,

상급 뿔브의 눈물 한 바가지.

3. 차원 이동을 위한 기타 재료: 흑금 9,100 킬로그램, 청금 4,750 킬로그램, 적금 400 킬로그램, 백금 500 킬로그램, 적린석 201개.

4. 별로 필요는 없지만 물물교환을 위한 재료: 50 센티미터의 퍼플 스톤 한 개, 30 센티미터의 퍼플 스톤 3개, 상급 음혼석 687개, 중급 음혼석 5개, 중급 토트의 등껍질 8개.

5. 기타 용도: 다크 샌드 한 줌, 뿔 달린 여우의 두개골, 불 속성의 오행주, 상급 씨클롭의 눈알, 불새(플라모의 귀족 헤메라), 유바의 털 다섯 가닥, 여우 꼬리 10개, 정체불명의 파란 액체 5분의 2병.

이어서 이탄은 위의 다섯 가지 분류에 따라서 아공간 박스 속의 각 슬롯들을 순서대로 다시 채웠다.

'오오오. 좋구나, 좋아.'

잘 정돈된 박스 속 슬롯들을 내려다보자 이탄의 마음이 풍성하게 자란 곡물을 바라보는 농부의 마음처럼 훈훈해졌다.

Chapter 6

사실 아공간 박스 속 재화들은 가치가 어마어마했다.

여기에 더해서 이탄은 이번에 전공 점수도 4,200점을 확보했다. 이탄이 원래 가지고 있던 점수와 합치면 총 5,000점이나 되었다.

[후훗. 거래단에 참여하기 잘했네.]

이탄은 나름 성과에 만족했다.

한편 알블―롭의 귀족들도 입이 귀에 걸렸다.

알블―롭 일족은 하마터면 흐나흐 족의 함정에 걸려서 전멸을 당할 뻔했다. 귀한 보물들도 흐나흐 족에게 모두 빼앗길 상황이었다.

그런데 기적적으로 전세가 역전되었다.

이탄의 도움 덕분에 알블―롭 일족은 간교한 흐나흐 족을 물리쳤을 뿐 아니라 간절히 원하던 보물까지 손에 넣었다. 알블―롭으로서는 한순간에 지옥을 탈출하여 천국으로 올라간 셈이었다.

우선 알블―롭의 귀족들은 꿈에 그리던 신왕의 토템을 손에 넣었다.

삼신녀가 복구한 천랑회진의 지식에 신왕의 토템이 합쳐진다면?

'그럼 우리 알블—롭은 천랑회진을 온전하게 재현해낼 수 있어. 비로소 우리 알블—롭 일족이 과거의 엄청난 무기를 되찾는 셈이라고. 으하하하하.'

코벨이 기쁨에 겨워 어깨가 절로 들썩였다.

어디 그뿐인가?

오늘 알블—롭 일족은 오스트의 해머도 되찾았다. 이것도 참으로 큰 성과였다.

거기에 더해서 알블—롭은 전혀 예상치도 못했던 최상급 음혼석까지 차지했다.

'물론 아쉬운 점도 있지. 최상급 리노의 뿔이라든가, 벨린다 님의 파이브 스피어, 그리고 퍼플 스톤 4개를 이탄 님께 내준 것은 다소 씁쓸하기는 해. 하지만 그래도 이만하면 당초의 목표를 초과 달성한 셈이야. 신왕님의 토템과 최상급 음혼석이 우리 알블—롭 일족을 다시 비상하게 만들어 줄 게야. 오.오.오! 알블—롭의 선조시여, 영령들이시여, 감사합니다. 정말 감사합니다. 으흐흑.'

코벨은 가슴이 벅차올라 눈물이 왈칵 쏟아질 것만 같았다.

[이익. 주책없이 이게 무슨 감상적인 행동이람.]

코벨이 남몰래 소매로 눈가를 훔쳤다.

슈이림과 카이림, 비토와 구르토, 아일라, 티핀, 머록도 모두 코벨과 똑같은 심정이었다. 다들 남몰래 손등으로 자신들의 눈가를 찍었다.

심지어 알블—롭의 일반 전사들도 울컥했다.

붉은 태양이 저물어가면서 D—3,451 행성의 기온도 서서히 하향곡선을 그렸다. 이탄은 아공간의 박스를 품에 넣고 자리에서 일어섰다.

[언제 돌아갈 거요?]

[이제 곧 출발할 예정입니다.]

코벨이 냉큼 대답했다.

알블—롭의 전사들은 흐나흐 귀족들의 시체를 차곡차곡 챙겼다. 귀족들은 평생 신체단련을 한 덕분에 시체마저도 쓸모가 많았다. 이에 알블—롭 일족은 시체에서 떨어져나간 팔 다리 하나 소홀히 내팽개치지 않고 모두 수집했다.

어찌 보면 적들의 시체도 전리품이라면 전리품이었다. 그러나 이탄은 굳이 시체까지 배분을 요구하지는 않았다.

알블—롭의 전사들은 아군의 시신도 회수했다.

이제 철수 준비가 모두 끝났다. 코벨이 부하들에게 명을 내렸다.

[이제 돌아가자.]

[넵. 단장님.]

알블—롭의 전사들은 척척 발을 맞춰 플래닛 게이트로

이동했다. 부상자들도 몸은 불편하지만 희망이 깃든 얼굴로 발걸음을 옮겼다. 이탄은 알블—롭 일족에 섞여서 플래닛 게이트에 몸을 실었다.

그로부터 나흘 뒤.

코벨의 거래단이 드디어 6번 나무 군락으로 복귀했다.

대모와 현자를 포함한 알블—롭의 주요 귀족들은 며칠 전부터 거래단이 되돌아오기만을 애타게 기다렸다. 그러다 코벨로부터 복귀 소식을 전해 듣고는 뛸 듯이 기뻐했다. 이 소문은 곧 6번 나무 군락 전체로 퍼져나갔다.

코벨의 복귀 당일, 6번 나무 군락의 성벽은 온통 환영인파로 북적거렸다.

[와아아아아!]

[코벨 님 만세! 만세!]

코벨은 어마어마한 환대를 받으며 6번 나무 군락의 대모를 알현했다.

그 자리에서 코벨은 D—3,451 행성에서 흐나흐 족과 벌였던 거래와 전투에 대해서 모든 것을 고했다. 그리곤 이번 전투를 통해 얻어낸 전리품들을 대모에게 보여주었다.

[오오오오, 선조의 영령이시여!]

6번 나무 군락의 대모는 신왕의 토템을 끌어안고는 펑펑

울었다.

코벨이 훌쩍거리는 대모에게 이야기를 계속 전했다.

대모는 코벨로부터 전투가 벌어지게 된 배경 설명을 듣고는 두 주먹을 꼭 움켜쥐었다.

[함정이라니! 역시 교활한 흐나흐 놈들이 그런 짓을 저질렀구나.]

대모는 기시항의 배신 소식을 들었을 때는 새파란 머리카락을 하늘로 곤두세우며 분노를 터뜨렸다.

코벨은 이탄의 활약에 대해서도 설명했다.

대모는 이탄의 무지막지한 무력과 폭력성에 놀라 얼굴이 하얗게 질렸다. 하지만 이탄이 계약은 칼같이 지킨다는 점에 안심했다.

그러다 무슨 생각을 했는지 대모가 코벨에게 은근히 속삭였다.

[코벨 가주.]

[대모님, 말씀하십시오.]

코벨이 대모의 말에 귀를 기울였다.

[우리 알블—롭 일족은 아직 약해요. 그런 와중에 우리에게 한 가닥의 희망이 생겼어요. 이번에 코벨 가주가 흐나흐 놈들로부터 신왕님의 토템을 회수했고, 최상급 음혼석도 가져온 덕분이지요.]

[마땅히 제가 해야 할 일을 했을 뿐입니다.]

코벨이 멋쩍어했다.

대모는 머리를 절레절레 흔들었다.

[아니에요. 코벨 가주는 우리 알블―롭 일족을 위해서 정말 큰 공을 세웠어요. 하지만 그래도 아직까지 우리 알블 ―롭은 힘이 약하죠. 장차 삼신녀님들께서 신왕님의 토템을 연구하여 천랑회진을 재현해내고, 열두 현자들이 최상급 음혼석을 분석하여 퍼플 스톤을 최상급 음혼석으로 제련해내기 전까지는 계속 약한 상태일 거예요. 따라서 우리에게는 강력한 울타리가 필요합니다.]

[대모님, 그 말씀은……?]

코벨이 눈을 빛냈다.

6번 나무 군락의 대모가 코벨의 손을 꼭 잡았다.

[코벨 가주. 그대가 이탄 님을 설득해줘요. 그 이방인이 한동안 우리의 곁에 머물면서 우리의 울타리 역할을 할 수 있도록 애를 좀 써줘요.]

[으으음.]

코벨은 선뜻 대답을 못 하고 신중한 표정을 지었다.

사실 코벨도 대모의 의견에 동의했다.

'대모님께서 정확하게 보셨어. 삼신녀님들께서 천랑회진을 재현해내고 열두 현자님들이 최상급 음혼석을 제련해

낼 때까지는 우리에게 반드시 울타리가 필요해. 그런데 과연 이탄 님을 어떻게 설득하면 좋을까?'

코벨은 깊은 고민에 빠졌다.

제2화

크라포 족의 블랙마켓

Chapter 1

다음 날 아침.

코벨은 열두 대모들의 승인을 받아 이번 흐나흐 일족과의 거래 결과를 공표했다. 또한 거래에 참여한 각 귀족 가문들에게 참여율에 따른 전공 점수 산정 및 거래이익 분배도 실시했다.

거래이익이란, 이번에 거래단이 획득한 이익—이탄의 몫을 제외한 나머지 전리품들 가운데 각 나무 군락과 귀족들이 처음에 내놓았던 물품을 제외한 순수 이익—을 의미했다.

이탄도 나름 투자를 했기에 조금이나마 이익 분배를 받

았다. 물론 이탄의 투자분은 여타 귀족 가문의 투자분에 비하면 미미했다. 이탄이 투자한 것이라고 해봐야 눈알 달린 지팡이를 비롯하여 몇 가지 소유품들을 내놓았던 것이 전부였다.

어쨌거나 이탄은 투자의 대가로 중급 음혼석 5개를 추가로 분배받았다. 처음에 이탄이 투자했던 물건들도 당연히 다시 돌려받았다.

그리하여 눈알 달린 지팡이가 다시금 이탄의 손에 들어왔다.

"거 참. 이 애물단지를 어디다 써먹지?"

이탄은 눈알 달린 지팡이를 손에 쥐고 허탈하게 중얼거렸다. 지팡이 끝에 박힌 붉은색 눈알이 두려움에 질려 파르르 눈꺼풀을 떨었다. 사실 이 지팡이도 이탄에게 되돌아오고 싶지는 않았다. 이탄이 무서웠기 때문이다.

투자했던 물건들을 돌려받은 뒤, 이탄은 긴 허리 늑대(알블—롭 일족의 대중교통)를 타고 6번 나무 군락의 시장으로 구경을 나갔다.

시장은 온통 축제 분위기였다. 조만간 귀한 보물들이 시장에 풀릴 거라는 소문에 상인들은 잔뜩 들떠 있었다.

이탄은 2 페일을 주고 시장 지도를 구매한 다음, 재료 상가 위주로 한 바퀴 둘러보았다.

알블―롭의 열두 나무 군락들 가운데 6번과 7번 군락이 핵심이었다. 따라서 재료 상가도 이 두 곳이 가장 번성했다.

"그럼 뭐해? 상가는 많아도 살 건 없는데."

이탄이 푸념을 했다.

사실 이탄이 원하는 재료들이 너무 귀한 것들이라 이런 시장바닥에서는 구할 수가 없었다. 이탄은 눈요기나 하는 셈 치며 재료 상가들을 한 바퀴 돌았다.

예상대로 이탄의 눈에 차는 재료는 하나도 없었다.

"내 이럴 줄 알았지."

미리 예상했던 터라 이탄은 딱히 실망하지는 않았다.

시장은 저녁이 되어도 북적북적거렸다. 이탄은 밤이 늦도록 시장에 머물렀다. 별로 할 일도 없어 그냥 쏘다닌 것이었다.

그러다 이탄은 두꺼비처럼 생긴 사내를 만나게 되었다.

아니, 엄밀하게 말해서 이 두꺼비 사내가 이탄에게 먼저 말을 걸었다.

[잠시만요.]

[응?]

[보아하니 무척 귀한 재료를 찾으시네요?]

두꺼비 사내의 뇌파는 걸걸했다.

이탄이 상대를 빤히 바라보았다.

두꺼비 사내가 턱살을 출렁거리며 이탄에게 계속 말을 붙였다.

[허허허. 그렇게 이상하게 보실 것 없습니다. 저는 알블—롭 주민이 아닙니다. 상기래를 위해서 떠돌아다니는 크라포 족이죠. 허허.]

[……]

이탄은 아무런 대꾸도 하지 않았다.

그 무뚝뚝한 반응에도 불구하고 두꺼비를 닮은 사내는 개의치 않았다. 그는 무척 넉살이 좋았다.

[허허허. 제 이름은 굴루톤입니다. 앞으로 굴루톤이라고 불러주시죠. 귀하께서는 이름이 어떻게 됩니까?]

[……]

이탄이 굴루톤의 옆을 그냥 스쳐 지나갔다.

굴루톤이 이탄에게 바짝 따라붙었다.

[허허허. 입이 무거운 분이시군. 좋습니다. 저는 입이 무거운 분을 더 좋아합니다. 어허허허. 제가 우연히 보게 되었는데 무척 귀한 재료를 찾으시더군요. 혹시 제가 그런 재료를 구할 방법을 알고 있다면 관심이 있으십니까?]

굴루톤이 이탄의 가려운 곳을 정확히 긁었다.

[귀족이쇼?]

이탄이 뜬금없이 물었다.

[네?]

굴루톤이 움찔했다.

이탄은 상대방을 빤히 쳐다보았다. 이탄의 송곳과 같은 눈빛이 굴루톤을 낱낱이 분석했다.

'굴루톤이라는 이 자. 실력은 전사보다는 출중해. 이 정도면 거의 귀족에 근접했겠는데? 어느 귀족 가문이지? 크라포 일족의 귀족 출신인가?'

[허허. 뭔가 오해를 하셨나 본데, 저희 크라포 일족은 귀족과 전사의 개념이 없습니다. 일족 전원이 상인들이죠.]

[허, 상인들로만 이루어진 종족도 있소?]

이탄이 크라포 족에 관심을 보였다.

굴루톤이 파리를 삼킨 두꺼비처럼 볼을 부풀리며 웃었다.

[허허허. 우리 크라포 일족이 바로 그렇습니다. 혹시 그런 소문 못 들어보셨습니까? 크라포는 태어날 때부터 상인이다. 허허.]

[처음 듣는 소리요.]

이탄은 기억의 바다를 통해 엄청난 지식을 쌓았으나, 크라포 일족에 대한 이야기는 처음 들었다.

Chapter 2

굴루톤이 두툼한 손으로 자신의 배를 쓰다듬었다. 그러면서 굴루톤은 이탄의 불룩한 배를 눈여겨보았다.

[극도로 희귀한 재료만 찾으시는 것도 그렇고, 체형도 그렇고, 아마 그쪽 분도 보통 부자는 아니시겠지요? 허허허.]

굴루톤은 이탄의 불룩한 배를 보고 상인으로 착각한 모양이었다.

이탄은 내심 그 점이 마뜩지 않았다. 그렇다고 상대에게 구차하게 변명하고 싶은 생각도 없었다.

[이왕 시간을 빼앗긴 거, 어디 한번 이야기나 들어봅시다. 귀한 재료를 구할 방도가 있다고 했소?]

이탄이 굴루톤에게 물었다.

굴루톤이 두꺼비처럼 기괴하게 웃었다.

[어허허허. 있고말고요. 그렇지 않다면 제가 왜 처음 보는 분의 발길을 붙잡았겠습니까? 허허허허.]

[대체 그 방법이 뭐요?]

굴루톤이 갑자기 자세를 낮추고 이탄에게 은밀하게 뇌파를 보냈다.

[혹시 암상이라고 들어보셨습니까?]

[암상?]

이탄이 고개를 갸웃했다. 이탄의 뇌 속에서는 암상에 대한 정보를 빠르게 추출했다.

암상.

어둠에 숨어서 정상적으로 유통되지 않는 물품들을 은밀하게 거래하는 상인 조직.

오직 회원제로만 운영되는 점조직.

기억의 바다에서 획득한 몇 가지 단서들이 이탄의 뇌리에 떠올랐다.

이탄은 굴루톤과 그가 속한 크라포 일족에게 관심이 생겼다.

굴루톤이 빠르게 속삭였다.

[우리 크라포 일족은 전 우주에 퍼져서 여러 종족의 실력자들과 은밀한 거래를 합니다. 혹은 그런 실력자들끼리 서로 만나서 물물교환을 할 수 있도록 자리를 마련해 주기도 하지요. 저는 이곳 행성 담당이라 알블―롭 일족과 플라모 일족의 시장을 정기적으로 둘러보고 있습니다. 그러다가 오늘 이렇게 귀하와 인연을 맺게 되었네요. 허허허.]

[흠.]

굴루톤의 이야기는 놀라웠다. 이탄이 손가락을 까딱였다.

[계속 말해보시오.]

[다음 달 중순에 크라포 족의 이름으로 블랙마켓(Black

Market: 암시장)이 하나 열릴 예정입니다.]

[블랙마켓!]

이탄의 눈이 번쩍 빛났다.

[그렇습니다. 블랙마켓의 개최 장소는 아직 알려드릴 수 없으나, 그 블랙마켓에 알블―롭 일족과 플라모 일족의 실력자들을 비롯하여 타 행성의 귀족 가문들도 참여한다는 사실은 확실합니다. 사실 블랙마켓에는 이런 시장에서는 도저히 구경도 할 수 없는 온갖 진귀한 보물들이 쏟아져 나온답니다. 허허허.]

'오호라, 그렇단 말이지?'

이탄은 진짜로 관심이 동했다.

[블랙마켓에 참여할 방법이 뭐요? 아무나 참여할 수 있는 것은 아닐 텐데?]

이탄이 굴루톤에게 물었다.

굴로톤의 파리를 잡아먹은 두꺼비처럼 기괴하게 웃었다.

[크허허허. 그야 당연하죠. 기존의 회원들이야 신용이 쌓여 있으니까 얼마든지 블랙마켓에 참여할 수 있지만, 신규 회원을 받아들이기는 어렵죠. 블랙마켓의 분위기상.]

굴루톤이 웃음을 터뜨리자 그의 두툼한 턱살이 이탄 눈앞에서 위아래로 출렁거렸다.

이탄은 에둘러 말하지 않았다. 굴루톤에게 직접적으로

물었다.

[그러니까 블랙마켓의 참여 방법이 뭐요?]

[허허. 이거 보기보다 성격이 급한 분이시구먼. 허허허.]

굴루톤은 이탄이 미끼를 물었다고 여겼는지 밀당을 시작했다.

이탄이 뚝 잘랐다.

[굴루톤이라고 했소? 그쪽이 지나가는 나를 붙잡고 말을 걸었다는 것은 당연히 나를 블랙마켓에 참여시키려는 의도겠지. 그러니까 빙빙 돌리지 말고 말해 보쇼. 블랙마켓의 참여 방법이 뭐요?]

[허허허. 이거 참.]

굴루톤이 난감함을 웃음으로 감췄다.

[싫으면 말고.]

이탄이 등을 홱 돌렸다. 이탄은 별 미련도 없다는 듯이 성큼성큼 걸어갔다.

굴루톤이 황급하게 이탄을 붙잡았다.

[허어어. 이거 정말 성격이 급하신 분이네. 알았어요. 알았어. 내가 방법을 귀띔해드리리다. 자, 우선 여기 이것부터 받으쇼.]

굴루톤은 둥그런 외곽에 가운데 별 모양이 뚫려 있는 금속 패를 이탄의 손에 쥐여주었다.

[그 패를 가지고 있으면 알아서 연락이 갈 겁니다. 그 다음엔 연락받은 대로 행동하시면 그만이요. 나머지는 크라포 시스템이 알아서 결과를 판가름할 테죠. 그쪽이 신규 회원 자격이 있는지 말입니다.]

[신규 회원이라?]

이탄이 둥그런 패를 내려다보면서 중얼거렸다.

굴루톤이 턱살을 위아래로 출렁거렸다.

[일단 신규 회원이 되느냐 마느냐가 중요하오. 회원이 되면 그때부터는 귀하가 원하든 원치 않든 블랙마켓에 대한 정보가 귀하에게 전달될 테지요. 신규 회원에서 떨어지면 당연히 아무런 연락도 없을 테고요. 이거 정말 간단하지 않습니까? 허허허.]

여기까지 이야기 전한 뒤, 굴루톤이 밀려드는 인파 사이로 섞여들었다.

[그럼 행운을 빌겠습니다. 부디 귀하께서 신규 회원으로 등록되어서 다음 달 블랙마켓에 참여할 수 있기를 바랍니다. 허허허.]

이탄은 굴루톤이 사라진 이후에도 자리 뜨지 않았다. 사람들 사이에 우뚝 서서 굴루톤이 남긴 둥그런 패를 물끄러미 내려다보았다.

닷새 뒤.

이탄은 6번 나무 군락을 떠나서 1번 나무 군락의 집으로 돌아왔다.

다시 일주일이 더 흘러 5월 10일이 되었다. 나무 군락에는 온갖 종류의 꽃들이 활짝 피어 다양한 빛깔을 뽐내었다. 봄꽃 향기가 참으로 그윽했다.

이때가 되도록 크라포 족에서는 아무런 연락이 없었다. 이탄도 블랙마켓에 대한 관심을 거의 접었다.

바로 그 타이밍에 둥그런 패가 징징 진동했다.

"어라? 뭐지?"

이탄이 둥근 패를 손에 잡았다.

Chapter 3

지이이잉—.

패의 중심부, 별 모양으로 뚫린 구멍에서 빛이 쏟아지더니 이탄의 몸을 쭈욱 스캔했다. 이어서 허공에 홀로그램 같은 것이 떠오르더니 안내를 시작했다.

[빰빠라밤! 우선 크라포의 고객으로 추천되신 것을 축하드립니다. 저희 크라포 시스템은 우주에서 가장 정교하고

유서가 깊은 마켓으로, 어떠한 종족이나 세력의 영향도 배제한 채 회원들 간의 자유로운 마켓 형성을 추구합니다. 귀하께서는 저희 크라포 시스템의 신규 가입 대상자로 추천되셨습니다. 이에 동의하십니까?]

빠른 질문과 함께 이탄의 눈앞에 2개의 선택지가 홀로그램처럼 떠올렸다.

1. 동의함
2. 동의하지 않음

이탄은 손가락으로 동의함을 꾹 눌렀다.

둥그런 패 안에서 곧바로 뇌파가 흘러나왔다.

[동의해주셔서 감사합니다. 크라포 시스템은 귀하를 신규 회원 대상자로 추천할 때부터 이미 귀하가 보유한 음차원의 마나가 회원이 되기에 충분할 만큼 풍부한지, 혹은 귀하가 특정 종족에 연연해서 다른 회원들에게 분란을 일으킬 만한 성향인지, 혹은 크라포 시스템이 추구하는 마켓에 대해서 적대적인지, 크라포 시스템의 비밀 유지를 할 만큼 입이 무거운 분인지에 대한 조사를 모두 끝마쳤습니다. 빰빠라밤! 진심으로 축하드립니다. 귀하는 이미 풍부한 음차원의 마나를 가지고 계시고, 특정 종족에 연연하지도 않으

시며, 크라포 시스템에 대한 적대감도 없으실 뿐 아니라 입도 무거우십니다.]

"허? 그딴 것은 또 어떻게 조사했대? 희한한 일일세."

이탄은 어이가 없었다.

둥그런 패에서는 계속해서 뇌파가 들렸다.

[이미 네 가지 항목에 대한 검증은 끝났습니다. 이어서 다음 한 가지만 더 검증한 뒤 귀하를 크라포 시스템의 신규 회원으로 등록해드리겠습니다.]

"뭐가 또 있어?"

이탄은 어디 한번 검증해 보라는 듯이 어깨를 으쓱했다.

뇌파가 계속되었다.

[귀하께서 크라포 시스템의 회원이 되기 위해서는 넘쳐나는 마나 이외에도 풍부한 재력이 요구됩니다. 귀하를 크라포 시스템에 추천한 추천자는 이미 귀하가 상당한 재력가일 것이라고 적으셨습니다. 이를 증빙하기 위하여 귀하는 다음 세 가지 방법 가운데 하나를 선택하셔야 합니다.]

띠링!

밝은 종소리와 함께 허공에 홀로그램 글씨가 떠올랐다.

<<재력 증빙 방법>>

1. 기존 회원의 보증: 귀하의 재력을 보증해 줄 만한 기존 회원님의 명칭을 알려주세요.

2. 상급 음혼석 제출: 귀하의 재력을 보증하기 위하여 둥그런 신분패 위에 상급 음혼석을 올려주세요. 한번 제출한 상급 음혼석은 다시 돌려주지 않으며, 귀하가 크라포 시스템의 신규 회원에서 탈락하더라도 음혼석의 반환은 없습니다. 상급 음혼석도 내놓을 수 없는 가난뱅이라면 당장 꺼져!

3. 기타 물품 제출: 상급 음혼석에 상응하는 가치의 물건을 신분패 위에 올려놓아 주세요. 이 물건도 한번 제출하면 다시 돌려주지 않으니 신중하게 선택하세요.

"거 참 복잡하네."

이탄은 홀로그램에서 2번을 꾹 눌렀다. 그 다음 아공간 박스에서 상급 음혼석 하나를 꺼내어 둥그런 패 위에 올려놓았다.

상급 음혼석이 엄청 귀한 물건이기는 하지만, 이탄은 그런 것에 구애받지 않았다. 지난번 흐나흐 족과 전투를 통해 상급 음혼석을 잔뜩 얻었기 때문이다.

기이잉!

놀랍게도 상급 음혼석이 지지직 소음을 내며 사라졌다. 이 둥그런 신분패에는 물건을 먼 곳으로 텔레포트(Teleport: 전송, 송신)하는 마법이 내장된 모양이었다.

"허어. 대단한데?"

이탄은 새삼 크라포 족에 대한 평가를 달리했다.

잠시 후, 둥그런 패에서 뇌파가 또 들려왔다.

[빰빠라밤! 축하합니다. 귀하는 상급 음혼석 따위는 물 쓰듯이 써버리는 멋쟁이! 귀하의 풍부한 재력은 이것으로 검증이 끝났습니다. 이제 귀하를 크라포 시스템의 신규 회원으로 등록하겠습니다. 다음 내용은 한번 기입하면 바꿀 수 없으니 신중하게 선택해주세요.]

간단한 설명과 함께 이탄의 눈앞에 홀로그램 글씨가 떠올랐다.

<<아래 설명을 잘 읽은 뒤 빈칸을 채워주세요>>

1. 회원 명칭: _____.

크라포 시스템은 회원의 신분을 절대 비밀에 부칩니다. 설마 여기에 본명을 적는 멍청이는 없으시겠죠?

2. 희망 가면: _____.

크라포 시스템의 마켓에 참여하시려면 신분을 감추기 위한 가면을 쓰셔야 합니다. 원하는 가면 형태를 기입하시면 크라포 시스템에서 회원님만의 맞춤 가면을 만들어 드립니다. 단, 다른 회원님들과 가면이 중복되지 않도록 특색 있는 제안을 부탁드립니다.

3. 동의 각서: _____.

크라포 시스템에서는 회원님들 간의 자유로운 마켓 형성을 추구합니다. 당연히 다른 회원님을 속이는 행위도 없어야겠지요. 이런 정책에 따라 만약 회원님께서 불량한 물건으로 물물교환을 하다 적발되실 경우 크라포 시스템이 회원님의 아공간을 검색해도 좋다는 동의 각서를 제출하셔야 합니다. 동의하시는 회원님은 이 부분에 '동의함'이라고 자필로 적어주세요.

이상 1번부터 3번까지의 세 항목의 빈칸을 손가락으로 작성해 주시면 됩니다. 다시 한번 회원님의 크라포 시스템 가입을 축하드립니다.

"으으음."

이탄은 1번과 2번 항목 때문에 잠시 고민했다. 그런 다

음 마음의 결정을 내리고는 홀로그램 글씨 위에 검지를 가
져다 대었다.

    1. 회원 명칭: <u>어쩌다 언데드</u>   .
    2. 희망 가면: <u>울상을 짓고 있는 불쌍한 표정의</u>
<u>스켈레톤 얼굴</u>.
    3. 동의 각서: <u>동의함</u>   .

이탄은 거침없이 내용을 적었다.

Chapter 4

이탄은 '어쩌다 언데드'라는 회원명을 적으면서 툴툴 웃
었다. 또한 불쌍한 표정의 스켈레톤(Skeleton: 뼈다귀, 해
골) 가면을 머릿속으로 상상하면서도 자조 섞인 쓴웃음을
지었다.

"크크큭. 이거 웃기는군. 내가 어쩌다 언데드가 되었
고, 또 울상 짓는 스켈레톤 가면을 쓰게 되었을까? 굳이
그런 가면을 쓰지 않아도 내 정체성은 언데드인데. 크크크
큭."

둥그런 패에서 흘러나온 경쾌한 뇌파가 이탄의 상념을 날려버렸다.

[빰빠라밤! 어쩌다 언데드 님 축하드립니다.]

"뭘 자꾸 축하한다고 난리야?"

이탄이 낮게 투덜거렸다.

그러거나 말거나 둥그런 패는 제 할 말만 했다.

[회원님은 센스쟁이. 회원님의 쿨(Cool)한 회원명에 감사드립니다. 어쩌다 언데드 님께서는 이제 크라포 시스템의 신규 회원으로 등록을 마치셨습니다. 저희 크라포 시스템에서는 앞으로 회원님께서 관심을 가지실 만한 정보가 있으면 바로바로 연락을 해드리겠습니다. 당장 이번 달에도 회원님의 인근 지역에서 마켓이 하나 예정되어 있답니다. 크라포 시스템에서 제공하는 멋진 가면은 앞으로 3일 뒤에 회원님께 배달될 것입니다. 이 가면은 저렴하게 중급 음혼석 한 개로 모시겠습니다. 빰빠라밤!]

요란한 나팔 소리와 함께 뇌파가 종료되었다.

"허. 가면이 공짜가 아니었어? 게다가 중급 음혼석 하나라고? 뭐가 이렇게 비싸지?"

이탄은 손바닥으로 자신의 이마를 딱 때렸다.

사흘 뒤.

이탄의 신분패가 별안간 이탄에게 말을 걸었다.

[빰빠라밤! 축하드립니다. 드디어 회원님만의 맞춤 가면이 완성되었지 뭡니까. 어쩌다 언데드 님, 회원님을 위한 울상 짓는 스켈레톤 가면이 정말 멋들어지게 완성되었답니다. 뭐 하고 계세요? 어서 신분패 위에 중급 음혼석을 올려 놓으세요. 회원님께서 가면의 값을 치르고 나면 곧바로 울상 짓는 스켈레톤 가면이 회원님 앞으로 배달될 거랍니다. 어쩌다 회원님, 꼭 기억하세요. 크라포 시스템은 언제나 선불만 받습니다.]

뇌파는 경쾌했다.

그 뇌파를 듣는 이탄의 표정은 그리 경쾌하지 못했다.

"아 놔 미치겠네."

이탄은 잠시 얼굴을 찌푸렸다. 그러다 결국 이탄은 아공간 박스를 열어서 중급 음혼석을 꺼냈다.

"내가 블랙마켓이 궁금해서 일단 시키는 대로 따르기는 하는데, 이거 계속 이러면 끝이 좋지 않을 거다. 나를 호구 취급하는 것은 참을 수 없다고."

모레툼 교단의 신관으로서 이탄이 가장 싫어하는 것이 있다면 바로 다른 사람의 호구가 되는 것이었다. 이탄은 "만약 크라포 일족이 나를 호구로 여긴다면 가만히 두지 않을 테다. 세상 끝까지 쫓아가서 너희들 전원의 팔다리를 뜯어버릴 거야."라고 으스스하게 중얼거렸다.

기이잉!

둥그런 신분패는 이탄이 올려놓은 중급 음혼석을 어디론가 휙 전송했다. 그리고 몇 초 뒤, 흰색의 가면 하나가 조그만 신분패 위에 휘리릭 나타났다.

"이게 그 가면인가?"

이탄이 스켈레톤 가면을 이리저리 둘러보았다.

의외로 가면의 품질은 괜찮았다. 울상을 짓는 스켈레톤의 표정이 살아있는 듯 생생했다. 어찌 알았는지 가면의 크기도 이탄의 얼굴에 딱 맞았다.

이탄은 얼굴에 가면을 써봤다.

울상 짓는 스켈레톤 가면이 이탄의 얼굴 표면에 찰싹 달라붙었다.

무게가 거의 0에 가깝고 밀착감이 좋기 때문일까? 가면은 이탄의 실제 얼굴처럼 느껴졌다. 가면의 재질은 짐작하기 어려웠다.

"표면이 은근히 까칠까칠한데? 크라포 녀석들이 진짜로 두개골 뼈를 깎아서 스켈레톤 가면을 만들었나? 아하하하."

이탄은 실없는 농담을 했다.

헌데 어째 그 농담이 농담 같지 않았다. 촉감으로 보나

뭐로 보나 이것은 진짜로 사람의 두개골을 깎아서 가면으로 만든 것 같았다.

"설마? 허어어, 만약 내 짐작이 사실이라면 그놈들 진짜로 골 때리네."

이탄이 손바닥으로 자신의 이마를 때렸다. 크라포 시스템을 접한 이후로 이탄이 이마를 때린 게 벌써 두 번째였다.

다시 또 이틀이 흘렀다.

둥그런 신분패가 이탄에게 말을 걸었다.

[어쩌다 언데드 님께 드리는 특별 찬스. 그거 아세요? 지금 어쩌다 언데드 님이 계신 곳으로부터 10,000 킬로미터 이내에 마켓이 열릴 예정이라는 거? 만약 이번 마켓에 참여할 계획이시면 다음 절차에 따라주세요.]

크라포 시스템의 신분패는 뇌파와 함께 홀로그램 글씨를 띄웠다.

<<마켓 오픈 안내문>>

1. 개최 일시:

5월 25일부터 5월 31일까지 딱 일주일.

2. 개최 장소:

마켓 참여희망 회원께만 장소를 귀띔해 드림.

3. 참여 조건:

— 비밀 유지 서약

— 가면 착용 필수

— 물건도 사지 못할 가난뱅이는 꺼져.

4. 마켓 운영 방식:

— 크라포 점포에서 물품 구매

— 회원 간의 자유로운 물물교환.

5 주의할 점: 크라포 시스템은 크라포 점포에서 판매한 물건에 대해서만 책임집니다. 회원끼리 자유로운 물물교환을 하다가 운 나쁘게 불량품을 구매하시거나 사기를 당하셔도 크라포 시스템에서는 책임지지 않습니다. 혹시라도 이런 분이 계시면 스스로의 안목을 탓하시면서 쓸모없는 눈알을 뽑아 버리세요.

자! 어쩌다 언데드 님께서는 이 특별한 찬스를 잡아보시겠습니까? 다음 괄호 안의 두 가지 가운데 하나에 손가락을 접촉해서 선택해주세요.

(예 / 아니오)

"당연히 참석해야지."

이탄은 '예'라는 글씨를 검지로 꾹 눌렀다.

[빰빠라밤!]

그 즉시 둥그런 패가 팡파르를 터뜨렸다. 이탄의 예상대로였다.

[어쩌다 언데드 님의 현명하신 선택을 축하드립니다. 마켓은 기회가 왔을 때 잡는 것이 진리. 어쩌다 언데드 님께 마켓의 개최 장소와 초대장을 보내드리겠습니다. 당일 마켓이 열리는 곳으로 초대장을 가지고 오시면 참석 가능하십니다. 당연히 가면을 써야 마켓에 입장이 됩니다. 초대장 가격은 저렴하게 상급 음혼석 한 개로 모시겠습니다. 물론 어쩌다 언데드 님께 불가피한 사정이 생겨서 마켓에 참석 못 하실 경우에도 절대 환불은 없습니다. 또한 이번에도 선불입니다.]

Chapter 5

"켁. 또 음혼석을 내야 해?"

이탄은 크라포 시스템의 악착같은 갈취(?) 정책에 혀를 내둘렀다.

다른 한편으로 이탄은 '이런 시스템을 모레툼 지부에도 적용해 보면 어떨까?' 라고 생각해 보았다.

"잘만 하면 꽤 괜찮은 사업 아이템이 나올 것 같거든."

이탄이 나직이 뇌까렸다.

어쨌거나 여기까지 왔으니 뒤로 물러설 수는 없었다. 이
탄은 아공간 박스에서 상급 음혼석을 하나 꺼내서 둥그런
신분패 위에 올려놓았다.

기이잉!

크라포 시스템은 이탄이 제공한 상급 음혼석을 어디론가
가져가는 대신, 손바닥 크기의 금빛 카드를 보내왔다.

이 카드가 블랙마켓의 초대장이었다. 초대장의 뒷면에는
마켓이 열리는 장소가 상세하게 표시되어 있었다.

"어라? 꽤나 머네? 여기는 알블—롭의 영역을 완전히
넘어서 플라모 족 본거지에 가깝잖아?"

마켓이 열리는 곳까지 기한 내에 도착하려면 적어도 내
일은 출발해야 할 것 같았다. 이탄은 기가 막혔다.

"허어. 빠른 탈 것이 없는 자들은 어쩌라고? 그런 자들
은 애써서 비싼 돈을 주고 블랙마켓 입장권을 사도 마켓
에 한 번 참석해보지도 못할 거잖아."

물론 이탄에게 해당되는 이야기는 아니었다. 이탄은 간
단하게 짐을 꾸렸다. 아공간의 박스도 잘 챙겼다.

"혹시라도 블랙마켓에서 쓸 만한 게 나올지도 모르지.
그랬으면 좋겠는데."

이탄은 내심 희망을 품었다.

다음 날 아침.

이탄은 날개 달린 늑대를 타고 1번 나무 군락을 떠났다.

이탄이 어디론가 출발했다는 이야기는 곧 1번 나무 군락 대모의 귀에 들어갔다. 대모는 이탄이 알블—롭 일족을 영영 떠나 버릴까 봐 걱정했지만, 이탄이 날아간 방향이 동쪽이라는 말에 안도의 한숨을 내쉬었다.

[휴우. 일단 남쪽이 아니니 다행이네요. 이탄 님이 플래닛 게이트로 간 것은 아니니까 다시 돌아오겠죠.]

마침 대모는 아일라 가모와 차를 한 잔 나누던 중이었다.

아일라가 대모의 말에 동의했다.

[대모님의 말씀이 맞습니다. 동쪽은 플라모 족의 영역이 아닙니까? 아마도 이탄 님이 동쪽의 숲에서 약재 같은 것을 수집하려는 모양입니다. 그런 다음 때가 되면 다시 우리에게 돌아올 겝니다.]

[그렇겠죠. 동쪽에는 플라모 녀석들 말고는 아무것도 없으니까요.]

대모가 빙그레 웃었다.

그 시각, 이탄은 무서운 속도로 하늘을 비행하는 중이었다.

와아악—.

날개 달린 늑대는 이탄의 신발형 비행 법보보다 두세 배는 더 빠른 속도로 공기를 갈랐다. 날개 달린 늑대는 먹이를 먹을 필요가 없었다. 체력이 방전되는 경우도 없었다. 이탄은 그렇게 꼬박 7일을 쉬지 않고 날아갔다.

5월 23일 밤.

이탄이 드디어 블랙마켓의 개최 장소에 도착했다.

지도에 표시된 바에 따르면, 이 일대 수십 킬로미터 영역이 블랙마켓의 장소였다. 이곳은 30미터가 넘는 나무들로 빽빽하게 둘러싸여 있어 밖에서는 안이 들여다보이지 않았다. 그 위에 짙은 안개가 뒤덮어 외부의 시선을 이중으로 차단해주었다.

나무로 둘러싸인 외곽에는 마법진이 설치되어 있었다.

이탄은 마법진 앞에서 금빛 카드를 꺼냈다. 이탄의 얼굴에는 어느새 울상 짓는 스켈레톤 가면이 달라붙었다.

마법진에서 튀어나온 붉은 빛이 이탄의 금빛 카드를 쭈욱 스캔했다. 이윽고 익숙한 톤의 뇌파가 이탄을 반겼다.

[빱빠라밤! 어쩌다 언데드 님, 마켓 방문을 열렬하게 환영합니다. 이틀이나 먼저 도착하신 당신은 부지런쟁이! 크라포 시스템에서는 어쩌다 언데드 님과 같은 부지런한 회

원님들을 위해서 안쪽에 안락하고 환상적인 숙박시설을 운영 중이랍니다.]

시끌벅적한 환영인사와 함께 반투명한 마법진에 문이 스르륵 생겨났다. 이탄은 문 안으로 발걸음을 옮겼다.

얼굴에 토끼 가면을 쓰고, 민망스러운 그물망으로 몸을 감싼 여인 2명이 이탄을 반갑게 맞았다. 2명 모두 늘씬한 체형에 글래머들이었다.

[어서 오십시오, 회원님.]

[회원님의 크라포 마켓 방문을 환영합니다.]

두 여인은 흐느적거리면서 이탄의 양팔에 매달렸다.

그 관능적인 몸짓에도 불구하고 이탄은 넘어가지 않았다. 이탄이 손바닥을 내밀어 두 여인을 제지했다.

[핏! 재미없어.]

두 여인은 입술을 삐쭉거리다가 다시금 배시시 웃었다.

[회원님, 마켓의 오픈일은 이틀 뒤입니다. 그동안 편히 쉬실 곳으로 모실까요?]

[어차피 마켓에서 7일간 머무실 거잖아요? 그러면 좋은 숙소가 꽉 차기 전에 미리 룸을 잡아두는 것도 현명한 방법이랍니다.]

[가격은 얼마지?]

이탄은 '이 지독한 크라포 시스템이 숙소를 공짜로 줄

리 없지.' 라고 생각했다. 그래서 일단 가격부터 물었다.

이탄의 예상이 맞았다. 토끼 가면 여인들이 이탄 앞에 손가락으로 사각형을 그렸다. 그 사각형 안에서 홀로그램 영상이 쫘악 펼쳐졌다.

[호호호. 회원님, 여기 보시는 이 넓고 쾌적한 방은 하루에 하급 음혼석 2개를 받습니다. 이 방을 예약하시면 원하시는 음식을 마음껏 드실 수 있으며, 시중을 드는 여노예도 2명이 배치된답니다. 물론 여노예들은 마음껏 다루셔도 무방하답니다.]

[더 싼 숙소는 없나? 나는 음식과 여자는 필요 없다.]

[피잇. 우리 크라포 시스템을 믿지 못하시나요? 우리는 음식에 독을 타거나 장난을 치지 않는답니다.]

[설마 불신 때문에 음식을 모두 포장해 오신 거예요?]

두 여인이 눈을 찌푸렸다.

Chapter 6

이탄은 두 여인보다 더욱 크게 눈을 찌푸렸다.

[어허! 내가 너희에게 그런 것까지 말해야 하느냐? 쓸데없는 소리는 집어치우고 어서 내 질문에 답이나 해라.]

이탄의 몸에서 살벌한 기세가 무럭무럭 뻗쳤다.

두 여인이 화들짝 놀랐다.

[아앗. 죄송합니다.]

[저희가 잘못했으니 용서해주십시오.]

블랙마켓의 회원들은 하나같이 강자였고, 부유했으며, 각 종족의 권력자인 경우가 많았다. 이 권력자들의 눈 밖에 나면 토끼 가면 여인들은 끝장이었다. 크라포 시스템은 고급 회원들의 비위를 맞추기 위해 기꺼이 여인들의 목을 자를 것이다.

여인들이 벌벌 떨리는 손으로 새로운 홀로그램을 띄웠다.

[회원님, 여기 이 숙소가 가성비가 좋습니다. 이틀에 하급 음혼석 한 개를 받고 있으며 질 좋은 아침 식사가 숙박비에 포함되어 있습니다.]

[이 숙소는 마켓 중심부와 위치가 가까워서 마켓을 둘러보시기도 편할 것입니다.]

두 여인은 그제야 이탄이 원하는 숙소를 보여주었다.

이탄이 한 번 더 물었다.

[가장 싼 곳은 어디지?]

두 여인은 서로의 얼굴을 한 번 마주 본 다음, 마켓에서 가장 싼 숙소를 보여주었다.

이 숙소는 방에 침대와 화장실 정도만 있고 편의시설은 일체 없었다. 다만 방은 깔끔했다.

[이곳 숙소가 가장 쌉니다. 마켓 오픈 기간 동안 마음대로 쓰셔도 하급 음혼석 하나면 충분합니다. 세 끼 식사를 다 포함해서 말입니다.]

[다만 이 숙소는 외곽에 위치해 있기에 마켓을 둘러보시기에 불편하실 겁니다.]

이탄은 이 세 번째 숙소가 마음에 들었다. 그는 편의시설 따위는 필요 없었다.

'하지만 너무 싼 곳을 고르면 그만큼 불편한 점이 있겠지. 외곽에 숙소가 있으면 정보를 얻기도 어려울 거야.'

결국 이탄이 선택한 것은 토끼 가면 여인들이 두 번째로 추천해준 가성비가 좋은 숙소였다.

토끼 가면 여인들은 이탄을 직경 1미터 크기의 원통으로 안내했다. 이 원통은 단거리 이송 마법진이었다. 이탄은 단숨에 숙소 앞에 도착했다.

이탄은 조용한 곳으로 룸을 잡고 짐을 풀었다.

마켓이 열리려면 아직 이틀이 남았건만, 이 일대 숙소는 이미 크라포 시스템의 회원들로 북적거렸다. 다들 각양각색의 가면을 쓰고 있기에 본 모습을 알아볼 수는 없었다. 이탄도 울상 짓는 스켈레톤 가면을 벗지 않았다.

숙소에도 토끼 가면을 쓴 여인들이 많았다. 이 여인들은 회원들을 위해서 청소와 같은 잡일을 도맡아 했다. 그녀들은 때로는 손님을 위한 여노예 역할도 했다.

이탄은 지배인으로 보이는 토끼 가면 여인으로부터 마켓 지도를 한 장 받았다.

웬일인지 이 지도는 공짜였다.

"아! 그렇구나. 회원들이 지도를 보고 마켓을 부지런히 돌아다녀야 그만큼 돈도 많이 쓸 테지? 아마도 그런 이유 때문에 크라포 녀석들이 지도를 공짜로 뿌리는 걸 거야."

이탄은 크라포 시스템의 속내를 훤히 꿰뚫어 보았다.

다음 날 아침.

이탄은 숙소를 나서서 주변을 크게 한 바퀴 둘러보았다.

숙소 주변 거리는 마켓 오픈 준비로 한창이었다. 하얀 천막들 하나하나가 회원들 간의 자유거래를 위한 점포 역할을 했다.

크라포 시스템이 직접 운영하는 직영점은 이 천막들보다 훨씬 더 크고 웅대하게 자리를 잡았다.

천막과 천막 사이로 토끼 가면을 쓴 여자 노예들과 너구리 가면을 쓴 남자 노예들이 바쁘게 돌아다녔다.

블랙마켓 오픈 하루 전 날을 맞아 마켓 개최지의 열기는 한껏 고조되었다. 이탄은 내일 우선적으로 방문할 점포들을 지도 위에 표시해 놓았다.

이탄이 생각하기에 크라포 시스템은 상당히 효율적이었다. 이 시스템에는 판매자와 수요자를 자동으로 매칭해 주는 기능도 포함되었다.

이탄은 시스템의 안내를 받아 두 가지 목록을 등록했다.

첫 번째는 이탄이 구매를 원하는 물품들의 목록이었다. 이탄은 최상급 및 상급 리노의 뿔을 비롯하여 여러 가지 구매 희망 재료들을 시스템에 올려놓았다.

이어서 두 번째는 이탄이 판매를 원하는 물품들의 목록이었다. 이탄은 상급 음혼석과 토트 족의 중급 등껍질과 같이 자신에게 별로 필요 없는 것들을 시스템에 올려두었다.

다만 언제 어디서 그 물건들을 판매할 것인지는 기입하지 않았다.

"경우에 따라서는 내가 필요한 물건들을 사느라 상급 음혼석을 다 써버릴 수도 있잖아? 이번 마켓에서는 판매보다는 구매에 더 신경을 써야지."

이탄은 이렇게 중얼거렸다.

크라포 시스템은 모든 회원들로부터 목록을 입력받은 뒤, 판매자와 수요자를 서로 연결해주었다.

예를 들어서 크라포 시스템이 둥그런 신분패를 통해 회

원들 개개인에게 [회원님께서 구매를 희망하신 품목이 지금 A구역 112번 천막에서 판매되고 있습니다. 다른 회원님께 빼앗기기 전에 얼른 뛰어가 보세요.]라고 안내를 해주는 식이었다.

블랙마켓의 첫날, 이탄은 별 재미를 보지 못했다.

블랙마켓은 이탄이 예상한 것보다 훨씬 더 규모가 컸다. 여러 행성에서 온 회원들의 수도 굉장히 많았다.

그럼에도 불구하고 마켓 첫날에는 특기할 만한 거래가 이루어지지 않았다. 그저 회원들 사이에 소소한 물건들만 오갔다.

이탄이 숙소 로비를 지나다가 우연히 엿들을 이야기인데, 사실 마켓의 첫날에는 회원들이 눈치를 보느라 귀중한 물건들을 웬만하면 내놓지 않는다고 했다.

그러다 회원 중 누군가가 본인이 꼭 사고 싶은 물건을 발견하였을 때, 그렇지만 안타깝게도 그 회원이 현재 가지고 있는 재화만으로는 도저히 원하는 물건을 살 수가 없을 때, 비로소 그 회원은 자신이 아끼고 아꼈던 보물들을 어쩔 수 없이 꺼내놓는다고 했다.

블랙마켓이 활성화되는 것은 바로 이때부터라는 것이 로비에 모인 회원들의 중론이었다. 이탄도 그 의견에 동의했다.

"그렇구나. 다들 몸이 달아올라서 비장의 물건들을 꺼내 놓아야 비로소 블랙마켓이 활성화되겠어."

이탄도 마켓 첫날에는 전반적인 시장의 분위기를 파악하는 것만으로 만족했다. 이탄 또한 판매 목록에서 퍼플 스톤을 빼놓았다. 이탄이 팔려는 물건들 가운데 가장 값비싼 것이 바로 퍼플 스톤이기 때문이었다.

역시 회원들의 추측이 옳았다. 블랙마켓의 둘째 날부터는 첫날과 달리 거래에 활기가 돌기 시작했다.

사실 이렇게 분위기를 띄운 것은 크라포 일족이었다. 크라포 일족이 직접 운영하는 직영점들은 둘째 날을 맞아 여러 행성에서 수집한 희귀한 보물들을 본격적으로 풀었다. 이것이 블랙마켓 거래 활성화의 기폭제가 되었다.

Chapter 7

회원들은 직영점에서 판매하는 보물을 사기 위해서 자신들의 아공간 주머니를 본격적으로 오픈했다.

그러고도 재화가 부족한 회원들은 아공간 주머니 가장 깊숙한 곳에 숨겨두었던 정말 귀중한 보물들을 크라포 시스템에 신규로 올렸다.

덕분에 크라포 시스템의 목록이 실시간으로 업데이트되었다. 이탄의 신분패에도 띠링 띠링 시끄럽게 알람이 울렸다.

띠링!

[B구역 321번 천막에 토트 일족의 상급 등껍질이 떴습니다. 어쩌다 언데드 님, 서둘러 B구역 321번 천막을 방문해보세요.]

띠링!

[F구역 57번 천막에 리노 일족의 상급 비늘이 공개되었습니다. 어쩌다 언데드 님, 정말 귀한 물건이니까 서둘러 F구역 57번 천막을 방문해보세요.]

띠링!

[C구역 299번 천막입니다. 적린석이 한 박스나 올라왔네요. 어쩌다 언데드 님을 위한 맞춤 품목 같아요. 늦기 전에 C구역 299번 천막을 방문해보세요.]

이탄은 일단 이 세 가지 알람 가운데 리노 일족의 상급 비늘을 선택했다. 토트 족의 등껍질이나 적린석보다 리노의 비늘이 더 구하기 어렵기 때문이었다.

이탄이 마켓 거리 중심부로 달려갔다. 그곳에는 원통 모양의 이송 마법진이 26개나 설치되어 있었다.

이탄은 그중 6번 마법진을 타고 F구역으로 곧장 넘어갔다.

A부터 Z까지 블랙마켓의 각 구역들은 크기가 수 킬로미터나 되어서 단거리 이송 마법진을 이용하는 것이 가장 편리했다.

이탄이 F구역 57번 천막에 막 도착했을 때, 그곳엔 이미 여러 명의 회원들로 북적거렸다. 다수의 회원들을 한자리에 끌어모을 만큼 리노 일족의 비늘은 인기 만점이었다.

천막 안에는 체격이 건장하고 얼굴에 오소리의 가면을 쓴 사내가 자신의 물건을 판매 중이었다.

오소리 가면 사내의 앞에서는 은빛으로 번쩍거리는 비늘 2개가 1.5미터 높이로 떠서 천천히 회전 중이었다.

이 한 쌍의 비늘은 투명한 보호막으로 보호되었다.

[나는 상급 리노의 비늘 2개를 다 사고 싶소이다. 판매자가 원하는 건 뭐요?]

뿔 3개 가면을 쓴 회원이 목청을 높였다.

오소리 가면 사내는 했던 말을 반복하기 싫었는지 손가락으로 팻말을 가리켰다.

리노 일족의 상급 비늘 <=> 뿔브의 눈물 10 밀리그램, 시스커의 두개골, 혹은 최상급 음혼석 뿔 3개 가면 사내가 화를 버럭 내었다.

[최상급 음혼석이라니, 말도 안 되는 소리. 당신 같으면 최상급 음혼석과 리노의 상급 비늘을 바꾸겠소?]

[싫으면 마쇼.]

오소리 가면 사내가 고집스레 팔짱을 꼈다.

뿔 3개 가면 사내는 리노의 비늘이 꼭 필요했는지 발을 동동 구르다가 손을 번쩍 들었다.

[내게는 토트 일족의 상급 등껍질이 있소. 혹시 이것과 뽈브의 눈물 10 밀리그램을 바꾸실 분 안 계시오?]

그 말에 다른 회원들이 코웃음을 쳤다.

[흥. 우리가 이 천막에 왜 왔겠소? 다들 리노의 비늘이 탐나서 온 것 아뇨. 그런데 만약 우리 중에 뽈브의 눈물을 가진 회원이 있다면 그것으로 왜 굳이 토트 족의 등껍질을 사겠소? 곧바로 저 리노의 비늘을 사지.]

그 말이 지당했다. 뿔 3개 가면을 쓴 사내는 안타까움에 발을 쿵쿵 굴렀다.

뿔 3개 가면 사내가 오소리 가면에게 다시 물었다.

[시스커의 두개골이라니, 처음 들어보는 물품이구려. 대체 시스커의 두개골이 뭐요?]

오소리 가면 사내가 어이없다는 듯이 반문했다.

[하! 그게 뭔지도 모르면서 어떻게 거래를 하려는 게요?

나는 이 팻말에 적어 놓은 세 가지 물품 외에는 필요한 게 없으니 상급 리노의 비늘을 원하는 회원이 있걸랑 내가 만족할 만한 물품들을 구해오쇼.]

오소리 가면 사내는 고압적이었다. 이 자리에 모인 회원들은 리노의 비늘이 탐났으나, 오소리 가면을 만족시킬 자신이 없었다.

'쁠브의 눈물은 한 바가지나 있는데. 그걸 한번 꺼내 봐?'

이탄이 잠시 고민했다.

'아니지. 리노의 비늘이 당장 팔릴 것 같지는 않으니까 좀 더 상황을 지켜보자.'

이탄은 마음을 고쳐먹었다.

F구역 57번 천막에는 다른 회원들이 계속해서 들어왔다. 그러나 다들 쁠브의 눈물이나 시스커의 두개골이 없어 거래는 이루어지지 않았다.

오소리 가면 사내가 아공간 주머니를 열어서 다른 물건들을 꺼냈다.

[나는 리노 일족의 비늘 말고도 이런 것들을 가지고 있소이다. 혹시 관심 있는 분들 계시오?]

오소리 가면이 내놓은 물품 중에는 신기한 것들이 많았다. 이곳 행성에서는 볼 수 없는 물건들이었다.

'오소리 가면이 다른 행성에서 왔나 보구나. 어디 보자. 뭐 괜찮은 게 있나?'

이탄도 관심을 갖고 오소리 가면의 물건들을 둘러보았다.

딱히 끌리는 것은 없었다.

그러는 사이 등이 둥글게 굽은 칼 한 자루가 판매되었다. 오소리 가면은 상급 음혼석 한 개를 받고 등 굽은 칼을 넘겼다. 칼날이 뿜는 기세가 여간 날카로운 게 아니었다.

실트앙의 실로 짠 옷도 중급 음혼석 25개에 판매되었다.

오소리 가면의 설명에 따르면, 실트앙의 실은 아주 질기고, 불에 타지도 않으며, 방수와 방한 기능도 있다고 했다.

물론 이런 것들은 이탄의 관심사는 아니었다. 이탄은 조금 더 둘러보다가 57번 천막을 떠났다.

이어서 이탄은 26개의 이송 마법진 가운데 세 번째 원통으로 들어갔다. C구역으로 이동하기 위함이었다.

C구역 299번 천막은 다른 곳들보다 규모가 상당히 컸다.

크라포 일족이 직접 운영하는 직영 점포도 아닌데 이렇게 천막이 크다는 것은, 이곳의 판매자가 꽤 유명하다는 의미였다.

이탄이 299번 천막 안에 들어서자 **빽빽하게** 들어찬 인파가 앞을 가로막았다. 이곳 천막의 주인은 눈알이 3개 달린 뱀, 즉 삼목사의 가면을 얼굴에 쓰고 있었다. 체형으로 보아 여성이 분명했다.

Chapter 8

삼목사 가면의 앞쪽에는 10개의 서로 다른 물건들이 허공에 둥실 떠서 천천히 회전했다. 이탄은 우선 적린석에 눈길을 주었다.

블랙마켓 회원들은 적린석보다는 기운이 범상치 않은 무기와 몬스터 시체들에 관심을 더 두는 모양이었다.

그러는 가운데 붉은 원숭이 가면이 손을 들었다.

[적린석을 사고 싶은데, 조건이 뭡니까?]

경쟁자의 출현에 이탄의 눈길이 붉은 원숭이 가면에게 쏠렸다.

삼목사 가면은 다른 회원들이 모두 들을 수 있도록 뇌파로 대답했다.

[저기 팻말에 제가 원하는 물건들을 적어두었습니다. 만약 저 물건들을 가지고 계시지 않으면 적린석 한 개당 중급

음혼석 3개를 지불해도 되고요.]

붉은 원숭이 가면 사내가 대뜸 투덜거렸다.

[적린석 한 개당 중급 음혼석 3개면 너무 비싼 것 아뇨?]

[훗. 비싸면 사지 않으면 그만이죠.]

삼목사 가면이 피식 웃었다.

붉은 원숭이 가면이 부르르 몸을 떨었다.

붉은 원숭이 가면은 금방이라도 상대를 공격하려는 듯 주먹을 쥐락펴락했다. 보아하니 이 붉은 원숭이 가면은 성질이 무척 난폭한 듯했다.

삼목사 가면은 상대가 거칠게 나와도 전혀 신경 쓰지 않았다.

이탄이 갑자기 둘 사이에 끼어들었다.

[내가 중급 음혼석 6개로 적린석 2개를 사겠소.]

[잘 생각하셨어요.]

삼목사 가면은 허공에 둥둥 떠 있는 보호막 속으로 손을 넣어 적린석 2개를 꺼내더니 이탄의 중급 음혼석과 교환했다.

이탄은 현재 중급 음혼석을 9개 보유했다. 따라서 마음만 먹으면 적린석을 3개까지 살 수도 있었다. 하지만 이탄은 일부러 음혼석 3개는 남겨놓았다. 혹시라도 나중에 필요할지도 몰라서였다.

게다가 이탄은 적린석을 이미 201개나 가진 터라 여기에 적린석 2개를 더한들 큰 의미는 없었다. 이탄은 그저 첫 거래를 해보자는 심정으로 삼목사 가면과 물물교환을 한 것이다.

[쳇. 웃기는군.]

이탄이 중간에 끼어든 것이 기분 나빴는지 붉은 원숭이 가면이 이탄을 사납게 노려보았다.

이탄은 별 신경도 쓰지 않고 299번 천막을 떠났다.

띠링!

경쾌한 벨소리와 함께 둥그런 신분패가 새 정보를 읊었다.

[잠시 후 A구역 1번 크라포 직영점에서 새로운 보물들이 공개된답니다. 어쩌다 언데드 님, 혹시 귀하께 꼭 필요한 물건이 나올지 모르니 관심을 기울여주세요.]

'흠. 직영점이 열린다고?'

이탄은 곧장 A구역으로 이동했다.

붉은 원숭이 가면이 이탄의 뒤에 그림자처럼 따라붙었다.

단지 그 혼자만이 아니었다. 붉은 원숭이 가면에 이어서 파란 원숭이 가면과 보라색 원숭이 가면, 노란 원숭이 가면을 쓴 사내들도 은밀하게 거리를 벌려 이탄의 뒤를 밟았다.

주변에서는 이 점을 별로 이상하게 보지 않았다.

크라포 시스템은 조금 전에 A구역 직영점에서 새로운 보물들을 공개한다고 공표했다. 이 반가운 소식에 여러 회원들이 A구역으로 발걸음을 재촉하는 중이었다. 다른 회원들이 보기에는 이 원숭이 가면들도 직영점을 향해 달려가는 것처럼 느껴졌다.

'어라? 요것들 봐라.'

이탄이 속으로 한 번 씨익 웃었다.

이탄은 뒤를 돌아보지 않고서도 원숭이 가면 무리가 자신의 뒤를 밟고 있다는 사실을 감지했다.

그런데도 이탄은 그들의 행동을 내버려 두었다.

이윽고 이탄이 A구역에 도착했다.

A구역 1번은 천막이 아니라 커다란 원형건물이었다. 건물 내부에는 중앙 단상이 있고, 그 단상을 향해서 부채꼴 모양으로 계단이 설치되었다. 다수의 회원들이 이 부채꼴 계단에 앉아서 단상을 주목했다.

단상 위에는 크라포 일족이 올라와서 다양한 보물들을 판매 중이었다. 회원들은 열기 띤 눈빛으로 크라포 족의 설명을 들었다.

이탄도 적당한 곳에 사리를 차지하고 앉아서 주최 측의 설명에 귀를 기울였다.

붉은 원숭이 가면을 비롯한 원숭이 가면 무리들은 이탄의 뒤쪽에 적당히 진을 쳤다.

[자, 이어서 알블―롭 귀족의 시체입니다.]

크라포 족 상인은 아무런 장식도 없는 하얀 민무늬 가면을 쓰고서 손을 옆으로 빌렸다.

스르륵.

상인의 손짓에 따라 네모난 유리관이 단상 아래쪽에서 올라왔다.

유리관 안에는 가슴에 팔을 X자로 모으고 눈을 꼭 감은 시체가 한 구 들어 있었다. 시체는 늑대의 머리에 사람의 몸을 하고 있으며, 신체에서 은은하게 나무의 기운이 풍겼다.

알블―롭 일족의 시체가 분명했다.

크라포 족 상인이 설명을 했다.

[이 시체는 스피네의 독에 중독을 당해서 죽은 알블―롭 귀족의 것입니다. 다행히 스피네에게 물어뜯기지 않아 훼손된 곳이 없는 일등급입니다.]

크라포 족 상인은 시체를 앞뒤로 돌려가며 훼손된 곳이 전혀 없음을 회원들에게 보여주었다.

상인의 설명이 이어졌다.

[회원님들도 아시다시피 알블―롭 귀족의 시체는 몸이

단단하고 민첩하여 여러모로 쓸모가 많습니다. 시체에 영력을 충분하게 불어넣으면 얼마든지 언데드 괴뢰로 부활시킬 수 있으며, 이렇게 되살아난 언데드 괴뢰는 살아생전 이 귀족이 지녔던 무력의 70퍼센트를 발휘합니다. 이 귀한 시체를 상급 음혼석 4개에 모시겠습니다.]

[음?]

이탄은 시체가 생각보다 비싸서 놀랐다.

'이거 그동안 내가 때려잡은 귀족들이 여럿이었는데, 그 시체들을 괜히 포기했나? 전리품으로 챙길 것을. 쯧쯧쯧.'

이탄은 살짝 후회했다.

만약 이탄이 블랙마켓이라는 곳을 미리 알았더라면 시체도 알뜰하게 챙겼을 것이다. 이탄은 괜히 알블―롭 일족에게 시체를 넘겨줬다며 혀를 찼다.

그러는 사이 6명의 회원이 동시에 둥그런 신분패에 상급 음혼석 4개씩을 올려놓았다.

크라포 족 상인이 껄껄껄 웃었다.

[허허허. 무려 여섯 분이나 구매를 희망해주셨는데요, 안타깝게도 저희에게는 알블―롭 귀족의 시체가 딱 네 구뿐입니다. 따라서 먼저 신청해주신 네 분 회원님께만 판매가 가능합니다. 허허허. 네 분은 축하드립니다. 나머지 두 분께서는 다음부터 좀 더 서둘러 주시기 바랍니다.]

크라포 족 상인이 말을 하는 동안, 토끼 가면의 여노예들이 유리관 4개를 카트에 싣고서 4명의 회원들에게 인도해 주었다.

4명의 회원들은 유리관 속의 시체를 꼼꼼하게 살핀 다음, 각자의 아공간에 보관했다.

Chapter 9

짝짝.

크라포 족 상인이 손뼉을 두 번 쳤다.

이번에도 유리관이 단상 아래쪽에서 스르륵 올라왔다.

[자, 이것은 플라모 귀족의 시체입니다. 아쉽게도 시체의 목과 가슴, 배에 구멍이 뚫린 상태라 이등급으로 분류되었습니다만, 플라모 귀족의 시체는 훼손이 좀 있더라도 품질이 떨어지지 않습니다. 이 시체를 언데드 괴뢰로 부활시키면 본래 모습은 무너져 내리고 불꽃의 정령처럼 신체변형이 이루어지지 않습니까? 그러니까 신체 훼손이 있어도 별 문제가 아니지요. 자, 여러분. 플라모 일족은 알블—롭 일족보다 강하지는 않지만 시체의 활용도는 좀 더 높은 편입니다. 이 사실은 누구나 다 아시지요? 따라서 이 시체를 상

급 음혼석 7개에 모시고자 합니다.]

　[내가 사겠습니다.]

　[아니. 내가 꼭 사야겠어요.]

　말이 떨어지기 무섭게 회원들 10여 명이 자신들의 신분패 위에 상급 음혼석을 올려놓았다.

　크라포 족 상인이 계단의 두 곳을 빠르게 가리켰다.

　[자. 이쪽과 저쪽 두 분이 가장 손이 빠르시네요. 안타깝게도 플라모 귀족의 시체는 딱 두 구뿐이었습니다. 행동이 빠른 두 분 회원만이 보물을 차지하셨네요. 아깝게 기회를 놓치신 회원님들은 분발하세요.]

　[어우 씨. 플라모 시체가 꼭 필요했는데.]

　[아! 이런 빌어먹을.]

　계단 곳곳에서 탄식이 터졌다.

　반면 시체를 구매한 회원들은 기쁜 기색을 억지로 억눌렀다.

　이번에도 토끼 가면을 쓴 여노예들이 유리관을 2명 회원에게 인도해주었다. 회원들은 시체를 살피고는 재빨리 아공간에 넣었다.

　그 뒤로도 크라포 상인은 다양한 종족의 시체들을 판매했다.

　'크라포 시스템은 대체 어떻게 이런 시체들을 손에 넣는

거지?'

이탄이 의문을 품었다.

시체들 가운데 상당수는 형태가 멀쩡했다. 수명이 다해 죽은 귀족들의 시체가 대다수였다.

'전쟁터에서 시체를 수집한 것도 아닌 듯하네. 저렇게 멀쩡한 시체라면 획득 경로가 딱 두 가지뿐인데?'

첫째, 크라포 일족이 타 종족의 묘지를 몰래 도굴한 경우.

둘째, 각 종족의 후손들이 선조의 시체를 남몰래 빼돌려서 크라포 일족에게 판매한 경우.

이탄은 후자 쪽에 좀 더 무게를 두었다. 아무리 크라포 족이 막 나간다고 하지만, 타 종족 귀족들의 묘지를 쉽게 도굴할 수는 없었다. 그것보다는 싹수가 노란 후손들이 선조의 시체를 크라포 족에게 팔아먹었을 가능성이 더 높았다.

'아마도 저 시체를 판 녀석들은 이곳 블랙마켓의 회원들일 거야. 블랙마켓에서 꼭 필요한 물건을 발견했는데, 그걸 살 재화가 마땅치 않으니까 눈 딱 감고 선조의 시체를 팔아치운 거지.'

이탄은 이렇게 추측했다.

그러는 사이 다양한 종족들의 시체가 날개 돋친 듯이 팔려나갔다. 그 가운데는 이탄이 전혀 알지도 못하는 종족들도 꽤 있었다.

회원들의 열기는 점점 뜨거워졌다.

크라포 족 상인도 이제 슬슬 두 번째 단계로 넘어갔다.

[자, 지금까지도 회원 여러분의 호응이 뜨거웠는데요, 이제 제가 더욱 더 강렬한 호응을 한 번 이끌어내 보겠습니다. 이제부터는 상급 음혼석으로는 도저히 살 수 없는 귀한 시체들을 공개합니다. 어디서 이런 희귀한 시체들을 구했느냐고는 제게 묻지 말아주세요. 그건 영업비밀이랍니다. 후후훗훗.]

크라포 족 상인은 능글맞게 웃어 보인 뒤, 손뼉을 두 번 쳤다. 단상 아래쪽에서 유리관이 하나 올라왔다.

[헉? 진짜?]

[저 시체를 판다고?]

회원들이 경악했다. 넓은 객석을 꽉 채운 회원들이 흥분을 참지 못하고 술렁거렸다.

그도 그럴 것이, 이번 시체는 리노 일족의 것이었다. 그것도 일반 전사가 아니라 귀족의 시체였다.

크라포 족 상인은 뿌듯한 듯 뇌파에 힘을 실었다.

[보시다피 리노 귀족의 시체입니다. 상처 하나 없는 특등품이지요. 여러분, 한 번 대답해 보세요. 이 시체의 뿔이

보이십니까?]

　[네에—.]

　[보입니다.]

　회원들이 힘차게 외쳤다.

　크라포 족 상인이 또다시 회원들의 호응을 유도했다.

　[그럼 이 시체에 빼곡하게 채워진 비늘들이 보이십니까?]

　[네에에에.]

　[아주 잘 보입니다.]

　회원들이 발을 쿵쿵 구르며 열광했다.

　크라포 족 상인이 양팔을 번쩍 치켜들었다.

　[여러분, 리노 일족의 상급 뿔이 얼마나 비싼지 아십니까? 리노 일족의 상급 비늘이 얼마나 비싼지는 또 아십니까? 이 시체에는 상급 뿔 하나와 상급 비늘 421개가 빼곡하게 보존되어 있습니다. 이 시체로부터 뿔과 비늘만 떼어내도 가치가 어마어마합니다. 또한 리노 족 귀족의 시체로 언데드 괴뢰를 제조하면 그게 얼마나 강력한 무기가 되는 줄 아십니까? 여러분들이 전쟁터에 나가셨을 때 그 언데드 괴뢰 한 구가 여러분께 쏟아지는 모든 공격들을 대신 막아낼 겁니다. 그리고 적들도 짓뭉개버릴 겁니다. 그러니 이 시체가 얼마나 대단한 보물이란 말입니까.]

크라포 족 상인이 열변을 토할 만했다. 그릇된 차원을 통틀어서 가장 인기가 높은 언데드 괴뢰가 바로 리노 일족과 구아로 일족의 것이었다.

[그래서, 가격이 얼마요?]

[가격을 불러. 가격을 부르라고.]

[당장 사버릴 테다.]

회원들이 아우성쳤다.

크라포 족 상인은 가면 속에서 거만한 눈빛을 발산했다.

[자, 리노의 상급 뿔만 해도 음혼석으로는 살 수가 없습니다. 리노의 상급 비늘도 가격이 엄청나지요. 그런데 이 시체는 뿔 하나와 비늘 421개가 있습니다. 게다가 시체가 온전하여 언데드 괴뢰로 만들기도 안성맞춤이고요.]

[아, 그래서 가격이 얼마냐니까?]

Chapter 10

회원들의 반응이 극에 달했을 때였다. 크라포 족 상인이 갑자기 딴 소리를 했다.

[여러분, 제가 어찌 이 귀한 보물에 가격을 매길 수 있겠습니까? 자, 이렇게 하겠습니다. 리노의 시체를 구매하실

회원님들은 신분패에 각자의 매수 가격을 제시하시지요. 그 가운데 가장 높은 가격을 제시하신 회원님께 이 시체를 팔겠습니다.]

상인의 말이 떨어지기 무섭게 객석이 조용해졌다. 회원들은 가격을 얼마나 불러야 할지 고민하느라 눈알이 휙휙 돌아갔다.

크라포 족 상인이 말을 덧붙였다.

[단, 여기서 가장 높은 가격을 부르셨다고 해서 이 시체를 꼭 살 수 있는 건 아닙니다. 저희가 생각하기에 합당한 가격이 제시되지 않으면 이 시체는 팔지 않겠습니다.]

[끄으응.]

[젠장.]

몇몇 회원들이 신음을 내뱉었다. 다들 리노의 시체를 사기 위해 머리를 굴리는 한편, 경쟁자들의 동향도 살폈다.

이탄도 나름 고민에 잠겼다.

'아 씨. 뽈브 족 녀석을 쥐어짜서 체액을 얻을 게 아니라 시체를 온전히 얻었어야 했나?'

이탄은 거듭 후회했다.

'그렇다고 앞으로 과격한 행동을 자제하기도 그렇잖아. 나는 상대방을 찢어버리지 않으면 답답하던데. 어떻게 아무런 훼손도 없이 시체를 만들 수 있지?'

이탄은 이런 고민을 하느라 리노 귀족의 시체를 살 생각
도 안 했다. 이탄은 언데드 괴뢰에는 관심이 없었다. 그러
니 저 시체를 사봤자 상급 뿔 하나와 상급 비늘 421개를 얻
는 것에 불과했다.

'차라리 뿔과 비늘을 낱개로 사는 편이 더 쌀 거야. 저
시체를 통째로 사려면 너무 비쌀 테지.'

이게 이탄의 판단이었다.

'그래도 밑져야 본전이잖아. 구매 시도는 한번 해봐야겠
지?'

이탄은 둥그런 신분패에 지름 50 센티미터 크기의 퍼플
스톤을 제시했다. 그러다 너무 약소한 것 같아서 30 센티
미터 크기의 퍼플 스톤도 추가로 얹었다.

잠시 후, 크라포 족 상인이 고개를 절레절레 흔들었다.

[와우. 이거 실망이네요. 가장 높은 가격을 제시하신 손
님도 저희의 기준에는 미치지 못했습니다. 안타깝게도 이
시체는 판매 불가입니다.]

[우우우우우.]

회원들이 야유를 보냈다.

크라포 족 상인이 검지를 세웠다.

[단, 아직 실망하기엔 이릅니다. 제가 내일 이 시간에 다
시 한번 리노 족 귀족의 시체를 판매해 보겠습니다. 부디

그때 다시 한번 거래에 참여해주시기 바랍니다. 물론 그때
는 오늘보다 더 높은 가격을 제시해주셔야지요.]

내일 또 기회가 있다는 말에 회원들의 야유가 잦아들었
다.

크라포 족 상인은 리노의 귀족 이후에도 다른 종족의 시
체들을 계속해서 보여주었다. 그 가운데는 흐나흐 족의 시
체도 포함되었다.

[아시는 분은 이미 아시겠지만, 사실 흐나흐의 시체는 언
데드 괴뢰로 만들기가 아주 어렵습니다. 이 독특한 여우 종
족은 오대강족에 속하는 씨클롭이나 쁠브, 츄루바 일족에
비하면 훨씬 더 약하지만, 그들이 가진 영력은 이들 세 강
족들과 버금갈 정도로 고품질이기 때문이죠. 그래서 흐나
흐의 시체로 언데드화를 해도 괴뢰가 잘 만들어지지 않습
니다. 컨트롤도 쉽지 않고요. 그런데 그거 아십니까? 오대
강족 중 하나인 쁠브 일족이 흐나흐 일족을 은근히 보호해
주고 지원해 주는 이유 말입니다.]

회원들은 크라포 족 상인의 말에 쑥 빨려 들어갔다. 크라
포 족 상인은 비밀을 이야기하듯 뇌파로 속삭였다.

[쁠브 일족이 흐나흐 일족을 챙기는 이유는 하나입니다.
흐나흐 일족이 쁠브 일족에게 자신들 선조의 시체를 바치
기 때문이죠.]

[뭐어라?]

놀라운 이야기에 회원들 모두 벙 찐 표정을 지었다. 크라포 족 상인은 더욱 신이 나서 흐나흐 일족의 비밀을 떠들었다.

[허허허. 흐나흐 일족의 시체는 언데드 괴뢰로 만들기가 지극히 어려우나, 일단 언데드화에 성공하기만 하면 아주 특수한 성능을 가지게 됩니다. 바로 이 언데드 괴뢰가 적에게 영력 공격을 퍼붓는다는 점이지요. 그것도 살아생전 무력의 120퍼센트나 위력을 발휘한답니다. 이것은 다른 종족의 언데드들에게는 보기 힘든 특이한 점입니다.]

[그게 정말이야?]

[진짜로 언데드가 영력 공격을 할 수 있단 말이야? 그럼 전투 보조로 써먹기에 더할 나위가 없이 좋잖아?]

회원들은 화들짝 놀랐다. 흐나흐 일족의 비밀을 미리 알고 있던 회원들도 흠칫 몸을 떨었다.

크라포 족 상인이 말을 덧붙였다.

[저도 아직까지 실물을 본 적이 없습니다만, 그리고 우주에서 이 사실을 아는 자도 거의 없습니다만, 흐나흐 일족의 시체로 언데드 괴뢰를 만들면 특이하게도 살은 모두 썩고 오직 두개골만 남는다더군요. 그 두개골로 지팡이나 무기를 만들면 그게 곧 귀족급의 영력을 발휘하는 대단한 보물

인 셈이지요.]

그 말에 회원들이 즉각 반응했다.

[오오오오!]

[그러고 보니까 뻘브 족의 강자들이 대부분 여우 두개골
이 박힌 무기를 사용한다는 말을 들은 것 같아.]

[진짜야?]

[그렇다면 상인의 말이 사실이란 뜻이잖아?]

이제 회원들은 크라포 족 상인의 이야기를 본격적으로
믿게 되었다. 크라포 족 상인이 씨익 웃었다.

[회원 여러분. 그런데 혹시 이런 이야기를 혹시 들어본
적이 있으십니까? 흐나흐 귀족의 시체로 언데드 괴뢰를 만
들면 여우 두개골이 생성되지요. 그런데 흐나흐 일족에게
도 왕의 재목이 있지 않겠습니까? 그 왕의 재목의 시체에
귀족의 시체 열두 구를 합쳐서 뻘브 일족의 특수한 비법으
로 한꺼번에 언데드화를 시키면 놀랍게도 뿔이 하나 달린
두개골이 튀어나온답니다. 물론 희박한 확률을 뚫고 제작
에 성공했을 경우에만요.]

[뿔이 달린 여우 두개골이라고?]

회원들이 웅성거렸다.

크라포 족 상인은 두 손을 크게 벌리며 더욱 열심히 설명
했다.

[그런데 뿔 하나 달린 두개골이 발휘하는 영력 공격이 실로 엄청나단 말이죠. 회원님들, 한 번 상상해 보시겠습니까? 이 뿔 달린 두개골의 출력이 얼마인 줄 아십니까? 살아생전 왕의 재목 한 명과 12명의 귀족이 합동으로 공격하는 공격력의 150퍼센트! 이게 바로 두개골의 출력이랍니다.]

[헉? 그게 말이 돼?]

[왕의 재목이면 거의 천재지변이나 다름없는 공격을 퍼붓잖아? 거기에 귀족 12명의 공격이 더해진다고? 그런데 그게 끝이 아니고, 이 13명의 공격을 다 합친 것보다 1.5배나 더 강한 공격을 내뿜을 수 있다고? 한낱 두개골이?]

[우와아. 만약에 그 두개골로 무기를 만들면 그야말로 끝장이겠구나. 그 정도 무기라면 갓난아이가 휘둘러도 왕의 재목을 해치울 수 있겠는데?]

회원들은 완전히 흥분했다.

Chapter 11

회원들 가운데 누군가가 그 흥분에 불을 붙였다.

[아! 맞다. 그러고 보니 예전에 들은 적이 있어. 우주의

오대강족 가운데 하나인 뽈브 일족에는 왕의 재목뿐 아니라 왕이 계시잖아. 그 왕이 무척 아끼시는 무기에 외뿔이 돋친 여우 두개골이 박혀있다고 했어.]

[허억! 진짜? 흐나흐 족의 시체가 왕급 무기의 재료란 말이야?]

[믿을 수 없어. 이건 분명 허풍일 게야.]

회원들의 반응은 제각기 달랐다.

일부는 크라포 족 상인의 말을 믿었다. 일부는 부정했다. 하지만 다들 반응이 격렬한 것만큼은 일치했다. 그만큼 크라포 족 상인의 말이 놀라웠기 때문이리라.

[세상에. 무기만으로 왕의 재목을 해치울 수 있을 정도라니. 세상에 그런 무기가 존재한다니. 믿을 수 없어.]

누군가 허탈하게 중얼거렸다.

그럴 만도 한 것이, 그릇된 차원에서 일반 주민과 전사는 하늘과 땅 차이였다.

전사와 귀족 사이에도 하늘과 땅만큼의 간극이 존재했다. 전사들은 감히 귀족들과 눈도 마주치지 못했다.

그런 귀족들도 감히 왕의 재목과는 견줄 수가 수 없었다. 왕의 재목이 이글거리는 태양이라면, 귀족들은 한낱 반딧불에 지나지 않았다.

한데 이 왕의 재목도 실제 왕과는 비교도 할 수 없었다.

왕이 손짓만 까딱해도 왕의 재목이나 귀족들은 한 줌의 재로 변할 정도였다.

다시 말해서 왕은 그릇된 차원의 정점이었다. 왕이야말로 그릇된 차원의 진정한 포식자였다.

그 왕에 비하면 왕의 재목이나 귀족들은 하찮은 벌레나 다름없었다.

심지어 왕이 있는 종족과 왕이 없는 종족도 엄청난 차이를 보였다. 뽈브 일족을 포함하여 그릇된 차원의 오대강족들은 모두 왕이 존재했다. 그 왕들 덕분에 오대강족은 타종족을 압도하였다.

알블―롭 일족도 한때 신왕을 배출하여 온 우주를 활보하고 다녔다. 신왕 프사이의 존재감만으로도 알블―롭 일족은 세상에 무서울 것이 없었다.

그렇게 엄청난 존재가 바로 왕이었다.

한데 왕이 사용하는 무기의 재료라면 얼마나 귀하겠는가. 이것은 감히 그 가치를 따질 수도 없는 보물이었다.

크라포 족 상인이 좀 더 거창한 이야기를 꺼냈다.

[어이구야. 여러분, 겨우 이 정도로 놀라서는 안 되지요. 제가 전설로만 전해지는 일화를 하나 더 말씀드리겠습니다.]

[어서 말해 보쇼.]

회원들은 이제 완전히 상인의 말에 빠져들었다.

크라포 족 상인이 흡족하게 웃었다.

[어허허. 까마득한 옛날에 흐나흐 일족이 왕을 배출한 적이 있었답니다. 역사상 딱 한 번 있었던 일이지요. 그런데 한번 상상을 해보십시오. 그 왕의 시체에다가 왕의 재목의 시체 24구를 융합하여 뻘브 일족의 특별한 비법으로 언데드화를 시키면 어떻게 될 것 같습니까? 물론 언데드화에 실패할 확률이 99퍼센트이지만, 만약 1퍼센트의 확률로 언데드화에 성공한다면 어떠한 사태가 벌어질 것 같습니까?]

회원들은 크라포 족 상인의 질문에 답을 하지 못했다.

크라포 족 상인이 빼기면서 말했다.

[허허허. 그럴 경우에는 뿔이 2개 달린 여우 두개골이 만들어진답니다.]

[뭐라고? 뿔이 2개?]

[그런 게 가능해?]

[말도 안 돼. 왕의 시체를 어떻게 구하냐고. 그리고 무슨 왕의 재목이 24명이나 있어? 수백 년에 한 명 배출하기도 어려운 게 왕의 재목인데.]

회원들이 곧장 반박했다.

크라포 족 상인은 너털웃음을 흘렸다.

[어허허허허. 그러니까 상상이지요. 그런데 만약 이 상상

이 현실이 되면 무슨 일이 벌어질지 아십니까? 제가 들은 바에 따르면, 뿔 2개짜리 여우 두개골이 발휘하는 영력 공격은 실로 가공하다고 합니다. 살아생전 왕이 발휘하던 공격력. 거기에다 왕의 재목 24명이 동시에 퍼붓는 공격력을 더한 다음, 다시 그 위에 200퍼센트의 공격력 증폭효과를 가진다더라고요. 어허허허. 물론 뿔 2개짜리 여우 두개골 은 실현이 불가능한 것이겠지만요. 허허허. 제 이야기는 그 저 믿거나 말거나였습니다. 헛헛헛.]

[에이. 그럼 그렇지.]

[역시 말도 안 되는 소리야.]

[쳇. 허풍쟁이. 우우우우.]

회원들이 단상을 향해 야유를 보냈다.

[어허허. 죄송합니다. 허허허.]

크라포 족 상인은 민망했는지 연신 뒤통수를 긁었다.

오직 이탄만이 두 눈을 부릅떴다.

'어라? 나 그거 가졌는데? 뿔 2개짜리 여우 두개골. 내 아공간 박스 안에 그거 있는데?'

전혀 예상치도 못했던 사실에 이탄은 눈알을 데룩데룩 굴렸다.

크라포 족 상인은 여우 두개골에 대한 흥미로운 잡설을 끝마치고 이제 다시 본업으로 돌아왔다.

[자, 이제 시체를 팔아야지요. 허허허. 제가 여러분들께 소개할 것은 보시다시피 흐나흐 귀족의 시체입니다. 왕도 아니고, 왕의 재목도 아닌 일반 귀족의 시체지요. 그런데 혹시 여러분이 뻘브 일족의 언데드화 비법을 얻게 된다면 무슨 일이 벌어지겠습니까? 여러분들은 이 시체를 언데드화 시켜서 언데드 괴뢰를 만들 수 있게 됩니다. 그렇게 제조한 여우 두개골로 여러분들의 무기를 강화한다고 상상해 보십시오. 여러분의 의지에 따라 스스로 적에게 영력 공격을 퍼붓는 무기라니! 이 얼마나 가슴 뛰는 상상입니까?]

[오홋!]

객석에서 탄성이 터졌다.

크라포 족 상인이 이마에 핏줄을 드러내고 열변을 토했다.

이제 클라이막스였다.

[그리하여 저는 오늘 여러분에게 상급 재료 하나로 이 시체를 팔겠습니다. 리노 족의 상급 비늘, 토트 족의 상급 등껍질 등등 아무거나 좋습니다. 좋은 가격에 이 귀한 시체를 사가세요. 단 한 번뿐인 기회를 놓치지 마세요.]

크라포 족 상인은 정말 수완이 좋았다.

만약 이 상인이 흐나흐 귀족의 시체를 그냥 팔았으면 잘해야 상급 음혼석 몇 개만 받았을 것이다. 그런데 상인은 뿔 달린 여우 두개골을 언급하며 회원들의 기대를 한껏 빵빵하게 부풀려 놓았다.

Chapter 12

물론 귀족의 시체만으로는 뿔 달린 여우 두개골을 제조할 수 없었다.

그럼에도 불구하고 다수의 회원들이 흐나흐 귀족의 시체를 사기 위해 자신들의 신분패를 꺼내들었다.

이탄도 잠시 고민하다가 아공간의 박스를 열었다.

이탄은 토트 일족의 상급 등껍질을 하나 꺼내어 조그맣게 축소한 다음, 그것을 자신의 신분패 위에 올려놓았다.

'어라? 이것 봐라? 상급 재료도 가졌어?'

이탄의 뒤쪽, 붉은 원숭이 가면이 그 모습을 보고는 가늘게 눈매를 좁혔다. 이윽고 붉은 원숭이 가면이 다른 원숭이 가면들에게 뭐라고 속닥였다.

그러는 사이 이탄은 흐나흐 귀족의 시체를 구매하기로 작정했다. 이탄이 본격적으로 마음을 먹자 시간을 컨트롤하는 무한의 인령이 저절로 발동했다. 시간과 관련된 만자 비문이 추가적으로 작동했다.

째깍, 째깍, 째애애깍, 째애애애—애—깍.

주변의 시간이 점점 느려졌다.

회원들 가운데 그 누구도 시간의 변화를 인지하지 못했다. 모든 생명체는 오로지 시간 안에서 존재하기 때문에 시간이 빨라지거나 느려져도 그것을 인지할 수 없었다.

오로지 이탄만이 느려진 시간 속에서 빠르게 행동했다. 이탄은 토트 족의 상급 등껍질을 신분패 위에 올려놓고, 등록 절차를 밟은 뒤, 곧바로 전송 버튼을 눌렀다. 이 모든 동작이 거의 0에 가까운 시간 동안 이루어졌다.

이탄은 등껍질의 전송을 마치자마자 느려졌던 시간을 다시 원상태로 돌려놓았다.

째애애애—애—깍, 째애애애깍, 째애깍, 째깍, 째깍, 째깍.

느려졌던 시간이 다시 정상적으로 흘렀다. 회원들은 그제야 손가락을 미친 듯이 놀려서 신분패를 조작했다.

여기저기서 상급 재료들이 크라포 족 상인에게 전송되었다.

크라포 족 상인은 아주 느릿하게 치켜들던 손을 다시 정상적인 속도로 움직여서 이탄과 다른 2명의 회원을 지목했다.

[축하드립니다. 흐나흐 일족의 시체가 딱 세 구였는데, 이 세 분이 가장 빨리 반응하셨네요. 구매에 실패하신 회원

님들께는 전송해주셨던 상급 재료를 다시 돌려드리겠습니다. 구매에 성공하신 세 분은 진심으로 축하드립니다.]

토끼 가면 여노예들이 유리관을 하나씩 카트에 싣고 세 회원들에게 다가갔다. 이탄도 그중 한 구의 시체를 받았다.

이탄은 유리관 안에 들어 있는 흐나흐 귀족의 시체를 살펴본 다음, 아공간 박스 속에 집어넣었다.

사실 이탄은 흐나흐 족의 시체가 꼭 필요하지는 않았다. 다만 이탄은 뿔 2개 여우 두개골을 한번 연구해보려는 마음이 생겼을 뿐이었다.

'연구를 하려면 흐나흐 족의 시체가 하나쯤 있으면 좋겠지.'

이탄은 미래에 대비하는 마음으로 흐나흐 귀족의 시체를 샀다.

이탄이 시체 구매를 결심한 또 한 가지 이유가 있었다.

'미리 시체를 사놔야 나중에 의심을 받지 않을 테지. 앞으로 블랙마켓에 뽈브 족의 시체 제련법이 올라오면 무조건 구매해야 할 것 아냐? 그때 크라포 족 상인들로부터 의심을 받지 않으려면 미리 이 시체를 사놓을 필요가 있어.'

이탄은 철두철미한 성격이었다. 그는 혹시 모를 의심에 대비하여 흐나흐 귀족의 시체를 장만해 두었다.

흐나흐 귀족의 시체 이후로도 크라포 족 상인은 여러 종족의 시체를 판매했다. 이탄은 재미 삼아 구경만 할 뿐 더이상 거래에 끼어들지는 않았다.

마침내 그것도 끝이 났다.

크라포 족 상인이 손뼉을 짝짝 쳤다.

[자, 이것으로 제가 준비한 물건들은 모두 동이 났네요. 열띤 성원을 보내주신 우리 회원님들께 진심으로 감사드립니다. 여러분 사랑해요.]

크라포 족 상인은 자신의 입술에 양손을 가져다 대었다가 활짝 펴면서 객석을 향해 키스를 날렸다.

[벌써 끝이야?]

[이런. 나는 아무것도 사지 못했는데.]

회원들이 아쉬움을 토로했다.

그래도 어쩔 수 없었다. 회원들은 직영점의 특별판매가 종료되자 일제히 엉덩이를 털고 일어섰다.

비록 특별판매는 종료되었지만 아직 블랙마켓의 둘째 날 행사는 끝나지는 않았다. 블랙마켓의 회원 간 거래는 밤새도록 계속될 예정이었다. 회원들은 다른 점포들을 둘러볼 요량으로 각자의 발걸음을 재촉했다.

"이제 또 어디를 둘러볼까?"

이탄도 자리를 툭툭 털고 일어났다.

같은 시각.

블랙마켓이 개최된 곳으로부터 까마득히 멀리 떨어진 행성 안.

보랏빛 신전 위 까마득한 상공에는 빨판이 달린 다리 수백 개가 부유하여 꿈틀거렸다. 그 다리 하나하나가 산맥에 버금갈 정도로 컸다.

신전 안에서는 공손한 뇌파가 울렸다.

[여우의 두개골의 회수에 실패했습니다.]

상공에서 꿈틀거리던 다리들이 한순간 동작을 정지했다. 이윽고 신비로운 뇌파가 신전 위에서 작렬했다.

[실패라니? 어쩌다 실패했더란 말이냐?]

[송구하옵니다. 알블―롭 녀석들이 여우 두개골을 가지고 있다는 정보를 입수하고는 흐나흐 족을 통해서 그 두개골을 회수하려고 하였는데, 그만 두 종족 사이에 전쟁이 벌어져서 회수에 실패했습니다.]

[중재자를 파견하지 않았던가?]

신전 상공에서 진노한 뇌파가 울렸다.

대답을 하던 자가 쩔쩔맸다.

[송구하옵니다. 중재자 또한 종족 전쟁에 휘말려서 죽었습니다. 하오니 명령만 내려주십시오. 저 겁대가리를 상실한 알블―롭 녀석들에게 뻘브 일족의 무서움을 알려주겠

나이다. 그리고 여우 두개골도 회수하겠나이다.]

[닥쳐라.]

신전 위에서 벽력같은 뇌파가 방출되었다.

[끄아악!]

신전 안에서 보고를 올리던 자가 감전이라도 당한 듯 게 거품을 물었다.

신전 상공에서 또다시 진노한 뇌파가 울렸다.

[얼마 전 왕께서 다른 차원을 정복하러 가셨느니라. 그 탓에 나는 이번 여우 두개골에 대해서 왕께 고하지도 못하였느니라. 그런데 일을 크게 키우겠다고? 왕께서 나의 충심을 오해하도록 만들겠다고? 네가 감히 왕의 손을 빌어 나를 죽이려 함이더냐?]

[으으윽. 송구하옵니다. 저는 절대 그런 뜻으로 드린 말씀이 아니옵니다. 송구하옵니다.]

신전 안의 보고자가 하늘을 향해 싹싹 빌었다.

신전 상공에서 또다시 뇌파가 울렸다.

[이번 일은 당분간 덮어라. 흐나흐 족에게도 경고를 넣어서 당분간 알브—롭 일족 근처에 얼씬도 하지 말도록 제어하라.]

[명심하겠나이다.]

보고자가 납죽 머리를 숙였다.

잠시 후, 신전 상공에서 또 다른 명이 내려왔다.

[그렇게 자중은 하되, 은밀하게 알아볼 필요는 있겠지. 조심스럽게 알블—롭 족에 접근하여 그 여우 두개골에 혹시라도 뿔이 달려 있는지 조사해 보아라.]

[네이. 명을 받들겠나이다.]

보랏빛 신전 안에서는 벌벌 떨리는 대답이 흘러나왔다.

제3화
빨주노초파남보 원숭이 가면

Chapter 1

다시 블랙마켓 안.

다음 이동할 곳을 결정하기 전, 이탄은 신분패부터 확인했다.

신분패에는 딱히 메시지가 남아 있지 않았다. 이탄이 희망하는 물건들이 거래 시스템에 올라오지 않았다는 소리였다.

"이럴 때는 무조건 대형 점포에 구경 가는 편이 낫지. 우연히 괜찮을 물건을 건질 수도 있잖아? 또한 몰랐던 정보를 귀동냥할 수도 있고."

이제 이탄은 블랙마켓에 꽤 익숙해졌다.

이탄은 A구역을 떠나서 가장 외진 곳인 Z구역으로 이동
했다.

약간의 시간 차이를 두고 붉은 원숭이 가면과 그의 동료
들이 Z구역으로 연결된 이송 마법진에 올라탔다.

거기에 더해서 각기 다른 구역에 흩어져 있던 원숭이 가
면들이 일제히 Z구역으로 발걸음을 옮겼다.

덩치가 큰 주황 원숭이 가면.

몸이 날렵해 보이는 초록색 원숭이 가면.

미끈한 체형의 여성인 남색 원숭이 가면.

이 3명이 더해지면서 원숭이 가면 무리는 이제 총 7명으
로 늘었다. 이들이 착용한 가면의 색깔은 특이하게도 빨주
노초파남보의 무지개색 일곱 가지였다.

이탄의 감각은 놀라울 정도로 예민했다.

'요것 봐라? 4명에서 7명으로 늘었네?'

이탄은 자신의 등 뒤에서 벌어지는 수작을 훤히 꿰뚫어
보았다.

블랙마켓에 입장하기 전, 이탄은 신분패를 통해서 마켓
의 규칙을 미리 숙지해놓았다.

'블랙마켓은 자유도가 비정상적으로 높지. 이곳에서는
단순히 물건만 거래되는 것이 아니야. 조금 전에 본 것처럼
시체나 노예, 장기매매와 같이 일반적으로는 잘 거래되지

않는 것들도 모두 포함되었어.'

심지어 블랙마켓에서는 온갖 종류의 성매매나 몬스터 살해 청부도 거침없이 거래 품목으로 올라왔다.

그 와중에 크라포 시스템은 오로지 직영점에서 판매하는 물건의 품질만 보장했다. 회원 간 거래는 일절 보장하지 않았다.

만약에 어떤 회원이 다른 회원에게 속아서 불량품을 사더라도 그것은 그 회원의 안목이 부족한 탓이었다. 크라포 시스템은 속은 회원을 위해서 단 한 푼도 보상해주지 않았다. 대신 크라포 시스템은 속은 자가 속인 자에게 보복하는 것은 눈감아 주었다.

물론 공식적으로는 블랙마켓 내부에서 회원들 간의 적대적 행위는 금지되었다.

하지만 이것은 어디까지나 원칙이 그렇다는 것이고, 실제로 회원들 사이에 분쟁이 발생하여 싸움이 벌어져도 크라포 족 상인들은 전혀 신경 쓰지 않았다.

다만 이 싸움으로 인하여 블랙마켓의 상품들이 망가지면 곤란했다.

그래서 크라포 일족은 블랙마켓 안에 26번째 이송 마법진을 설치해 놓았다. 그들은 A부터 Z까지 각 구역을 돌기 위한 마법진 25개(A부터 Z까지 26개 구역 중 현 위치를 제외한 나머지 구역으로 이동하기 위한 마법진이 총 25개) 외에도, 26번째 마법진을 하나 추가해 놓은 것이다.

이 26번째 이송 마법진은 분쟁을 일으킨 회원들을 마켓으로부터 격리시키기 위한 용도였다.

서로 의견이 충돌한 회원들이 무력으로 해결을 보기 위하여 이 26번째 마법진에 들어가면, 마법진은 그들을 블랙마켓과 격리된 독립 공간으로 이송시켜 주었다.

그러면 분쟁이 발생한 회원들은 독립 공간 속에서 자신들끼리 알아서 다툼을 처리하면 그만이었다.

크라포 일족은 이 독립 공간 속에서 어떠한 일이 벌어져도 신경 쓰지 않았다. 대부분 그곳에서 벌어지는 일의 결과는 회원 중 어느 한쪽의 사망이었다.

이렇게 무력 해결이 끝나고 나면, 크라포 일족은 반드시 죽은 회원의 가면과 신분패를 회수했다.

혹시라도 죽은 이의 가면과 신분패가 시중에 떠돌아다니면, 그것으로 크라포 시스템에 접속하는 가짜 회원이 발생할까 우려해서였다.

이러한 방식이 옳건 그르건 간에, 블랙마켓에 설치된 독립 공간은 회원들 간의 분쟁을 해결하는 해우소 역할을 했다. 분쟁에 휘말린 회원들은 종종 이 독립 공간을 활용해서 문제를 풀었다.

혹은 일부 어수룩한 초보 회원들이 독립 공간에 잘못 끌려와서 개죽음을 당하는 경우도 발생했다.

이탄은 일부러 넋이 나간 듯한 몸짓으로 Z구역의 천막들을 두리번거렸다. 한눈에 보기에도 이탄의 행동은 초보자다웠다.

[역시 리스트가 정확하군. 저 뼈다귀 가면 녀석이 신규 회원이라던데, 딱 봐도 초보 티가 나는구나.]

붉은 원숭이 가면이 먼 발치에서 이탄을 비웃었다.

블랙마켓이 열리기 전, 붉은 원숭이 가면은 크라포 일족과 뒷거래를 통해서 신규 회원 리스트를 사들였다.

그가 비싼 가격을 치르고 리스트를 산 이유는 딱 하나였다. 신규 회원들이 제일 등쳐먹기 편해서였다.

붉은 원숭이 가면은 C구역 299번 천막에서 이탄을 처음 만났을 때부터 이탄이 초보자임을 알아보았다.

'우리 원숭이 형제들이 나름 이 일대에서 이름이 알려져 있잖아? 그러니 생초보가 아니라면 감히 내가 점찍은 적린석을 가로채지는 못했겠지.'

붉은 원숭이 가면은 이탄을 먹잇감으로 점찍고는 몰래 뒤를 밟았다.

원래 붉은 원숭이 가면이 세운 계획은, 괘씸한 저 뼈다귀 가면에게 본때를 보여준 뒤, 적린석을 다시 빼앗겠다는 것이었다.

한데 알고 보니 뼈다귀 가면 녀석이 꽤 부자였다. 상대는 토트 족의 상급 등껍질을 망설임 없이 지불할 정도로 부유했다.

[그렇다면 이야기가 달라지지. 초보자인 주제에 부유하기까지 해? 그렇다면 우리 형제들이 한번 탈탈 털어줘야지. 영혼까지 탈탈탈.]

붉은 원숭이 가면이 히죽 웃었다.

Chapter 2

옆에서 주홍 원숭이 가면이 동의했다.

[크흐흐. 가진 것을 얌전히 내놓으면 목숨만큼은 살려줄 수는 있지. 하지만 만약 조금이라도 반항한다면 그대로 죽여 버릴 테야.]

주홍 원숭이 가면의 눈에서 살기가 줄기줄기 뿜어졌다.

붉은 원숭이 가면이 턱으로 이탄을 가리켰다.

[여섯째가 가봐라.]

[그러죠.]

남색 원숭이 가면이 폴짝 모둠발로 뛰었다. 어수룩한 초보자를 꾀어내는 일은 남색 원숭이 가면의 주특기였다.

남색 원숭이 가면은 소리 없이 이탄의 뒤로 접근했다. 그다음 실수인 것처럼 어깨를 툭 부딪쳤다.

이탄은 상대와 충돌하기 직전에 어깨를 살짝 뺐다.

덕분에 남색 원숭이 가면은 이탄과 아슬아슬하게 스치기만 했을 뿐 몸뚱어리가 직접 부딪치지는 않았다.

이탄이 상대를 빤히 바라보았다.

남색 원숭이 가면이 냉큼 연기에 돌입했다.

[아앗. 죄송해요. 하마터면 제가 실수로 부딪칠 뻔했네요.]

남색 원숭이 가면의 뇌파는 애교가 뚝뚝 흘러넘쳤다. 게다가 남색 원숭이 가면은 몸매가 기가 막혀서 주변을 지나가는 남성 회원들이 힐끗힐끗 곁눈질할 정도였다.

이탄도 연기력이 뒤지지 않았다. 이탄은 더더욱 어수룩한 척 굴었다.

[어어엉? 저는 괜찮습니다. 저도 그쪽을 보지 못했는걸요. 하마터면 우리가 부딪칠 뻔했네요. 하하하.]

[정말 죄송해요. 제가 급하게 팔아야 하는 물건이 있어서 정신이 홀렸나 봐요. 그런데 마켓이 처음이다 보니 어디가 어디인지도 모르겠고. 하아. 정밀 힘드네요.]

남색 원숭이 가면의 뇌파에는 어찌나 감정이 구구절절

하게 실렸던지, 어지간한 남성 몬스터들은 그녀의 뇌파를 듣기만 해도 저절로 도와주고 싶은 마음이 샘솟을 듯했다.

이탄이 살짝 머뭇거리다가 물었다.

[저기요, 혹시 어디를 찾으시는데요?]

[아! Y구역 301번 천막이요. 제 물건을 빨리 교환하기 위해서는 이미 그곳에 도착했어야 하는데, 아무리 찾아도 번호가 보이지 않아요. 흐흐흑. 이걸 어쩜 좋아요.]

남색 원숭이 가면이 울먹였다.

이탄이 안타까운 듯 현재 위치를 설명해 주었다.

[Y구역이라고요? 여기는 Z구역인데요.]

[아앗! 정말요? 으흐흑. 이걸 어쩜 좋아. 이미 늦어버렸네요. 흐흐흐흑. 이 물건으로 할아버지의 약재와 물물교환을 해야만 하는데, 제가 그만 일을 망쳐버렸어요. 이곳 마켓은 시간약속을 칼같이 지켜야 한다면서요? 흐흐흑. 이미 약속 시간에 늦어버렸으니 이걸 어쩜 좋아요? 아아악. 안 돼. 안 돼. 거래 대상자가 이미 Y구역 301번 천막에서 떠나버렸어요. 그것도 저를 욕하면서요.]

남색 원숭이 가면은 신분패에 올라온 메시지를 보고는 갑자기 비명을 질렀다. 발도 동동 굴렀다.

남색 원숭이 가면이 어찌나 연기를 잘 했던지 그녀의 여린 몸짓을 보기만 해도 애처로운 마음이 절로 일어날 정도였다. 남색 원숭이 가면은 두 손으로 자신의 얼굴을 감싸쥐면서 눈물을 흘리는 한편, 손가락 사이로 이탄의 행동을 살폈다.

[회원님, 그만 우세요.]

이탄이 어쩔 줄 몰라 했다.

'이 녀석 좀 보게. 완전 촌뜨기 숙맥이잖아?'

남색 원숭이 가면이 속으로 피식 웃었다. 그리곤 점점 더 신들린 듯한 연기를 펼쳤다.

[흐흐흑. 할아버지를 위해서 그 약재를 꼭 구해야만 해요. 그렇지 않으면 할아버지의 목숨이 위태롭다고요. 으흐흐흑.]

[대체 어떤 약재기에 그럽니까?]

이탄의 물음에 남색 원숭이 가면이 울먹거리며 대답했다.

[흐나흐 일족의 꼬리털이요. 그게 꼭 필요해요.]

[네에?]

이탄이 짐짓 놀란 척을 했다.

이것 또한 남색 원숭이 가면이 의도한 바였다. 남색 원숭이 가면은 이탄이 지금 보유한 물건들 가운데 하나를 일부러 점찍어서 말했다.

그게 바로 흐나흐 족의 꼬리털이었다.

'네 녀석이 조금 전에 흐나흐 일족의 시체를 샀다지? 그럼 당연히 여우 꼬리털도 있겠지.'

남색 원숭이 가면은 이렇게 짐작했다.

이탄이 우연의 일치를 놀라워하는 가운데, 남색 원숭이 가면은 자신의 애달픈 사연을 주저리주저리 읊조렸다.

[흐흐흑. 흐나흐 일족의 꼬리털이 할아버지의 병을 억누르기 위한 핵심 약재란 말이에요. 그래서 저는 크라포 시스템에 흐나흐 일족의 꼬리털을 사겠다고 올려놓았거든요. 그 결과 꼬리털을 가진 분과 연결되어 Y구역 301번 천막에서 만나기로 했단 말이에요. 거기서 그분과 제 물건과 교환을 하려고 했지요.]

[아아, 그랬군요.]

이탄이 적당히 추임새를 넣었다.

남색 원숭이 가면은 계속해서 훌쩍거렸다.

[그런데 제가 그만 초보자라 길을 잃고 헤매다가 약속 시간에 늦고야 말았어요. 그 와중에 상대방은 저를 가짜 거래자로 신고했지 뭐예요. 제가 거래 장소에 나타나지 않았다는 이유 만으로요. 흐흐흑. 너무해요. 그 바람에 저는 가짜 거래자가 되었답니다. 앞으로 누가 저와 거래를 하겠어요? 흐흐흑. 흐나흐 일족의 꼬리털을 구할 방법이 막막해졌으

니 이 사태를 어쩌면 좋아요. 으흐흐흐흑.]

[혹시 어떤 물건과 교환할 생각인지 여쭤봐도 되겠습니까? 흐나흐 일족의 꼬리털과 바꾸려는 물건 말입니다.]

이탄이 조심스레 물었다.

'호호호, 이 녀석이 이제 거의 다 넘어왔구나.'

남색 원숭이 가면이 속으로 쾌재를 불렀다.

남색 원숭이 가면은 이미 이와 같은 수법으로 수백 명이 넘는 남성 회원들을 홀렸었다. 매혹적인 몸매의 여인이 애처롭게 우는 것만으로도 남성 회원들은 마음이 흔들렸다.

여기에 한 발 더 나가서 상대방의 탐욕까지 불러일으키면?

그러면 남색 원숭이 가면의 계획은 100퍼센트 성사된 것이나 마찬가지였다.

남색 원숭이 가면이 조심스럽게 비밀을 털어놓았다.

[실은 저도 이게 무슨 물건인지 잘 모르겠어요. 할아버님께서 오래 전에 우연히 획득한 보물이라던데, 할아버님의 병세가 갑자기 악화되었기에 제가 그만 할아버님의 가면을 대신 쓰고 이 보물을 팔아서 약재를 구하려고 해요.]

Chapter 3

남색 원숭이 가면은 이탄 쪽으로 은근하게 몸을 기대면서 자신의 신분패에 기록된 물품명을 이탄에게 보여주었다.

<<츄루바 일족의 털, 최상급>>

츄루바 일족은 그릇된 차원의 오대강족 중 하나였다. 그들은 광활한 우주의 외곽 지대에 넓게 분포한 종족인데, 영력과 관계된 무서운 권능을 지니고 있어서 다른 종족들을 두려움에 떨게끔 만들었다.

그 츄루바의 최상급 털이라면 이 세상 그 누구라도 관심이 생길 수밖에 없었다.

게다가 그 귀한 보물을 한낱 흐나흐 일족의 꼬리털과 바꾸겠다니, 이건 바보짓이나 마찬가지였다.

'요 촌닭 같은 뼈다귀 가면 녀석아, 큰오라버니의 말에 따르면 네가 조금 전에 흐나흐 족의 시체를 샀다지? 그 시체에서 꼬리만 뎅겅 잘라서 나에게 넘기면 츄루바 일족의 최상급 털과 맞바꿀 수 있단 말이다. 이 이야기를 들었으니 아마도 네 녀석의 눈깔이 당장 뒤집히겠지? 상상도 못 할

보물을 이렇게 손쉽게 얻을 생각에 숨도 가빠질 게다. 호호호.'

남색 원숭이 가면은 이렇게 추측했다.

이탄은 상대방의 기대를 저버리지 않았다. 츄루바의 최상급 털이라는 말에 이탄의 눈알이 벌겋게 달아올랐다. 이탄의 호흡도 가빠졌다.

'오호호호, 멍청한 녀석 같으니라고. 네놈이 드디어 미끼를 물었구나.'

남색 원숭이 가면이 속으로 이탄을 비웃었다.

이탄은 자못 진지한 표정으로 남색 원숭이 가면을 설득했다.

[세상에 이런 인연이 있을까요? 마침 저에게 흐나흐 일족의 꼬리털이 있지 뭡니까.]

[네에? 그게 정말이세요? 아니, 어떻게 그 귀한 꼬리털을 얻으셨나요?]

남색 원숭이 가면이 깜짝 놀라는 시늉을 했다.

[아하하. 어쩌다 보니 그렇게 되었습니다. 치열한 경쟁을 거친 끝에 저도 무척 힘들게 그 꼬리털을 얻었답니다. 그런데 회원님의 할아버님께서 그것을 약재로 써야 한단 말씀이시죠? 그러니 어쩌겠습니까. 제가 좀 손해를 보는 한이 있더라도 회원님의 물건과 교환을 해드릴 수밖에요.]

이탄은 크게 선심을 쓰듯이 말하였다.

남색 원숭이 가면은 이탄의 속을 훤히 들여다보았다.

'어휴우. 촌닭 녀석이 애를 쓴다. 애를 써. 뭐? 츄루바의 최상급 털과 흐나흐 족의 꼬리털 따위를 맞바꾸면서 네가 좀 손해를 본다고? 야 이 개자식아. 어디서 생초보 따위가 이런 개수작이야? 이거 이놈도 속이 아주 시커머네.'

남색 원숭이 가면의 속내를 아는지 모르는지, 이탄은 집요하게 그녀를 꾀었다.

[어떻습니까? 제가 가진 꼬리털과 회원님의 물건을 맞교환을 하시렵니까?]

[그게 저…… 저도 맞교환을 하고는 싶은데, 제가 크라포 시스템에 대해서 잘 몰라서요. 크라포 시스템에 제가 팔려는 물건을 다시 올리고, 회원님도 흐나흐 족의 꼬리털을 올리신 다음, 천막을 하나 잡아서 정식으로 교환을 하면 어떨까요?]

남색 원숭이 가면이 이렇게 주장했다.

원래는 이게 맞는 방식이었다.

하지만 그런 짓을 했다가는 츄루바의 최상급 털이라는 이름을 보고 그 어떤 회원이 천막에 들이닥칠지 알 수 없었다.

만약 이탄이 츄루바의 최상급 털에 눈이 먼 상태라면, 그는 어떻게든 남색 원숭이 가면의 제안을 거부할 수밖에 없었다.

'호호호. 너는 당연히 크라포 시스템을 통한 정식 거래는 곤란하다고 나를 설득하겠지?'

남색 원숭이 가면이 이탄의 다음 행동을 예측했다.

딱 맞췄다. 이탄이 펄쩍 뛰었다.

[아니, 조금 전에 회원님이 가짜 거래자로 등록되었다면서요? 그런데 시스템이 천막을 내주겠습니까?]

[아! 맞아요. 제가 그 점을 생각하지 못했네요. 흐흐흑. 그럼 이걸 어쩌죠? 흐흑.]

남색 원숭이 가면이 다시금 울음을 터뜨렸다.

이탄이 남색 원숭이 가면을 살살 달랬다.

[그러니까 크라포 시스템에 츄루바의 털을 다시 올리는 것은 좋은 생각이 아닙니다. 아무래도 회원님께서 크라포 시스템에 대해서 잘 모르셔서 그러시나 본데, 굳이 천막을 빌리지 않고서도 얼마든지 거래를 할 수 있습니다.]

[진짜요?]

남색 원숭이 가면은 물기 젖은 눈으로 이탄을 올려다보았다. 그 눈빛이 무척 애처로우면서도 세상 물정 모르는 어린아이의 것처럼 보였다.

[하하하. 제가 왜 거짓말을 하겠습니까? 어디 보자. 여기

는 지나다니는 사람도 많으니 어디 한적한 곳으로 자리를 옮길까요?]

이탄이 남색 원숭이 가면의 어깨를 은근슬쩍 감쌌다.

이탄이 이렇게 은근슬쩍 신체 접촉까지 한다는 것은, 남색 원숭이 가면의 계략에 완전히 넘어왔다는 뜻이었다. 최소한 남색 원숭이 가면은 그렇게 확신했다.

'흥. 역시 네놈도 엉큼한 부류구나. 하긴, 속이 엉큼한 것들이 내 꾐에 더 잘 넘어오지. 홀랑 잡아먹히는 줄도 모르고서. 호호호.'

남색 원숭이 가면이 입매를 고약하게 비틀었다. 그리곤 갑자기 겁먹은 척을 했다.

[한적한 곳으로 가야 한다고요? 흐윽. 그런 곳은 좀 무서운데요.]

이탄도 남색 원숭이 가면을 열심히 설득했다.

[무섭긴 뭐가 무섭습니까? 사실 개인 간 거래를 하려면 사람들 눈에 띄지 않아야 하는 법이랍니다. 만약에 나쁜 심성을 가진 무리가 흐나흐 일족의 꼬리털을 보면 어떻게 되겠습니까? 그자들이 엉뚱한 욕심을 부릴 수도 있지 않겠습니까?]

이탄의 주장은 너무 노골적이었다.

남색 원숭이 가면은 속으로 이탄에게 욕을 퍼부었다.

'야, 야야. 이 거지발싸개 같은 자식아. 나쁜 심성을 가진 무리라면 당연히 츄루바의 최상급 털부터 노리겠지, 왜 하찮은 흐나흐 족의 꼬리털이나 신경을 쓰겠냐? 이게 어디서 자꾸 약을 팔아?'

물론 남색 원숭이 가면은 겉으로는 아무것도 모른다는 듯 백치미를 풍겼다.

[그쪽의 말씀을 듣고 보니 그럴듯하네요. 우리 아무도 없는 곳으로 빨리 가요.]

남색 원숭이 가면은 이제 이탄을 꾀어서 적당히 으슥한 곳으로 데려갈 생각이었다. 그 다음 형제들을 불러서 이탄을 홀랑 털어버리고자 마음먹었다.

그때 이탄이 주변을 두리번거리다가 손가락으로 26번째 이송 마법진을 가리켰다.

[어디 보자. 마켓에 인파가 워낙 많아서 한적한 곳을 찾기가 쉽지 않네요. 아! 저기 저 마법진으로 가볼까요? 저건 A부터 Z까지 구역으로 통하는 마법진이 아니니까 아무래도 저곳이 인파가 뜸할 것 같은데요.]

이탄의 이 제안은 남색 원숭이 가면의 가려운 곳을 시원하게 긁어주는 효자손과도 같았다.

'햐아아, 네놈이 정말 제대로 미쳤구나. 요 근처 어디 구석진 곳으로 나를 끌고 갔으면 그래도 네놈이 가지고 있는 재화를 탈탈 털리는 정도로 끝났을 터인데. 진짜로 저 마법진을 이용하자고? 블랙마켓에서 제공하는 독립 공간으로 가자는 말이지? 오호호호. 오냐. 너 잘 걸렸다. 오라버니들이 오늘 한번 제대로 피 좀 보겠는걸. 호호호호호.'

남색 원숭이 가면의 입꼬리가 씰룩거렸다.

Chapter 4

[무슨 생각을 그렇게 하십니까? 얼른 갑시다.]

이탄은 대담하게도 남색 원숭이 가면의 손목을 잡아끌었다.

이탄의 손은 시체처럼 차가웠다. 그런데도 남색 원숭이 가면은 이 점을 눈치채지 못했다. 욕심에 눈이 멀어서였다.

붉은 원숭이 가면이 멀리서 이 사태를 지켜보다가 코웃음을 쳤다.

[뭐야? 저놈. 지가 알아서 독립 공간으로 가잖아?]

[크흐흐. 큰형. 저 뼈다귀 가면 녀석이 여섯째에게 한눈에 반했나 봐. 저 녀석이 여섯째를 한적한 곳으로 끌고 가서 자빠트리려고 그러나? 흐흐. 그랬다가는 녀석의 그곳이 노곤하게 녹아버릴 텐데? 크흐흐.]

주홍 원숭이 가면이 음담패설을 지껄였다.

초록색 원숭이 가면은 콧방귀를 한 번 뀌고는 턱으로 26번째 이송 마법진을 가리켰다.

[흥. 둘째 형, 지금 그런 시답지 않은 농담이나 할 때요? 어서 저 뼈다귀 가면 녀석이나 해치웁시다.]

초록 원숭이 가면은 은근히 남색 원숭이 가면을 마음에 두고 있었다. 그래서 주홍 원숭이 가면이 남색 원숭이 가면을 향해 음담패설하는 것이 마뜩지 않았다.

[넷째의 말이 맞다. 서두르자. 이런 일은 후딱 해치워야 해.]

붉은 원숭이 가면이 먼저 몸을 날렸다.

[큰형. 같이 가십시다.]

나머지 6명의 원숭이 가면 무리가 이탄이 사라진 곳을 향해 부리나케 치달렸다.

그들이 이송 마법진을 통해 독립 공간에 들어갔을 때, 그곳에서는 이탄과 남색 원숭이 가면이 한창 실랑이를 벌이는 중이었다.

[이제 물물교환을 해야 하지 않겠습니까? 제가 가진 흐나흐 족의 꼬리털과 회원님이 가지고 있는 츄루바의 털 말입니다.]

[그래요. 저도 여우 꼬리가 있어야 할아버지의 병을 고칠

수 있으니 당연히 교환을 해야겠죠. 그런데 제가 처음이라 이렇게 그냥 우리끼리 물건을 교환해도 되는지 모르겠어요. 혹시 이게 불법이면 어떻게 하죠? 역시 크라포 시스템을 통해서 물물교환을 해야 안전하지 않을까요?]

[그러다 불량한 자들이 끼어들면 골치만 아파질 텐데요. 그런 자들을 피해서 우리가 여기까지 온 것 아닙니까?]

이탄이 답답하다는 듯 주먹으로 가슴을 두드렸다.

남색 원숭이 가면은 이탄을 좀 더 골려 먹을 생각으로 선뜻 거래를 하지 않고 시간만 끌었다.

그에 비례하여 이탄은 점점 더 초조하게 굴었다.

바로 그때 붉은 원숭이 가면 무리가 이송 마법진을 통해 등장했다. 그들은 등장과 동시에 벼락처럼 몸을 날려 이탄의 주위를 둘러쌌다.

[뭐야? 너는 뭔데 우리 동생을 윽박질러?]

주홍 원숭이 가면이 이탄의 정면으로 나섰다.

[너는 크라포 시스템의 규칙도 모르냐? 함부로 다른 회원을 협박하면 어떻게 되는지나 알고 하는 행동이야?]

노랑 원숭이 가면도 옆에서 분위기를 잡았다.

남색 원숭이 가면이 갑자기 주홍 원숭이 가면의 등 뒤로 뛰어갔다. 그리곤 애달프게 눈물을 글썽거렸다.

[오라버니들. 흐흐흑. 무서웠어요. 이자가 갑자기 제 손

목을 붙잡고 이곳 독립 공간으로 끌고 왔지 뭐예요. 그리곤 흐나흐 족의 여우 꼬리털과 제가 가진 츄루바의 털을 교환하자고 하는데, 여기가 어딘지도 모르겠고, 갑자기 협박을 당해서 정말 두려웠어요. 흐흐흑.]

남색 원숭이 가면의 말을 듣고 있노라면, 이탄은 천하의 날강도였다. 초록 원숭이 가면이 울화통을 터뜨렸다.

[이런 개자식을 보았나. 이게 감히 누구를 속이려고 들어? 하찮은 여우의 꼬리털과 츄루바의 귀한 털을 강제로 맞교환하자고? 이거 아주 날강도구먼.]

초록 원숭이 가면은 다짜고짜 이탄에게 달려들어 멱살을 움켜잡았다.

그 동작이 어찌나 빨랐던지 초록 원숭이 가면이 순간적으로 번쩍 사라졌다가 이탄의 앞에 갑자기 등장한 것처럼 보였다. 초록 원숭이 가면은 그대로 상대의 멱살을 잡고 아래로 찍어 눌러 무릎부터 꿇리려고 들었다.

이탄은 꿈쩍도 안 했다. 마치 철벽인 것처럼, 마치 산악인 것처럼 이탄은 단 1밀리미터도 움직이지 않았다.

[협?]

순간 초록 원숭이 가면의 등골을 타고 소름이 쫙 번졌다. 옆에서 지켜보던 붉은 원숭이 가면이 깜짝 놀라 뛰어들었다.

[자, 잠깐!]

붉은 원숭이 가면이 다급히 뇌파를 뿜었다.

때는 이미 늦었다.

이탄은 이미 초록 원숭이 가면의 손목과 어깨를 양손으로 붙잡았다. 그다음 살짝 스냅을 주어 상대의 팔을 비틀어 버렸다.

이탄의 가공할 악력에 초록 원숭이 가면의 오른팔이 기괴하게 부풀었다. 팔 전체에 핏줄이 투두둑 돋고, 검붉게 변한 팔뚝이 풍선처럼 커졌다.

그리곤 뻐엉!

[끄아악.]

초록 원숭이 가면이 터져버린 팔 부위를 붙잡고 울부짖었다.

이탄은 어느새 초록 원숭이 가면의 귀를 잡아 앞으로 당겼다.

부욱!

초록 원숭이 가면의 귀가 그대로 찢어졌다. 피가 사방으로 튀었다.

[어디서 멱살을 잡니? 죽고 싶어서 쳐 돌았니?]

이탄이 무감정하게 초록 원숭이 가면을 노려보았다.

[안 돼!]

붉은 원숭이 가면이 벼락처럼 뛰어들어 초록 원숭이 가면의 앞을 가로막았다.

이탄이 한 발 앞으로 내디뎠다.

그 순간 이탄의 몸이 엿가락처럼 쭈욱 늘어난 것처럼 보였다. 그리곤 어느새 이탄이 붉은 원숭이 가면의 목 옆쪽을 한 손으로 잡아서 홱 뿌리쳤다.

[넌 비켜.]

[커헉?]

이탄의 간단한 동작에 붉은 원숭이 가면이 우당탕탕 날아갔다. 붉은 원숭이 가면은 정신없이 땅바닥을 구르다가 무려 100미터 저편에 거칠게 처박혔다. 붉은 원숭이 가면은 혼이 쏙 빠질 지경이었다.

Chapter 5

단숨에 붉은 원숭이 가면을 날려버린 뒤, 이탄은 초록 원숭이 가면의 반대쪽 귀를 붙잡아 찢어버렸다.

[끄아악.]

초록 원숭이 가면이 정신없이 뒷걸음질 쳤다.

[큰형. 넷째야.]

[이놈 대체 정체가 뭐야?]

주홍 원숭이 가면과 노랑 원숭이 가면이 동시에 이탄의 앞을 저지했다.

[그러는 너희들은 또 뭔데?]

이탄이 또다시 후웅— 득달했다. 이탄은 어느새 주홍 원숭이 가면과 노랑 원숭이 가면의 가슴팍에 손바닥을 대고 가볍게 툭 밀었다.

뻐엉! 뼁!

이탄이 가볍게 밀친 것 같은데, 두 원숭이 가면의 가슴에서는 가죽 북 터지는 소리가 울렸다. 그들의 갈비뼈가 단숨에 함몰되었다. 내장이 연쇄적으로 폭발하면서 그 여파로 두 원숭이 가면의 등가죽까지 찢어졌다.

[크악. 켁.]

[끄아악.]

주홍 원숭이 가면과 노랑 원숭이 가면이 동시에 뒤로 날아가 땅바닥에 얼굴을 처박았다. 그들의 으깨진 갈비뼈 사이로 심장이 펄떡거리는 모습이 보였다. 그들의 주변에 피가 낭자하게 번졌다.

슈슉—!

이탄의 몸이 원숭이 가면 무리의 시야에서 또 사라졌다. 이탄은 불현듯 파랑 원숭이 가면의 옆쪽에서 나타나서 손바닥을 휘둘렀다.

이건 피하고 막고 할 새도 없었다. 이탄의 동작이 어찌나 빨랐던지 파랑 원숭이 가면은 이게 대체 무슨 사태인지 제대로 파악도 하지 못했다.

[어억?]

파랑 원숭이 가면은 그저 반사적으로 손을 들어 자신의 얼굴을 가렸을 뿐이었다.

이탄의 손바닥이 파랑 원숭이 가면의 팔뚝 2개를 수수깡처럼 부러뜨렸다. 그 다음 안쪽으로 파고들어 파랑 원숭이 가면의 어깨를 후려쳤다.

쾅!

손바닥과 어깨가 부딪쳤는데 암석 폭발하는 소리가 울렸다.

[끄악.]

파랑 원숭이 가면은 몸이 옆으로 L자 모양으로 꺾여서 나뒹굴었다. 파랑 원숭이 가면의 오른쪽 상반신은 통째로 함몰되어 본래의 형체를 찾아볼 수 없었다.

그때 이미 이탄은 파랑 원숭이 가면을 놔두고 보라색 원숭이 가면에게 달려들었다.

[이이익.]

보라색 원숭이 가면이 기다란 팔을 정신없이 휘둘렀다.

그러면서 그는 빠르게 백스텝을 밟았다.

이탄이 뱀처럼 낮게 미끄러져 들어가다가 보라색 원숭이 가면의 하체를 향해 손을 길게 뻗었다.

쾅!

보라색 원숭이 가면이 내지른 팔은 이탄의 손과 부딪치자마자 그대로 폭발했다. 이탄은 원숭이를 한 입에 잡아 삼키는 거대 뱀처럼 대가리를 꼿꼿이 세우고 상체를 일으켰다. 그런 다음 손바닥으로 상대의 복부를 뚫었다.

[크헉.]

보라색 원숭이 가면이 그 자리에 우뚝 멈춰 서서 바들바들 떨었다. 그의 복부에서 내장이 쏟아졌다. 피가 콸콸콸 흘렀다.

이탄은 그제야 공격을 잠시 멈췄다.

이탄의 주변은 그야말로 피바다였다. 붉은 원숭이 가면은 100미터 밖으로 날아가 머리를 좌우로 흔들고 있었다.

주홍 원숭이 가면과 노랑 원숭이 가면은 나란히 가슴이 함몰되어 심장이 훤하게 드러났다. 장기도 모조리 터졌다.

초록 원숭이 가면은 오른팔이 폭발했다. 두 귀도 생으로 뜯겨버렸다.

파랑 원숭이 가면도 두 팔이 부러지고 오른쪽 상반신이 박살났다.

보라색 원숭이 가면은 복부에 커다란 구멍이 뚫려서 내장을 쏟아내는 중이었다.

빨주노초파남보 일곱 원숭이 가면 가운데 무사한 자는 남색 원숭이 가면뿐이었다. 7명 중에 유일한 여성이자 이탄을 이곳으로 유혹해온 그 여자뿐.

[으으으으으. 이럴 수가.]

남색 원숭이 가면이 비틀비틀 뒷걸음질을 쳤다.

이탄이 남색 원숭이 가면을 향해 유령처럼 스윽 다가섰다.

[어딜 갑니까? 이제 물물교환을 해야죠.]

[교, 교환이요?]

남색 원숭이 가면이 말을 더듬었다.

이탄은 당연하다는 듯이 말을 이었다.

[내가 가진 흐나흐 족의 꼬리털과 그쪽이 보유한 츄루바의 최상급 털을 맞바꾸기로 하지 않았습니까? 이제 우리의 거래를 방해할 날파리들을 처리했으니 할 일을 해야죠.]

남색 원숭이 가면이 원통형의 이송 마법진을 힐끗 곁눈질했다.

이탄이 어느새 이송 마법진 앞을 가로막았다.

[으읏.]

남색 원숭이 가면이 흠칫했다. 그녀는 이 촌닭 녀석이 이토록 막강할 것이라고는 예상하지 못했다.

그녀뿐 아니라 다른 원숭이 가면들도 모두 이탄을 낮게 보았다.

[자, 어서 아공간을 여시죠.]

이탄이 남색 원숭이 가면을 압박했다.

[그건. 그건······.]

남색 원숭이 가면이 진땀을 뻘뻘 흘렸다.

그러던 한순간, 남색 원숭이 가면의 눈동자에 해괴한 모습이 맺혔다.

붉은 원숭이 가면은 조금 전 이탄의 손에 붙잡혀 목의 일부가 뜯겨나갔다.

그런데 상처 부위에서 새까만 실이 꾸물꾸물 자라나더니 곧바로 뜯겨나간 살을 메꾸는 것이 아닌가.

붉은 원숭이 가면은 그렇게 신비로운 검은 실로 상처를 채운 다음, 손으로 그 부위를 쓰다듬었다.

그 즉시 붉은 원숭이 가면의 상처에 새 살이 돋고 상처가 사라졌다.

다른 자들도 마찬가지였다.

주홍 원숭이 가면이 비틀비틀 일어섰다. 등까지 함몰되었던 주홍 원숭이 가면의 가슴이 시커멓고 꼬불꼬불한 실들로 채워졌다. 찢어진 내장도 검은 실이 다시 복원했다. 주홍 원숭이 가면이 손으로 자신의 가슴을 쓰다듬었다.

그러자 주홍 원숭이 가면의 가슴에 생살이 돋았다.

Chapter 6

노랑 원숭이 가면도 어느새 함몰되었던 가슴을 다시 복구했다.

초록 원숭이 가면은 찢어진 귀를 되살렸다. 뻥 터져 버린 오른팔도 검은 실로 채워나가다가 결국 원상 복구했다.

파랑 원숭이 가면은 오른쪽 상반신을 완벽하게 되살렸다.

보라색 원숭이 가면은 복부에 뚫린 구멍을 다시 메웠다.

[이것 봐라?]

이탄이 천천히 몸을 돌렸다.

이탄의 앞에 6명의 원숭이 가면들이 천천히 다가왔다.

[죽엇!]

이탄의 뒤쪽에서 남색 원숭이 가면이 단검을 뽑아들고 달려들었다.

쾅!

이탄은 어느새 한 발 옆으로 이동하여 남색 원숭이 가면의 공격을 흘려내었다. 그 다음 손을 수평으로 휘둘러 상대의 머리통을 날렸다.

이탄의 공격이 어찌나 빨랐던지 남색 원숭이 가면은 영문도 모른 채 머리통이 박살 났다.

몸통만 남은 남색 원숭이 가면이 비틀비틀거리다가 땅바닥에 주저앉았다.

그런데 놀라운 일이 벌어졌다. 남색 원숭이 가면의 목 부위에서 검은 실이 스르륵 자라나더니 얼기설기 얽혔다. 그리곤 조금 전에 터져버린 남색 원숭이 가면의 얼굴 형태를 갖추었다. 이어서 남색 원숭이 가면이 손으로 자신의 얼굴을 쓰다듬었다.

그러자 남색 원숭이 가면의 얼굴에 생살이 돋았다. 머리카락이 다시 탐스럽게 자라났다.

이탄이 입을 살짝 벌렸다.

[재미있는 녀석들이네.]

이탄은 이처럼 재생력이 뛰어난 적들을 좋아라 했다. 때려죽이고, 찢어 죽이는 손맛이 남다르기 때문이었다.

후웅―.

이탄의 몸이 길게 늘어났다. 어느새 이탄이 적들 한복판으로 뛰어들었다.

[이놈.]

[죽어랏.]

여섯 원숭이 가면들이 사방에서 이탄을 공격했다. 그들

의 공격은 이탄의 몸에 제대로 닿기도 전에 100배의 반탄력으로 튕겨 나갔다.

이탄이 주변을 크게 한 바퀴 돌았다.

여섯 원숭이 가면들은 이탄과 충돌하자마자 한 줌의 피보라로 산화했다. 이탄은 여섯 적들에게 몸으로 부딪쳐서 적들을 한 줌의 핏물로 만들어버린 것이다.

그렇게 낭자하게 비산했던 핏물 속에서 검은 실 수만 가닥이 스르륵 자라났다. 그 실들이 얼기설기 얽혀서 원숭이 무리의 형태를 이루었다. 이윽고 그 검은 형태가 다시 원숭이 무리로 돌아갔다.

이 원숭이 가면 무리들은 죽여도 죽여도 되살아나는 불사신들 같았다. 어지간한 몬스터라면 이들의 끔찍한 재생력에 기가 질렸을 것이다.

이탄은 아니었다.

[좋아. 아주 좋아.]

이탄은 오히려 이들의 재생 권능에 흥미를 느꼈다.

후왕!

이탄의 주변에 무서운 기세가 일어났다. 이탄의 등 뒤로 머리가 18개에 손이 36개인 괴물수라가 일어났다.

괴물수라는 36개의 손으로 둥그런 구를 만들었다. 그 구에서 뿜어지는 압력이 주변 공간을 와락 일그러뜨렸다.

쭈와아아악—.

빨주노초파남보 일곱 원숭이 가면이 이탄이 만들어낸 구체 속으로 단숨에 빨려 들어왔다. 그들의 옷이나 가지고 있던 물건들은 쏙 빼고, 일곱 원숭이 가면의 몸뚱어리만 괴물 수라의 구체 속으로 흡수되었다.

음차원 전체를 통째로 으깨서 수박 크기로 압축하는 것이 이탄의 악력이었다. 이탄이 마음만 먹으면 행성 하나쯤은 좁쌀보다 더 작게 욱여넣을 수도 있었다. 하물며 고작 생명체 7명을 압축하는 것은 이탄에게는 일도 아니었다.

[끄아아아악—.]

일곱 원숭이 가면이 단숨에 찌그러져 형체를 확인할 수도 없는 미세한 먼지 크기가 되었다. 그들의 살과 피가 미세한 먼지 속에 강제로 욱여넣어졌다.

[이래도 재생하나 보자.]

이탄이 흥미롭게 먼지를 관찰했다.

아주 미세한 먼지가 허공을 떠돌았다. 그러다가 한참 뒤, 먼지 속에서 아주 가느다란 실 한 가닥이 자라났다.

그 실이 꾸물꾸물 커지면서 어떠한 형체를 이루었다.

그 형체는 더 이상 일곱 원숭이 가면의 모습은 아니었다. 7개의 머리통이 달리고, 14개의 팔과 14개의 다리가 둥그런 몸체에 마구 돋아 있는, 정말 해괴한 생명체로 변했다.

아마도 일곱 원숭이 가면의 몸에 내재된 검은 실들이 먼지 속에서 서로 뒤엉키면서 이와 같은 결과를 빚어낸 듯했다.

[꾸와아악.]

[끼악, 끼악.]

[꾸르륵.]

[끄까까까까까.]

7개의 머리통이 기괴한 짐승의 소리를 내었다. 아무래도 뇌가 정상적으로 복구되지 않아 지능도 없는 몬스터로 전락한 모양이었다.

그렇게 하나로 합쳐진 몬스터가 이탄을 향해 사납게 괴성을 질렀다.

이탄은 36개의 손으로 다시 구체를 만들었다.

꾸와아악!

괴물수라의 손아귀 속으로 검은 실이 빨려 들어왔다. 검은 실은 다시 우그러들어 미세한 먼지 크기로 줄어들었다.

이탄은 그 먼지를 가만히 지켜보았다.

시간이 꽤 흐른 뒤, 먼지 속에서 검은 실 한 가닥이 조심스레 자라났다.

이번 검은 실은 어떠한 형태도 갖추지 못했다. 그저 가느다란 새싹처럼 여리게 하늘거릴 뿐이었다.

[검은 실이 원자 단위로 쪼개졌다가 다시 붙으면서 형체에 대한 정보를 상실한 건가?]

이탄은 눈앞에서 하늘거리는 실을 엄지와 검지로 붙잡았다.

검은 실이 이탄의 손가락 사이에서 축 늘어졌다.

기억의 바다에도 이 희한한 실에 대한 정보는 없었다.

"자세한 것은 나중에 천천히 조사해 봐야지."

이탄은 일단 이 검은 실을 아공간 박스 속에 넣었다. 이어서 이탄은 일곱 원숭이 가면들이 벗어놓은 옷가지를 살폈다.

엄밀하게 말해서 이 옷들은 이탄의 관심사가 아니었다.

"빨주노초파남보 7개의 가면은 크라포 족 상인들이 알아서 회수할 테지. 이들의 신분패도 크라포의 상인들이 가져갈 테고 말이야."

이탄이 관심이 있는 것은 일곱 원숭이 가면들이 가지고 있던 아공간이었다.

Chapter 7

얼마 전까지만 해도 이탄은 타인의 아공간을 여는 방법을 몰랐다.

지금은 아니었다.

블랙마켓을 방문하기 전, 이탄은 아공간을 강제로 여는 방법을 익혀 두었다. 혹시라도 지금과 같은 경우를 대비해서였다. 요령을 알고 보니 다른 이의 아공간을 여는 것은 별로 어려운 일도 아니었다.

원숭이 가면은 총 일곱이 죽었는데, 아공간은 딱 2개만 나왔다.

이 중 하나는 붉은 원숭이 가면이 가지고 있던 반지였다. 다른 하나는 특이하게도 남색 원숭이 가면의 옷 속에서 발견된 브래지어였다.

이탄이 투덜거렸다.

"쳇. 겨우 2개뿐이라니. 고생한 보람이 별로 없잖아."

말은 이렇게 하였으나 이탄의 표정에는 그다지 아쉬워하는 빛이 없었다. 오히려 기대감만 가득했다.

사실 아공간의 개수가 중요한 것은 아니었다. 아공간 속에 과연 어떤 보물이 들어있는지가 더 중요했다.

이탄은 우선 붉은 원숭이 가면의 아공간 반지부터 열었다.

상급 음혼석 22개.

중급 음혼석 111개.

적린석 7개.

이런 것들이 우르르 쏟아졌다.

"에게? 이게 전부야?"

이탄은 아공간의 반지를 거꾸로 들고 탈탈 털었다.

더 이상 나오는 바가 없었다.

솔직히 이탄은 어이가 없었다.

원숭이 가면 무리는 흐나흐 일족이나 알블—롭 일족, 그리고 플라모 일족의 귀족들보다 더 강한 자들이었다.

"그런 강자들이 보유한 물품이 고작 이게 전부라니. 혹시 내가 녀석들을 해치우는 과정에서 아공간 몇 개가 함께 으스러졌나?"

심지어 이탄은 이런 의심을 품을 정도였다.

이탄은 실망감을 숨기지 못한 채 남색 원숭이 가면의 아공간을 향해 손을 뻗었다. 남색 바탕에 하얀색으로 수놓은 아공간 브래지어가 이탄의 손에 빨려 들어왔다. 이탄은 인상을 벅벅 쓰면서 남색 원숭이 가면의 아공간을 열었다.

"보다보다 이런 것은 또 처음 접하네. 찝찝하게 말이야, 왜 이 따위로 아공간을 만들고 지랄이야."

이런 투덜거림이 이내 호기심으로 변했다. 아공간 브래지어 속에서 튀어나온 신기한 보물들 덕분이었다.

금색 주머니 속에 곱게 봉인된 1미터 길이의 까만 털 한 가닥.

이탄은 검은 털을 손가락으로 잡고 이리저리 돌려보았다.

"설마 이게 츄루바의 최상급 털인가? 뭔가 기운이 범상치는 않은 것 같은데, 정확하게 어떤 보물인지 모르겠네."

이어서 이탄은 육각형의 석판을 하나 발견했다.

"이건 또 뭐지?"

육각형의 석판이 발산하는 기운도 결코 범상치 않았다.

"뭔지 모르겠지만 일단 중요한 보물인 것 같아. 좋아. 좋아."

이탄은 기분 좋게 입맛을 다셨다.

세 번째로 이탄이 아공간 브래지어 속에서 발견한 것은 회색빛의 유바의 털 열다섯 가닥이었다. 이 털들은 은색 주머니 속에 봉인된 상태로 이탄에게 발견되었다.

네 번째로 이탄이 발견한 것은 여우의 두개골이었다.

"흐나흐 귀족의 시체로 제조한 물건이구나. 비록 뿔은 없지만 이 정도만으로도 연구용으로는 쓸모가 있겠지. 필요가 없으면 나중에 크라포 시스템을 통해서 팔아버리면 그만이고."

다섯 번째로 이탄이 획득한 것은 10 센티미터 크기의 퍼플 스톤 2개였다. 이 돌들은 이탄이 보유한 퍼플 스톤보다는 비록 크기가 작았다. 하지만 퍼플 스톤이 워낙 값비싼 물건이라 이 정도만 해도 만족스러웠다.

마지막으로 이탄은 리노 족의 상급 뿔 하나와 상급 비늘 4개를 아공간 브래지어 속에서 꺼내들었다.

"이거 참. 블랙마켓에서 거래를 하는 것보다 남들 것을 빼앗는 편이 훨씬 더 쏠쏠하네."

순간적으로 이탄의 마음속에 시커먼 생각이 깃들었다.

이탄은 굳이 그 생각을 지우려 들지 않았다.

"내가 먼저 날강도 노릇을 할 생각은 없어. 하지만 누군가가 나를 먼저 건드린다면, 거꾸로 그자의 물건을 털어버리는 것은 얼마든지 할 수 있지."

이탄은 이번에 획득한 보물들을 자신의 아공간 박스 속으로 옮겨 담았다. 그 다음 아공간의 반지와 아공간 브래지어를 콰직 밟아서 으깨버렸다.

이탄이 독립 공간을 벗어나서 Z구역으로 돌아오자 몇몇 지나가던 회원들이 이탄을 힐끔 돌아보았다.

조금 전 이송 마법진을 통해서 독립 공간으로 이동한 회원은 이탄을 포함하여 총 8명이었다. 일부 회원들이 그 모습을 똑똑히 목격했다.

한데 돌아올 때는 이탄 혼자였다. 나머지 7명은 돌아오지 못했다.

이것이 의미하는 바는 명확했다. 주변의 회원들은 이탄

을 경계하는 듯 은근슬쩍 거리를 벌렸다.

"오늘은 더 이상 블랙마켓을 둘러보기 싫구나."

이탄은 어깨를 한 번 으쓱했다. 그런 다음 Z구역을 떠나서 숙소가 있는 A구역으로 이동했다.

어느새 하늘은 묵빛으로 어둑해졌다. 마켓에는 주홍색의 불빛이 하나둘 켜지기 시작했다. 날은 저물었으나 마켓을 돌아다니는 회원들의 발걸음은 여전히 분주했다.

블랙마켓의 셋째 날.

이른 아침부터 이탄의 신분패에 알람이 울렸다.

띠링!

경쾌한 벨소리와 함께 둥그런 신분패가 새 정보를 읊었다.

[잠시 후 D구역 1번 크라포 직영점에서 새로운 물건들이 공개됩니다. 어쩌다 언데드 님, 혹시 귀하께 꼭 필요한 물건이 나올지 모르니 관심을 기울여주세요.]

"어구구. 오늘은 아침부터 직영점이 개장하네?"

이탄은 기지개를 길게 켜고 숙소를 나섰다.

거리에는 D구역으로 이동하려는 수인족들로 북적거렸다. 다들 직영점을 방문하려는 회원들 같았다.

이탄도 줄을 서서 원통형 이송 마법진에 탑승했다.

슈육—.

이탄이 단숨에 그 자리에서 사라졌다.

제4화
부아부 일족의 알껍데기

Chapter 1

D구역의 1번 직영점은 어제 A구역의 직영점과 마찬가지로 커다란 원형 건물이었다. 이탄은 계단식 객석 중간쯤에 앉아서 단상을 바라보았다.

단상 위에는 크라포 족 상인 한 명과 토끼 가면을 쓴 여노예 여러 명이 올라와 있었다. 이 크라포 족 상인은 어제의 상인과 달리 몸이 비쩍 말랐다. 다만 그가 얼굴에 착용한 민무늬 가면은 어제의 것과 똑같았다.

[회원 여러분, 반갑습니다.]

크라포 족 상인이 객석을 향해 두 팔을 흔들어 반갑게 인사했다.

회원들은 멀뚱멀뚱 그 모습을 지켜만 볼 뿐 별다른 호응은 없었다.

회원들의 반응이 서운한 듯 크라포 족 상인은 자신의 허리에 두 손을 척 얹었다. 그 익살스러운 모습에 몇몇 회원들이 피식 피식 바람 빠지는 소리를 냈다.

크라포 족 상인은 본격적인 거래에 들어갔다.

[여러분들의 호응이 별로 없으니 어쩌겠습니까. 빨리 물건이나 보여드릴 수밖에요. 자, 첫 번째 품목입니다.]

크라포 족 상인이 눈짓을 보내자 토끼 가면 여노예 가운데 한 명이 하얀 구슬을 꺼냈다.

크라포 족 상인은 열심히 설명했다.

[저 하얀 구슬 속에는 일반 몬스터 100명의 영혼을 가둬 놓았습니다. 혹시 회원들 가운데 영력을 연마하시는 분이 계시지요? 그런 분들에게 100명 분의 영혼이 얼마나 큰 도움이 되겠습니까? 자, 이 구슬을 사십시오. 그러면 여러분들의 실력이 급상승 할 겁니다. 에헴헴.]

멸치처럼 마른 상인이 입에 침을 튀며 설명을 했다.

그러나 회원들의 반응은 신통치 않았다. 회원들 가운데 그 누구도 하얀 구슬을 사려 들지 않았다.

[아아아. 제기랄.]

크라포 족 상인은 실망한 듯 자신의 머리카락 속에 열 손가락을 박아 넣었다.

몇몇 회원들이 또 피식 웃었다.

크라포 족 상인이 손가락을 딱! 튕겼다.

여노예가 이번에는 붉은 구슬을 꺼내서 객석에 보여주었다. 크라포 족 상인이 기다렸다는 듯이 설명했다.

[저 붉은 구슬 속에는 몬스터 전사 100명 분량의 영혼을 가둬놓았습니다. 혹시 회원들 가운데 영력을 연마하시는 분이 계시지요? 그런 분들에게 100명이나 되는 전사들의 영혼이 얼마나 큰 도움이 되겠습니까? 자, 이 구슬을 사십시오. 그러면 여러분들의 실력이 급상승 할 겝니다. 에헴헴.]

크라포 족 상인이 읊은 이야기는 조금 전과 거의 똑같았다.

하지만 그 의미는 하늘과 땅 차이였다. 일반 몬스터 100명의 영혼과 전사 100명의 영혼은 가치가 완전히 다를 수밖에 없었다.

[구슬 하나에 얼마요?]

[내가 사겠소. 가격을 부르시오.]

회원들이 갑자기 뜨겁게 반응했다. 주로 영력을 수련하는 자들이었다.

크라포 족 상인이 객석을 향해 손가락 2개를 내밀었다.

[상급 음혼석 2개. 딱 그 가격에 모시겠습니다.]

[너무 비싸.]

일부 회원들이 불만을 토로했다.

하지만 일부 회원들은 둥그런 신분패를 꺼내서 상급 음혼석 2개를 그 위에 올려놓았다.

크라포 족 상인이 객석 이곳저곳을 지목했다.

[자, 자, 자. 벌써 열 분이나 붉은 구슬을 사셨습니다. 더 없나요? 더 없으신가요? 붉은 구슬의 수량은 아직 더 남아 있습니다. 에헤헴.]

10명이 붉은 구슬을 구매한 이후로 추가 구매자는 나오지 않았다.

[어휴우, 오늘 물건 판매가 신통치 않네요.]

크라포 족 상인은 크게 실망한 듯 손등으로 이마를 훔치는 시늉을 했다.

[하하하.]

회원 가운데 일부가 또 웃었다.

크라포 족 상인이 손가락을 딱! 튕겼다.

토끼 가면 여노예가 보라색 구슬을 꺼내서 객석을 향해 보여주었다. 크라포 족 상인이 뻐기듯이 뇌파를 날렸다.

[에헴헴헴. 저 보라색 구슬 속에는 놀랍게도 몬스터 귀족 100명의 영혼을 가둬놓았습니다. 혹시 회원들 가운데 영력을 연마하시는 분이 계시지요? 그런 분들에게 100명이나 되는 귀족들의 영혼이 얼마나 큰 도움이 되겠습니까? 자,

이 구슬을 사십시오. 그러면 여러분들의 실력이 급상승 할 겝니다. 에헴헴.]

[헉? 귀족?]

[귀족의 영혼을 무려 100명 분량이나 모았다고?]

[이건 꼭 사야 해. 이건 나에게 꼭 필요하다고.]

[얼마요? 얼마?]

객석이 갑자기 떠들썩해졌다. 영력을 수련하는 회원들은 자리에서 벌떡 일어나고 앞으로 튀어나오는 등 난리도 아니었다.

이탄은 보라색 구슬에 관심이 없었다. 하지만 크라포 족 상인의 상술에는 크게 감탄하는 바였다. 이탄이 보기에 크라포 일족은 타고난 상인들이었다. 그들은 구매자의 마음을 들었다 놨다 하는 방법을 완전히 꿰뚫고 있었다.

크라포 족 상인이 거래 조건을 밝혔다.

[오로지 최상급 재료만 받습니다. 리노 일족의 최상급 뿔이든, 토트 일족의 최상급 등껍질이든, 알블—롭이 키워내는 최상급 수푸리 나무의 뿌리이든 상관없습니다. 무조건 최상급 2개. 최상급 재료 2개. 먼저 구매하시는 분이 이 영롱하게 빛나는 보라색 구슬의 주인입니다. 에헴헴헴.]

[켁! 최상급?]

최상급 재료 2개라는 말에 회원들 대다수가 꽝꽝 얼어붙었다.

하지만 몇몇 부유한 회원들은 거침없이 신분패를 꺼내어 최상급 재료 2개씩을 전송했다.

크라포 족 상인이 손가락으로 3명을 찍었다.

[저분, 요분, 이분. 이렇게 세 고객님께서 가장 반응이 빠르셨네요. 이분들께 보라색 구슬을 전해드려라.]

상인의 말이 떨어지기 무섭게 여노예들이 단상 아래로 내려가 3명의 회원들에게 보라색 구슬을 전달했다.

3명의 회원들은 구슬을 받기 무섭게 자신들의 아공간 속에 보관했다. 그리곤 묵직한 기세를 피워 올렸다.

주변의 다른 회원들이 이들 3명을 질시 어린 눈으로 노려보았다. 하지만 3명이 강한 기세를 드러내자 찔끔하여 다시 고개를 돌렸다. 약육강식이 일상인 그릇된 차원에서 부유하다는 것은 곧 강자를 의미했다.

Chapter 2

짝짝짝!

크라포 족 상인이 박수를 쳤다. 그리곤 두 팔을 활짝 벌리더니 객석을 향해서 우아하게 인사를 올렸다.

[자, 오늘의 직영점 거래는 이것으로 종료되었습니다. 크라포 시스템의 회원 여러분, 모두모두 사랑합니다. 다음에 또 뵈어요.]

겨우 물건 세 종류를 팔고 문을 닫는다니!

회원들이 격분했다.

[벌써 끝난 거야? 진짜로?]

[아니 어떻게 이럴 수가 있어? 하얀 구슬 한 번, 붉은 구슬 한 번, 그리고 보라색 구슬 한 번 팔고 끝이야?]

[이거 장사를 하자는 거야 말자는 거야? 엉?]

[햐아, 나 돌아버리겠네. 나 오늘 완전히 뚜껑 열린다.]

화가 난 회원들은 여기저기서 삿대질을 하면서 들고 일어났다.

크라포 족 상인이 새끼손가락으로 자신의 귓구멍을 후볐다.

[에헴헴. 그러게 빨리들 구매를 했어야지요.]

[뭐라고?]

[블랙마켓에 한두 번 와보시는 것도 아닐 테고, 이거 선수들끼리 왜 이러십니까?]

상인의 차가운 한 마디에 회원들이 주춤했다.

크라포 족 상인은 새끼손톱에 낀 귓밥을 후우 불면서 경고했다.

[저희 마켓에서는 행동이 굼뜬 분들까지 챙겨주지 않습니다. 그런 분들은 그냥 손가락 사이로 기회를 흘려버릴 뿐이죠. 만약에 여러분들이 놓친 기회를 여러분들의 라이벌이 대신 잡아서 강력한 보물을 얻게 된다면 어떠시겠습니까? 그럼 여러분들은 보물을 살 기회만 잃는 게 아닐 겝니다. 보물뿐 아니라 여러분들의 귀중한 목숨까지도 놓치는 게지요. 에헴헴.]

상인의 경고 한 마디에 객석이 얼어붙었다. 다들 느끼는 바가 있었던 것이다. 이 자리에 모인 회원들 가운데 상당수는 '다음번에 직영점이 열리면 망설이지 말고 무조건 지르고 본다. 무조건 질러야 해.'라고 마음먹었다.

"햐아아. 정말 대단한데."

이탄은 크라포 족 상인의 놀라운 상술에 다시 한번 감탄했다.

"저 상인은 간단한 말 몇 마디로 회원들의 마음에 불꽃을 지폈어. 앞으로 직영점이 열리면 회원들은 지금까지보다 훨씬 더 적극적으로 거래에 참여할 거야."

모레툼 교단의 신관으로서 이탄은 크라포 일족에게 배울 점이 참 많다고 생각했다.

"나중에 기회가 되면 크라포 족 상인을 하나 구해놓아야겠네. 언노운 월드로 몇 놈을 끌고 가서 한번 써먹어 봐야지. 아마도 모레툼 지부를 부흥시키는 데 큰 도움이 될 거야. 그게 아니면 크라포 일족에게 모레툼의 교리를 전파해 보든가."

이탄이 낮게 중얼거렸다.

단상 아래로 내려가던 크라포 족 상인이 갑자기 부르르
몸서리를 쳤다.

[어우. 독감이 오려나? 왜 이렇게 몸이 으슬으슬하지?]

크라포 족 상인은 손으로 자신의 팔뚝을 문지르면서 고
개를 갸우뚱했다.

블랙마켓 넷째 날이 되었다.

띠링!

오늘도 아침 일찍부터 이탄의 신분패에 알람이 들어왔다.

[어쩌다 언데드 님, C구역 299번 천막에 적금 세 궤짝이
올라왔네요. 이건 어쩌다 언데드 님을 위한 맞춤 품목 같아
요. 늦기 전에 방문해보세요.]

"C구역 299번이면 뱀 가면을 쓴 여자가 적린석을 팔던 곳
이잖아? 전에는 적린석을 팔더니 오늘은 적금을 내놓았나?"

이탄은 간단하게 옷매무새를 고치고 숙소를 나섰다.

거리는 여전히 인파로 북적거렸다. 총 7일간의 마켓 데
이(Day)가 벌써 절반이 넘게 지났다. 별다른 소득을 올리지
못한 회원들은 마음이 급하여 거리를 아예 뛰어다니다시피
했다.

이탄도 그들의 틈에 끼어서 이송 마법진에 탑승했다.

C구역 299번이라고 적힌 표지판이 보였다. 이탄은 다른 곳보다 열 배는 더 커다란 천막 안으로 쑥 들어갔다.

천막 안의 풍경은 전과 비슷했다.

3개의 눈을 가진 뱀, 즉 삼목사 가면을 착용한 여자가 오늘도 천막 중앙에서 판매를 지휘했다. 그녀의 앞에는 열두 종류의 보물들이 투명한 보호막 속에 둥실 떠올라 천천히 회전 중이었다.

이탄은 그 가운데 붉은색 금속, 즉 적금에 눈길을 주었다. 지금 이탄이 보유한 금속들 중에는 흑금이 가장 많고 적금이 가장 적었다.

'가격이 너무 비싸지만 않으면 적극적으로 구매해봐야지.'

이탄은 이런 마음으로 적금의 거래조건을 살폈다.

적금 1 킬로그램당 중급 음혼석 2개.

이게 팻말에 적힌 가격이었다.

'괜찮은 조건인데?'

이탄은 즉시 아공간 박스를 열어서 중급 음혼석 110개를 꺼냈다.

이탄이 보유한 중급 음혼석이 총 114개인데, 이탄은 이 가운데 4개만 남기고 몽땅 적금으로 바꿀 요량이었다.

이탄이 중급 음혼석을 대량으로 전송하자 삼목사 가면이 이탄에게 시선을 돌렸다. 삼목사 가면은 부드러운 표정으로 규칙을 설명했다.

[손님, 죄송해요. 저희가 일인당 적금의 구매 수량을 50 킬로그램으로 제한하고 있어서요.]

[후우, 그런 제약이 있었군요.]

이탄은 짧게 한숨을 내쉬고는 상대의 말에 수긍했다.

삼목사 가면 여자는 이탄에게 거듭 사과했다.

[정말 죄송합니다. 일단 회원님께서 구매하신 적금 50 킬로그램부터 내드릴게요. 나머지 차액인 음혼석 10개는 다시 돌려드리고요.]

삼목사 가면이 말이 떨어지기 무섭게 얼굴에 너구리 가면을 쓴 건장한 남자 노예들이 적금 50 킬로그램을 궤짝에 담아서 내왔다. 중급 음혼석 10개는 이탄의 신분패를 통해서 다시 되돌아왔다.

이탄은 그것들을 아공간 박스 안에 쓸어 담았다.

삼목사 가면이 이탄에게 다른 물건들을 권해보았다.

[여기서 판매하는 것 중에는 적금 말고도 좋은 것들이 많은데요. 혹시 다른 물품들은 관심이 없나요?]

[한번 둘러보리다.]

이탄은 허공에서 회전 중인 12개의 물품을 눈으로 훑었다.

딱히 끌리는 물건은 없었다.

Chapter 3

이탄은 한쪽 벽에 수록된 물품 목록도 살펴보았다.

비록 장소가 협소하여 진열해놓지는 않았으나 판매가 가능한 물건들의 목록이 벽면에 쭉 나열되어 있었다.

목록 옆에는 각 물품의 영상이 홀로그램 형태로 조그맣게 떠 있었다. 그 영상들을 보자 물품에 대한 이해가 한결 쉬웠다.

이탄은 목록과 홀로그램 영상을 위에서부터 아래쪽으로 쭉 훑어 내려오다가 갑자기 멈칫했다.

'어라? 이건!'

하얀 바탕의 구슬이 이탄의 눈동자에 틀어박히듯 들어왔다. 하얀 구슬 속에서는 파란 뇌전이 번쩍번쩍 뛰놀았다.

'벨린다의 파이브 스피어(Five Sphere: 다섯 구슬) 가운데 물의 기운을 품은 구슬이잖아. 이게 왜 여기에 있지?'

파이브 스피어.

혹은 오행주.

이것은 신왕의 딸 벨린다가 동차원에서 가져온 최상급 법보였다.

이 한 벌의 강력한 법보는 각기 불, 물, 나무, 금속, 흙의 속성을 지닌 5개의 구슬로 이루어져 있었다. 벨린다가 그릇된 차원에서 활동할 당시 그녀는 오행주를 몸 주변에 위성처럼 띄워놓고 있다가 적이 나타나면 5개의 구슬을 다섯 마리 드래곤으로 변신시켜 상대를 압살했다.

그 위력이 어찌나 강력했던지 감히 벨린다 앞을 가로막으려 하는 자가 없었다.

덕분에 알블—롭 일족은 벨린다의 오행주를 파이브 스피어라 부르며 일족 최강의 유산 가운데 하나로 떠받들었다.

하지만 화려함은 한때뿐.

알블—롭 일족이 쇠락하게 되면서 오행주도 소실되었다.

오행주 가운데 4개의 구슬은 온 우주로 뿔뿔이 흩어져 종적을 찾을 길이 없었다. 남은 한 개의 구슬(나무의 기운을 품은 구슬)은 알블—롭 일족이 적을 맞아 싸우는 와중에 그만 가루로 변했다고 전해졌다.

원래 오행주는 5개의 구슬이 온전히 모여야 비로소 제

위력이 발휘되는 법보였다. 이 가운데 나무의 구슬이 깨졌으니 이제 나머지 4개의 구슬을 모으더라도 오행주가 지닌 본래의 위력을 발휘하기는 틀렸다. 전설 속의 파이브 스피어가 완전히 빛이 바랜 셈이었다.

이탄이 물의 구슬을 빤히 바라보고 있을 때였다. 삼목사 가면이 이탄의 곁에 다가섰다.

[파이브 스피어에 관심이 있으신가 봐요? 과연 안목이 있으세요. 사실 이 파이브 스피어는 알블―롭 일족의 유산들 가운데 가장 강력한 보물이죠. 감히 가격을 책정할 수도 없는 물건이랍니다.]

삼목사 가면은 이탄을 은근히 부추겼다.

이탄이 고개를 주억거렸다.

[관심은 있소. 내가 고대의 골동품들을 모으는 것이 취미라.]

삼목사 가면이 손뼉을 딱 쳤다.

[아하! 역시 그럴 줄 알았어요. 그러시다면 파이브 스피어를 놓치면 안 되죠. 이름에서 알 수 있듯이 파이브 스피어는 5개의 구슬로 이루어져 있는데, 만약 회원님께서 이 5개의 구슬을 전부 모을 수 있다면 아마 남부럽지 않을 거예요.]

[거래 조건이 뭐요?]

이탄이 단도직입적으로 물었다.

삼목사 가면이 입술을 꾹 다물었다가 다시 뇌파를 보냈다.

[파이브 스피어와 같은 고대의 유산은 감히 가격을 책정할 수가 없지요. 일단 저는 최상급 재료들 서너 개 이상은 받으려고요. 이를테면 리노 일족의 최상급 뿔과 같은 재료들로요.]

이탄이 피식 웃었다.

[그렇다면 나는 관심 없소.]

[네?]

[그쪽도 이미 알고 있지 않소? 파이브 스피어 가운데 하나가 오래 전에 파괴되었다는 사실을 말이오.]

[네에?]

삼목사 가면이 고개를 갸웃했다.

이탄이 천천히 말을 이었다.

[원래 파이브 스피어는 5개의 구슬이 모두 모여야 의미가 있는 법 아니오? 그런데 이미 하나가 파괴되었으니 어쩌겠소? 이제 파이브 스피어는 추억이 깃든 골동품일 뿐, 더 이상 무기로 쓸 수가 없다오. 그런데 세상의 누가 이런 골동품에 최상급 재료 서너 개를 내놓겠소? 하하하. 말도 안 되는 소리지.]

삼목사 가면은 잠시 고개를 숙이고 생각에 잠겼다가 다시 얼굴을 들었다.

[저는 몰랐어요. 저는 그저 5개의 구슬이 뿔뿔이 흩어져서 모으기 어렵다고만 알고 있었을 뿐, 구슬 중 한 개가 파괴되었다는 이야기는 듣지 못했거든요. 그렇다고 하더라도 제가 회원님의 말만 믿고 파이브 스피어를 헐값에 판매할 수는 없잖아요? 일단 사실이 확인될 때까지 파이브 스피어는 거래 목록에서 빼야겠네요. 쓸모없는 물건을 고가에 판매하여 제 신뢰를 떨어뜨릴 수는 없으니까요.]

삼목사 가면은 이렇게 주장하면서 이탄을 세심히 관찰했다.

'만약 이 자가 파이브 스피어의 가격을 후려치려고 거짓말을 한 것이라면 뭔가 몸짓에 변화가 나타날 수밖에 없어. 우리 일족은 그런 심리적 변화에 아주 민감하지.'

삼목사 가면은 이탄을 의심했다.

이탄은 아무런 변화도 없었다.

[뭐 그러시든가.]

어깨를 한 번 으쓱한 뒤, 이탄은 별 미련도 없이 등을 돌렸다.

이탄은 흐나흐 족과 싸우다가 오행주 가운데 불의 구슬을 얻었다. 그런데 이번에는 물의 구슬이 이탄의 눈앞에 나타났다.

이탄은 기회가 되면 물의 구슬도 손에 넣고 싶었다.

하지만 이런 마음이 절실하지는 않았다. 그저 '인연이 있으면 내 손에 들어오겠지.'라는 생각 정도였다.

이탄이 천막을 막 떠나려고 할 때였다. 삼목사 가면이 이탄을 붙잡았다.

[잠깐만요.]

[왜 그러쇼?]

이탄이 뒤를 돌아보았다.

삼목사 가면은 이탄에게 질문을 하나 던졌다.

[만약에 회원님의 말씀대로 5개의 구슬 가운데 하나가 깨졌다고 치죠. 그렇다면 나머지 4개의 구슬은 전혀 쓸모가 없나요?]

[전혀 쓸모가 없지는 않소. 최소한 알블─롭 일족은 기회가 되면 4개의 구슬을 소장하고 싶어 할 거요. 어쨌거나 그들에게 파이브 스피어는 선조의 유품이니까.]

[그 말씀은, 회원님은 알블─롭 일족이 아니라는 소리처럼 들리네요?]

삼목사 가면이 탐색하듯 이탄을 살폈다.

Chapter 4

이탄이 한쪽 입꼬리를 비스듬히 끌어올렸다.

[이거 무척 위험한 발언을 하시는군. 크라포 시스템은 회원들끼리 서로의 정체를 캐는 것을 절대 금지하고 있소만.]

[앗! 죄송해요. 그럴 의도는 없었어요. 다만 제 질문의 요지는 이거예요. 회원님의 말씀처럼 파이브 스피어 가운데 하나가 이미 망가져서 나머지 구슬들도 가치가 없다고 치죠. 그런데 회원님은 왜 이 구슬을 사려고 했나요?]

삼목사 가면은 이 질문이 이탄의 정곡을 찌를 거라고 생각했다.

아니었다. 이탄은 여전히 무덤덤했다.

[아까 말하지 않았소. 나는 고대의 골동품들을 사 모으는 게 취미라고.]

[하!]

삼목사 가면이 손으로 자신의 이마를 문질렀다. 아니, 엄밀하게 말해서 이마가 아니라 이마 위의 가면을 문질렀다.

[이제 용무가 끝났소?]

이탄이 삼목사 가면에게 물었다.

삼목사 가면은 고개를 끄덕이려다가 마지막으로 한 번 더 질문했다.

[회원님께 한 가지만 더 여쭤 봐도 될까요?]

[뭐가 궁금하오?]

[파이브 스피어가 무기의 역할은 하지 못하고 오로지 골 동품의 가치만 남아 있다면, 회원님은 얼마의 가격으로 이 구슬을 사겠어요?]

이제 보니 삼목사 가면은 꽤나 집요한 성격이었다. 이탄 은 손가락으로 자신의 턱을 조몰락거렸다.

[글쎄……. 상급 재료 몇 개와 바꿀 의향은 있소. 상급 음혼석 여러 개를 내놓을 의향도 있고. 하지만 그보다 더 비싸다면 나는 굳이 사고 싶지 않구려.]

[상급 재료 몇 개라고요?]

삼목사 가면은 곰곰이 생각에 잠겼다. 그러다 이탄에게 새로운 제안을 하나 했다.

[혹시 회원님의 명칭과 신분패 번호를 알 수 있을까요?]

[그건 왜 요구하는 거요?]

이탄이 의심스러운 눈초리로 상대를 보았다.

삼목사 가면이 나긋나긋하게 이유를 말했다.

[혹시 아시나요? 크라포 시스템은 꼭 마켓이 열리는 기 간에만 거래가 가능한 건 아니에요. 상대방의 명칭과 신분 패 번호만 알고 있으면 얼마든지 마켓이 끝난 이후에도 회 원 간 거래를 할 수 있어요.]

[호오? 마켓이 끝난 이후에도 회원들끼리 크라포 시스템을 통해서 개인 거래가 가능하다고? 그게 정말이오?]

이것은 이탄이 미처 알지 못했던 새로운 기능이었다. 이탄은 호기심을 느꼈다.

삼목사 가면이 부연 설명을 해주었다.

[개인 거래에 관심이 있으면 제게 회원님의 명칭과 신분패 번호를 알려주실래요? 그러면 저도 제 명칭과 신분패 번호를 알려드릴게요. 이렇게 서로 상대방의 정보를 신분패에 등록해 놓고 용역 거래 계약을 맺으면 마켓이 끝난 이후에도 신분패를 통한 물물교환이 가능하거든요.]

[용역 거래? 그건 또 뭐요?]

이탄의 질문에 삼목사 가면이 흠칫했다.

[응? 용역 거래를 모르시나요?]

[모르오.]

이탄은 솔직히 밝혔다.

삼목사 가면이 빠르게 종알거렸다.

[블랙마켓에서는 물건뿐 아니라 다른 것들도 얼마든지 거래할 수 있어요. 예를 들어서 살해 청부라든가, 용병 계약이라든가, 노예 계약도 얼마든지 거래 품목이 될 수 있단 말이죠. 이런 게 바로 용역 거래예요.]

[음. 그런 이야기는 들은 바가 있소.]

이탄이 고개를 주억거렸다.

삼목사 가면이 말을 이었다.

[한번 곰곰이 생각해보세요. 용역 거래는 물물교환과 달리 마켓이 종료된 이후에 어떤 행위가 일어나야 하거든요.]

이탄이 무릎을 쳤다.

[그렇구려. 살해 청부만 해도 마켓 데이가 끝난 이후에나 실제로 실행이 될 테지.]

이탄은 비로소 삼목사 가면의 말뜻을 이해하였다.

블랙마켓에서 두 회원이 서로 만나서 살해 청부를 거래했다고 치자. 그런데 살해해야 할 대상이 먼 행성에 머물고 있다. 그럼 당연히 블랙마켓이 종료된 이후에나 살해 행위가 일어날 것이다. 그에 따른 비용 지불도 살해 이후에나 이루어질 테고.

'사후에 비용 지불이 가능하려면 당연히 블랙마켓이 끝난 이후에도 회원들끼리 신분패를 통해서 물건을 주고받을 수 있어야 할 테지. 햐아아, 이거 흥미로운데?'

이탄은 크라포 시스템의 정교함에 대해서 거듭 감탄했다.

삼목사 가면은 이제 본론을 꺼냈다.

[회원님이 말했죠. 파이브 스피어 가운데 한 개가 깨져서 파이브 스피어 전체의 가치가 떨어졌다고요.]

[그렇소.]

[저는 일단 그 말이 사실인지 알아볼 생각이에요. 그 다음 회원님의 이야기가 사실이라면 회원님께 이 구슬을 넘겨드릴게요. 회원님이 제시한 조건으로요.]

[상급 재료 몇 개와 그 구슬을 교환하겠다는 뜻이오?]

그렇다면 이탄도 거절할 이유가 없었다.

삼목사 가면이 힘차게 고개를 주억거렸다.

[맞아요. 회원님의 말이 사실이라면 상급 재료 4개에 이 구슬을 넘길게요. 어떤 재료든 상관없이 등급만 상급이면 돼요.]

삼목사 가면의 제안은 파격적이었다.

'상급 등껍질 4개로 파이브 스피어를 살 수 있다면 충분히 만족스럽지.'

이탄은 상대의 제안에 만족하면서도 쉽게 허락하지 않았다. 이탄은 무척 의심이 많은 성격이었다. 혹시 미심쩍은 면이 하나라도 있으면 이탄은 이 거래를 하고 싶지 않았다.

[나도 한 가지만 물어봅시다.]

[얼마든지요.]

[블랙마켓이 끝난 이후에는 서로의 위치도 모르지 않소? 서로 머무는 행성도 다를 테고. 연락할 수단도 거의 없고.]

[그렇죠.]

[한데 만약 내가 신분패를 통해서 상급 재료 4개를 그쪽

에게 보냈는데, 그쪽이 물건만 받고 입을 싹 닦아버리면 나는 어떻게 되는 거요?]

이탄의 의심은 나름 합리적이었다.

Chapter 5

삼목사 가면이 생긋 웃었다.

[맞아요. 실제로 그런 일이 가끔 벌어지기도 하죠. 그래서 이렇게 하려고요.]

[어떻게 말이오?]

[제가 먼저 파이브 스피어를 회원님께 전송할게요. 그런 다음 회원님이 제게 상급 재료 4개를 보내주세요. 그럼 되겠죠?]

[허어.]

이탄은 상대의 배포에 감탄했다.

'체형은 여리여리한데 완전히 여장부네, 여장부야.'

상대가 이렇게까지 나오니 이탄도 거절할 이유가 없었다. 이탄은 삼목사 가면과 정보를 교환했다.

이탄의 명칭이 웃겼는지 삼목사 가면이 손으로 입을 가리고 웃었다.

[푸훗! 어쩌다 언데드 님이라고요?]

[…….]

이탄은 아무 소리도 하지 않고 상대방의 정보를 신분패에 담아두었다.

삼목사 가면이 이탄에게 냉큼 사과했다.

[앗. 죄송해요. 제가 그만 실례를 했네요.]

[……. 괜찮소.]

이탄이 떨떠름하게 대답했다.

괜찮다고 말은 했으나 실제로 괜찮은 것 같지는 않았다. 삼목사 가면은 서둘러 다음 단계로 넘어갔다.

[서로의 정보를 신분패에 등록해놓았으니 이제 용역 거래에 대한 계약만 맺으면 돼요. 제가 어쩌다 언데드 님께 신분패를 통해서 거래를 제시할게요.]

잠시 후, 이탄의 신분패에 메시지 한 통이 날아들었다.

[어쩌다 언데드 님, 서리를 판매하는 뱀 님으로부터 용역 거래 의뢰가 들어왔습니다. 내용을 확인하시고 거래에 응해보세요.]

이탄은 신분패를 조작하여 거래 제목과 내용을 읽었다.

용역 의뢰: 파이브 스피어의 적정가격 산정

이상이 이탄의 신분패에 기록된 용역 거래의 제목이었다.

[구체적으로 내가 뭘 어떻게 하면 되는 거요? 나더러 파이브 스피어의 적당한 가격을 조사하라는 뜻이오?]

이탄이 귀찮다는 듯이 물었다.

서리를 판매하는 뱀(삼목사 가면 여자의 회원 명칭)은 고개를 가로저었다.

[에이. 아니죠. 어쩌다 언데드 님은 아무것도 할 필요가 없어요. 그저 용역 거래 수락 버튼만 눌러주면 끝이에요.]

[응?]

[사실 제가 보낸 용역 거래는 진짜 용역이 아니에요. 나중에 제가 어쩌다 언데드 님과 물물교환을 하기 위해서 걸어둔 형식에 불과하죠. 이번 마켓이 끝난 뒤, 저는 파이브 스피어의 가치에 대해서 알아볼 거예요. 그 다음 어쩌다 언데드 님의 말이 맞으면 오늘 맺은 형식적인 용역 거래의 대가로 파이브 스피어를 보내드릴게요. 그러면 어쩌다 언데드 님은 거스름돈 개념으로 저에게 상급 재료 4개를 보내면 된다니까요.]

[아하! 이제야 이해했소.]

이탄은 무릎을 탁 쳤다. 그리곤 상대방이 보낸 용역 거래를 당장 수락했다. 그러자 이탄의 신분패 속에 '거래 중 1건'이라는 표시가 남아서 깜빡거렸다.

서리를 판매하는 뱀이 마지막으로 한 가지 정보를 더 제공했다.

[조금 전에 설명드렸다시피 이번 거래는 진짜 용역 거래가 아니에요. 제가 나중에 어쩌다 언데드 님과 물물교환을 하기 위한 형식에 불과하죠. 그런데 혹시 어쩌다 언데드 님은 진짜 용역 거래에도 관심이 있나요? 그럼 L구역 1번을 방문해 보세요.]

[L구역 1번이요?]

[네. 그곳은 용역 거래만 전문적으로 취급하는 곳이거든요.]

[그래요? 흐음. 그렇다면 한번 가봐야겠구려.]

이탄은 삼목사 가면과 인사를 나누고는 천막을 떠났다.

단거리 이송 마법진을 통과한 뒤 이탄이 도착한 곳은 L구역이었다. 이탄은 곧장 1번 거래장부터 찾았다.

이곳 1번 거래장은 천막이 아니라 사각형의 건물이었다. 건물 안은 간씨 세가 세상의 체육관처럼 내부가 통째로 탁 트여서 넓고 황량했다.

건물 안에는 직사각형의 나무판들이 도서관 책장처럼 줄을 지어 세워져 있었다. 그런데 어떤 나무판은 파랗고, 어떤 나무판은 하얀색이고, 일부는 검은색이었다.

전체적으로 파란색이 가장 많고, 그 다음이 하얀색이었

다. 검은색 나무판은 고작 3개밖에 되지 않았다.

이탄이 나무판들을 향해 다가섰다.

각 나무판 위의 종이에는 목록들이 빼곡했다. 얼굴에 가면을 쓴 회원들이 나무판 앞에 모여서 고개를 쭉 빼고 목록들을 훑어보았다.

회원들의 눈빛은 정말 진지했다.

'이건 또 어떠한 거래 방식이지?'

이탄이 흥미롭게 살펴보는 가운데, 토끼 가면을 쓴 여노예 한 명이 이탄을 향해 조심스럽게 다가왔다.

[회원님, 혹시 L구역 1번에 첫 방문이신가요?]

[그래.]

이탄이 다소 거만하게 대답했다.

블랙마켓에서 노예에게 존칭을 사용하면 다들 이상하게 여겼기에 이탄도 상대에게 하대를 했다.

토끼 가면 여노예가 이탄에게 다시 물었다.

[그렇다면 제가 간단하게 이곳의 이용법을 설명 드려도 될까요?]

[말해 보거라.]

[이곳은 회원들끼리 용역 거래를 하는 거래장입니다. 저기 나무판에 올라온 목록들이 용역 의뢰입니다. 이를테면 실종된 애완 몬스터를 찾아달라는 의뢰부터 시작해서 보물

탐사대에 참여해 달라는 의뢰, 살해 청부 의뢰에 이르기까지 다양한 용역 의뢰가 나무판에 올라와 있습니다.]

[흠.]

[회원님께서는 저 목록들을 살펴보시다가 원하는 의뢰를 발견하시면, 의뢰 제목에 회원님의 신분패를 가져다 대시면 됩니다.]

[만약 여러 명의 회원들이 동일한 의뢰에 우르르 몰려서 지원하면 어떻게 되나? 예를 들어서 애완 몬스터를 찾아달라는 의뢰에 10명의 회원이 동시에 지원하면 어떻게 되느냐 말이다.]

이탄이 궁금한 점을 물었다.

Chapter 6

토끼 가면 여노예가 냉큼 질문에 대답했다.

[신분패를 목록 위에 올려놓았다고 해서 곧바로 용역 거래가 이루어지는 건 아닙니다. 의뢰자가 지원자들의 명단을 꼼꼼하게 살펴본 뒤, 그 가운데 원하는 이를 골라서 거래 수락 버튼을 누릅니다. 그래야 비로소 용역 거래가 이루어지는 것입니다.]

여노예의 말을 간단하게 요약하면, 용역 거래는 다음과 같은 절차로 진행되었다.

1. 우선 의뢰자가 의뢰 내용—예를 들어서 애완 몬스터 찾아주기 등—을 크라포 시스템에 올린다.

2. 크라포 시스템은 의뢰 목록을 취합하여 L구역 1번 건물에 게시한다.

3. 여러 회원들이 의뢰 목록을 살펴보다가 참가를 희망하는 용역에 지원한다. 지원 방법은 참여를 희망하는 용역 의뢰 제목 위에 자신의 신분패를 접촉하는 것이다.

4. 지원자들의 정보는 크라포 시스템을 통해서 의뢰자에게 전달된다.

5. 의뢰자는 여러 지원자들 가운데 일부를 선택하여 거래 수락 버튼을 누른다. 이때 비로소 용역 계약이 이루어지는 것이다.

6. 거래 수락과 동시에 의뢰자는 거래 대가를 크라포 시스템에 전송해 놓는다.

7. 지원자가 용역을 완료하면, 그는 용역의 결과—예를 들어서 찾아낸 애완 몬스터—를 크라포 시스템에 보낸다.

8. 의뢰자는 7번의 결과를 확인한 뒤 크라포 시스템에 거래 완료 버튼을 누른다.

9. 크라포 시스템은 거래의 대가를 지원자에게 전송한다.

이상과 같은 절차는 얼핏 보기에 무척 복잡해 보였다. 하지만 조금 더 속을 들여다보면 상당히 합리적이었다.

[그럼 무슨 용역들이 올라왔는지 한번 확인해 볼까?]

이탄이 나무판들을 향해 발걸음을 옮기려 할 때였다. 여노예가 이탄을 붙잡았다.

[회원님.]

[왜 그러지?]

[용역 거래에 참여하시려면 우선 등록비부터 내셔야 합니다.]

[아하! 등록비가 있다고?]

이탄은 '그러면 그렇지. 크라포 놈들 정말 지독하네.'라는 생각부터 품었다.

여노예가 손가락으로 나무판의 색깔을 가리켰다.

[네. 저기 보이시는 파란 나무판의 용역 거래에 참여하시려면 하급 음혼석 한 개만 내시면 됩니다. 이게 3등급입니다. 만약 회원님께서 하얀 나무판의 용역 거래까지 참여하시려면 중급 음혼석 한 개를 등록비로 내셔야 합니다. 이게 2등급입니다. 마지막으로 검은 나무판은 상급 음혼석 한 개가 필요합니다. 이것이 1등급입니다.]

[허!]

이탄이 뜻 모를 탄식을 내뱉었다.

여노예가 종알종알 규칙을 읊었다.

[이미 짐작하셨겠지만, 회원님께서 상급 음혼석 한 개를 지불하시면 검은 나무판뿐 아니라 하얀 나무판과 파란 나무판의 용역들도 모두 참여 가능하십니다. 중급 음혼석을 지불하시면 하얀 나무판뿐 아니라 파란 나무판도 허용이 되는 것이고요.]

이탄은 잠시 고민했다.

여노예가 재빨리 말을 덧붙였다.

[회원님께서 오늘 한 번만 등록하시면 마켓 데이 내내 자유롭게 저 나무판들을 이용하실 수 있습니다. 참여 횟수의 제한도 없으므로 회원님께서는 여러 개의 용역에 모두 신청을 하셔도 된답니다. 살짝 귀띔을 해드리자면, 용역의 대가 중에는 상급 음혼석 수백 개에 해당하는 것들도 있습니다. 물론 이런 것들은 1등급 나무판에만 올라와 있지요.]

이 말이 결정타가 되었다.

[어디 한번 비싼 만큼 값어치를 하나 보자.]

이탄은 아공간 박스를 열어서 상급 음혼석을 신분패 위에 올려놓았다.

잠시 후, 기이잉 소리와 함께 상급 음혼석이 이탄의 눈앞에서 싹 사라졌다. 대신 이탄의 신분패 속에 "1등급 용역 등록"이라는 문구가 떠올랐다.

[회원님 1등급 등록을 축하드립니다. 원하시는 용역을 계약하시기를 기원합니다.]

토끼 가면 여노예가 이탄을 향해 허리를 직각으로 숙였다.

[오냐.]

이탄은 뒤도 돌아보지 않고 검은색 나무판으로 향했다. 아무래도 검은색 나무판에 올라온 용역들이 대가가 가장 후할 것 같아서였다.

다른 색깔의 나무판에는 회원들이 구름처럼 몰려 있었다. 검은색 나무판은 상대적으로 한산했다.

1등급의 등록비가 너무 비싸기 때문이었다.

이 등록비라는 것은 단지 용역 의뢰에 지원할 자격만 줄 뿐, 그 일감을 실제로 수주하는 것까지 보장하지는 않았다.

만약에 어떤 회원이 큰마음을 먹고 상급 음혼석을 지불하여 1등급으로 등록했다고 치자. 그런데 막상 일감 수주에는 실패한다면? 여기저기에 지원은 했는데 실제로 거래는 이루어지지 않는다면?

그러면 그 회원은 상급 음혼석 하나를 그냥 날려먹는 셈이었다.

따라서 어지간한 부자가 아니라면 1등급으로 등록할 엄두를 내지 못했다. 그 결과 검은색 나무판 앞에는 소수의 회원들만 남았다.

이탄은 검은색 나무판 가운데 가장 왼쪽의 것부터 훑어보았다.

　　— 블랙 1번: 살해 청부.
　　— 블랙 2번: 전쟁 참여 의뢰.
　　— 블랙 3번: 전쟁 참여 의뢰.
　　— 블랙 4번: 살해 청부.
　　— 블랙 5번: 3년간 호위 의뢰.

검은색 나무판에 올라온 용역들 가운데 대부분은 전쟁에 참여해서 싸워달라는 요구거나, 혹은 누군가를 죽여 달라는 청부였다.

그만큼 일의 위험도가 높았다.

대신 이런 일들을 성공했을 경우 받는 대가는 후해서, 전쟁 참여 의뢰의 경우 상급 음혼석 200개를 대가로 지불하겠다는 것도 목록에 올라와 있었다. 혹은 용역의 대가로 최상급 재료를 내거는 경우도 몇 개가 보였다.

안타깝게도 이탄은 이 정도의 대가로 만족하지 못했다.

"하아아. 미치겠네. 이 정도면 알블—롭의 귀족 가문들이 나에게 거래단에 참여해 달라고 했을 때 내걸었던 조건과 비슷한 수준이잖아. 하아아. 겨우 이딴 목록이나 보려고 상급 음혼석을 등록비로 낸 것은 아닌데."

이탄은 후회 섞인 한숨을 내쉬었다.

Chapter 7

그러던 중 두 번째 나무판에서 이탄의 마음에 드는 일감이 하나 발견되었다.

　　— 블랙 128번: 저주마법 해석

　　— 요청 사항: 고대의 저주마법에 대한 상세한 풀이 및 해석을 요청함

　　— 용역 완수 기한: 한 달 이내

　　— 용역 수행 방법: 신분패를 통한 자세한 문답 풀이

　　— 용역 성공 대가: 저주마법 풀이 완료시 최상급 구아로의 이빨 한 개

"저주마법이라고? 이건 내가 자신 있는 분야잖아. 여차하면 아나테마 영감을 깨워서 일을 시켜도 되고 말이야."

게다가 이 용역은 대가가 2개나 되었다. 최상급 구아로의 이빨도 정말 구하기 힘든 보물이지만, 의뢰자를 위해서 저주마법을 해석해주다 보면 이탄도 자연스럽게 그 저주마법을 배울 기회가 생기는 셈이었다.

이탄은 둥그런 신분패를 블랙 128번에 가져다 대었다.

띠링!

경쾌한 소리와 함께 이탄에게 메시지가 전달되었다.

[어쩌다 언데드 님께서는 블랙 128번 용역 거래에 지원하셨습니다. 이번 일감을 맡긴 의뢰자가 어쩌다 언데드 님과의 거래를 승낙하면 그 즉시 업무에 착수하시면 됩니다.]

이어서 이탄은 검은색 나무판에 올라온 다른 목록들도 살폈다.

이탄의 용역 지원 기준은 다음 두 가지였다.

첫째, 그리 많은 시간을 빼앗기지 않고 할 수 있는 일감일 것.

둘째, 대가가 충분할 것.

이탄은 이상의 기준에 입각하여 목록들 가운데 마음에 드는 일감들을 추렸다.

이탄이 대표적으로 꼽은 세 가지는 다음과 같았다.

― 블랙 154번: 플라모 일족의 신녀 리지스 납치

― 요청 사항: 플라모 일족의 신녀 리지스 납치하여 넘겨줄 것

― 용역 완수 기한: 50년 이내

― 용역 수행 방법: 리지스는 반드시 살아 있어야 하며 신체 훼손도 있으면 안 됨

― 용역 성공 대가: 최상급 리노의 뿔 한 개

― 블랙 240번: 알블―롭 일족의 삼신녀 암살

― 요청 사항: 알블―롭 일족의 삼신녀를 죽일 것

― 용역 완수 기한: 100년 이내

― 용역 수행 방법: 암살의 성공을 증명하기 위하여 삼신녀의 잘린 머리를 전송해야 함

― 용역 성공 대가: 최상급 구아로의 발톱 3개

― 블랙 289번: 쁠브 일족 왕의 재목 암살

― 요청 사항: 쁠브 일족 왕의 재목 8명 가운데 한 명 이상 암살

― 용역 완수 기한: 무제한

— 용역 수행 방법: 암살의 성공을 증명하기 위
하여 대상자의 잘린 머리를 전송해야 함
　　— 용역 성공 대가: 왕의 재목 머리통 하나당 최
상급의 틸트 스톤 4개

　　이탄은 위의 세 가지 일감을 놓고 고민하다가 블랙 154
번과 블랙 289번에 신분패를 접촉했다.

　　나머지 하나, 즉 알블—롭의 삼신녀를 제거해달라는 일
감은 일부러 지원하지 않았다. 이탄은 알블—롭 일족의 뒤
통수를 칠 생각은 없었다.

　　띠링! 띠링!

　　이탄의 신분패에서 알람이 두 번 울렸다.

　　[어쩌다 언데드 님께서는 블랙154번 용역과 블랙 289번
용역에 지원하셨습니다. 이번 일감들을 맡긴 의뢰자들이
어쩌다 언데드 님과의 거래를 승낙하면 그 즉시 업무에 착
수하시면 됩니다.]

　　이탄은 용역 업무 세 가지를 지원한 것으로 일단 만족했
다.

　　"3개를 신청해 놓았으니까 나머지 것들은 상황을 보면서
하자."

　　일을 너무 벌일 필요는 없다는 것이 이탄의 생각이었다.

그에 따라 이탄은 하얀색 나무판과 파란색 나무판들은 그냥 지나쳤다.

이탄은 L구역을 떠나 다른 구역들을 좀 돌아보다가 해가 저문 뒤에야 비로소 숙소에 들어가서 쉬었다.

블랙마켓 5일째의 날이 밝았다.

띠링!

오늘도 어김없이 이탄의 신분패에 알람이 들어왔다.

[어쩌다 언데드 님, 오늘 A구역 1번 천막에서 직영점 거래가 오픈될 예정입니다. 오전 9시부터 시작이니 늦기 전에 방문해서 기회를 잡아보세요. 어쩌다 언데드 님께 행운이 깃들기를 기원합니다.]

직영점이 곧 오픈한다는 안내 메시지였다.

"오늘은 직영점이 또 어떤 물건을 내놓으려나?"

이탄은 한 가닥의 기대를 품고 해당 건물을 찾았다.

이탄이 막 도착할 즈음 A구역 1번 건물 앞에는 구름과 같은 회원들이 몰려들었다. 이탄은 북적거리는 인파에 끼어서 계단식 건물 안으로 들어갔다.

오늘 물건을 판매할 크라포 족 상인은 자그마한 체구의 여성이었다.

얼굴에 하얀색 민무늬 가면을 쓴 크라포 족 여상인이 두 손을 마구 흔들어 회원들의 입장을 반겼다.

[어서 오세용~. 어서 오세용~. 모두 모두 반가워요.]

크라포 족 여상인은 코맹맹이 뇌파로 말문을 열더니, 이내 상품 소개로 넘어갔다.

[날이면 날마다 오는 기회가 아닙니다. 오늘은 회원 여러분들께 꼭 필요한 필수 아이템들을 소개해 드리려고 합니다.]

여상인이 왼쪽으로 손을 뻗었다.

그곳의 커튼 뒤에서 우람한 체격의 빡빡머리 노예가 한 손에 쏙 들어갈 크기의 육각형의 패를 들고 걸어 나왔다. 남자 노예는 얼굴에 너구리 가면을 착용한 상태였다.

크라포 족 여상인이 짜랑짜랑하게 외쳤다.

[이 육각형의 패가 무엇이냐? 이미 이 물건의 정체를 알아보는 회원님도 계시네요.]

[엇? 저런 것도 판매한다고?]

[저건 개인용 게이트잖아?]

객석 여기저기서 웅성거리는 소리가 나왔다.

이탄도 눈을 동그랗게 떴다. 저 육각형의 패가 이탄의 눈에 익숙한 탓이었다.

지금 이탄의 아공간 박스 속에는 빡빡머리 노예의 손에 들린 것과 똑같은 육각형 패가 들어 있었다. 이것은 이탄이 남색 원숭이 가면을 죽이고 빼앗은 정체불명의 물건이었다.

Chapter 8

'저게 무슨 용도일까?'

이탄은 호기심을 품고서 크라포 족 여상인의 설명을 기다렸다.

여상인이 물건의 정체를 털어놓았다.

[맞습니다. 이것은 바로 휴대용 플래닛 게이트입니다.]

[허어! 저게 바로 말로만 듣던 그 물건인가?]

[휴대용 플래닛 게이트라면 행성과 행성을 오갈 수 있다는 바로 그 마법 아이템이잖아? 기존의 플래닛 게이트를 손바닥 크기로 작게 축소해놓았다는 그 전설적인 아이템 말이야.]

[와아아, 사고 싶다.]

[가격이 얼맙니까? 대체 가격이 얼마냐고요.]

객석에서 환호성이 터졌다.

여상인은 뿌듯한 눈빛으로 회원들의 열띤 반응을 지켜보다가 검지를 높이 들었다.

[아시다시피 개인용 플래닛 게이트는 쉽게 만날 수 있는 아이템이 아닙니다. 이 세상의 별처럼 많은 종족들 가운데 가장 마법이 발달했다는 셋뽀 일족만이 만들어낼 수 있는 마법의 궁극! 마법의 총아! 그게 바로 이 휴대용 플래닛 게이트랍니다.]

[그래서 가격이 얼마냐니까?]

[내가 사겠소. 부르는 대로 가격을 쳐줄 테니 나에게 파시오.]

회원들의 아우성이 극에 달했다.

그럴 만도 한 것이, 기존의 플래닛 게이트는 소유자의 허락을 받아야만 비로소 사용이 가능할뿐더러, 사전에 미리 연결된 행성으로만 이동이 가능했다.

반면 휴대용 플래닛 게이트는 좌표만 알면 우주의 어느 행성이든지 접근이 자유로웠다. 게다가 이 마법 아이템은 간편하게 휴대가 가능하여 행성 이동의 용도뿐 아니라 탈출용으로도 아주 쓸모가 많았다.

'오오오! 육각형 패가 그렇게 좋은 물건이었어? 남색 원숭이 가면이 죽기 전에 아주 착한 일을 했네. 하하하.'

이탄도 잔뜩 흥분했다.

[어서 가격을 말하라니까.]

[내게 파시오. 나는 그게 꼭 필요하다니까.]

[아니, 나에게 팔아요. 나에게.]

거의 모든 회원들이 단상 위를 향해 손짓을 보냈다.

크라포 족의 여상인은 흡족한 표정으로 객석을 바라보았다. 회원들의 반응은 가히 폭발적이었다.

[셋뽀 일족이 만들어낸 휴대용 플래닛 게이트의 가격이 얼마냐? 여러분, 그게 궁금하시죠?]

크라포 족 여상인이 뜸을 들였다.

[얼마요, 얼마?]

[어우, 답답하네. 어서 가격을 말하라고.]

객석의 분위기가 절정에 달했다 싶은 순간, 크라포 족 여상인이 찬물을 확 끼얹었다.

[안타깝게도 휴대용 플래닛 게이트는 물물교환을 하지 않겠습니다.]

[커헉, 뭐라고?]

[그럴 거면 그걸 왜 보여줬소?]

[우리를 우롱하는 거야, 뭐야?]

흥분한 회원들이 들고 일어났다. 객석은 벌집을 쑤셔놓은 듯 난장판이 되었다.

그 순간 여상인이 손가락을 좌우로 까딱였다.

[제가 물물교환을 하지 않겠다고 말씀드렸지, 이 마법 아이템을 팔지 않겠다고는 말하지 않았습니다.]

[엇?]

[그게 무슨 뜻이오?]

잔뜩 화가 나서 단상으로 몰려들던 회원들이 흠칫하여 흥분을 가라앉혔다.

여상인은 회원들을 향해 은은한 미소를 뿌렸다.

[저희 크라포 상단에서는 오늘 휴대용 플래닛 게이트 3개를 판매할 생각입니다.]

[오오오, 하나가 아니었어? 무려 3개라고?]

[3개라면 내게도 기회가 있겠네.]

여상인이 환호하는 회원들을 향해 말을 이었다.

[다만 이 아이템은 가치가 너무 높아서 물물교환으로는 판매하지 않을 생각입니다. 그럼 이걸 어떻게 살 수 있느냐? 그에 대한 답변이 곧 여러분의 신분패를 통해 전달될 것입니다.]

띠링!

이탄의 신분패에 알람이 떴다. 이탄은 신분패를 들어 메시지를 확인했다.

[크라포 시스템에서 알려드립니다. 크라포 시스템에서는 휴대용 플래닛 게이트를 상품으로 걸고 회원 여러분께 두 가지 퀘스트를 제시할 예정입니다. 1등으로 이 퀘스트들을 달성하는 회원님, 2등으로 달성하는 회원님, 그리고 3등으

로 달성하는 회원님께는 상품으로 셋뽀 일족의 명장이 만들어낸 휴대용 플래닛 게이트를 보내드립니다. 이번 특별 이벤트에 관심 있으신 회원님들은 즉시 이벤트 가입을 진행해 주세요.]

신분패에서는 이러한 뇌파와 함께 새로운 버튼이 생성되었다. '이벤트 가입'이라고 적힌 버튼이었다.

여기저기서 회원들이 버튼을 눌렀다.

이탄도 호기심에 버튼을 한번 눌러보았다. 그 즉시 안내문이 나왔다.

[이벤트 가입 방법이 궁금하시죠? 간단합니다. 회원님들의 신분패를 이용하여 크라포 시스템으로 중급 음혼석 2개를 보내주세요. 그 즉시 이벤트 가입 처리가 완료됩니다. 회원님들이 수행해야 할 퀘스트는 나중에 신분패를 통해 전달될 것이고요.]

"또 음혼석을 내라고?"

이탄은 속으로 '이것들이 나를 봉으로 아나?'라고 중얼거렸다. 내심 부아가 치밀었다.

그 와중에도 다수의 회원들이 중급 음혼석 2개를 지불하고 이벤트에 가입했다. 이탄도 곰곰이 생각하다가 결국 중급 음혼석 2개를 신분패 위에 올려놓았다.

중급 음혼석이 이탄의 눈앞에서 휘릭 사라졌다. 대신 띠링! 소리와 함께 [어쩌다 언데드 님, 이벤트 신청을 축하합니다.]라는 메시지가 이탄의 신분패에 도착했다.

'하아. 이게 지금 뭐하는 짓인가 모르겠네.'

이탄은 거듭 한숨을 내쉬었다.

그러는 사이 크라포 족의 여상인은 두 번째 물건을 보여주었다.

[자, 이걸 보십시오.]

커튼 뒤에서 나타난 건장한 체격의 남자 노예가 삐쭉삐쭉하게 생긴 검푸른 액체(?)를 높이 들었다.

이 물체의 상태는 분명히 액체 같았다. 노예의 손가락이 액체 속으로 푹 잠길 뿐 아니라 삐쭉삐쭉한 표면을 따라 주르륵 주르륵 유동의 흐름이 발생했다. 액체의 내부에서도 파도가 치는 것처럼 물결이 일렁거렸다.

Chapter 9

그런데 삐쭉삐쭉한 형태를 유지하고 있는 것을 보면 액체가 아니라 고체 같은 느낌이 들었다. 노예가 이 물체를 손으로 잡아서 번쩍 들 수 있는 것만 보아도 액체보다는 고체에 더 가까워 보였다.

크라포 족의 여상인은 액체도 아니고 고체도 아닌 이 희한한 물건에 대해서 설명을 시작했다.

[회원 여러분, 이번 물건이야말로 깜짝 놀랄 만한 것입니다. 혹시 여러분들 가운데 전설의 종족 기브흐에 대해서 아시는 분이 있을지 모르겠습니다.]

[기브흐!]

[허억?]

객석을 꽉 채운 회원들 가운데 오직 2명만이 여상인의 말에 반응했다. 두 회원은 화들짝 놀랐을 뿐 아니라 두려움을 느낀 듯 벌떡 일어나 뒷걸음질을 치려고 들었다.

크라포 족 여상인은 반응을 보인 두 회원을 묘한 눈빛으로 훑어본 다음, 천천히 뇌파를 이었다.

[기브흐에 대해서 아시는 분이 별로 없으시군요. 하긴, 그럴 수밖에요. 기브흐는 개체수도 많지 않고, 일생의 대부분을 깊은 땅속에서 잠을 자는 데 소비하느라 활동도 거의 없는 신비한 종족이니까요. 하지만 기브흐의 알껍데기만큼은 제가 여러 회원님들께 자신 있게 소개드릴 수 있습니다. 액체도 아니고 고체도 아닌 이 알껍데기는 기브흐 일족의 태아가 충분히 성장할 때까지 외부의 적으로부터 태아를 보호해주는 역할을 합니다. 또한 이 알껍데기는 인근의 행성 수백 개로부터 영혼을 빨아들여 태아에게 공급해주는

역할도 합니다.]

[저 검푸른 덩어리가 영혼을 빨아들인다고?]

[뭐? 수백 개의 행성?]

[말도 안 돼. 세상에 영혼을 끌어모으는 마법아이템이나 재료들이 있기는 하지. 그러나 수백 개의 행성으로부터 생명체의 영혼을 강탈하여 흡수한다는 것은 불가능해. 이건 새빨간 거짓말이라고.]

대다수의 회원들이 크라포 족 여상인을 비난했다. 여상인의 주장이 너무도 비상식적이었기 때문이다.

하지만 기브흐 종족에 대해서 알고 있던 2명의 회원만큼은 부르르 몸서리를 치고는 뒤도 돌아보지 않고 건물 밖으로 나가버렸다.

크라포 족 여상인은 이채를 띤 눈으로 그 2명을 바라보았다.

한편 이탄도 묘한 눈빛으로 검푸르고 삐쭉삐쭉한 덩어리를 관찰했다.

액체도 아니고 고체도 아닌 저 해괴한 덩어리는 이탄을 잡아끌 듯이 유혹했다. 이탄은 저 괴상한 덩어리로부터 어딘지 모르게 익숙하면서도 알 듯 말 듯한 느낌을 받았다.

'저게 뭐지?'

이탄이 바라보는 가운데 검푸른 덩어리가 노예의 굳건한

팔뚝을 타고 주르륵 주르륵 흘러내렸다. 그러다 신비로운 힘에 의해 다시 위로 기어 올라와 본래의 뾰쪽뾰쪽한 형태를 유지하였다.

[이제 회원 여러분께서 기다리시는 판매의 시간이 돌아왔습니다.]

크라포 족 여상인이 손가락으로 기브흐 일족의 알껍데기를 가리켰다.

[은둔의 종족 기브흐! 그 일족의 신비가 담긴 알껍데기입니다. 기브흐 일족의 태아를 보호하고, 인근 수백 개의 행성으로부터 영혼을 갈취하여 기브흐 일족의 태아에게 자양분을 제공하는 보물이 바로 회원 여러분들의 눈앞에 있습니다. 누가 이 기괴한 알껍데기를 차지할 것인가! 누가 과연 보물의 주인공이 될 것인가! 상품은 단 하나뿐입니다. 신중하게 생각하시고 여러분의 눈앞에 나타난 절호의 찬스를 놓치지 마십시오. 그렇다면 과연 기브흐 일족 알껍데기의 가격은 얼마인가? 홉!]

여상인은 점점 더 빠르게 뇌파를 날리다가 갑자기 이야기를 멈추고 숨을 훅 들이쉬었다. 그런 다음 숨을 길게 뿜어내며 상품의 가격을 회원들에게 공개했다.

[최상급 리노의 뿔 10개, 최상급 리노의 비늘 10개, 최상급 토트의 등껍질 10개, 최상급 수프리 나무의 뿌리 10개,

최상급 뻘브의 눈물 1 리터, 마지막으로 최상급 음혼석 5개. 이걸 다 합친 것이 기브흐 일족 알껍데기의 가격입니다.]

[커헉. 미친 거 아냐?]

[누가 그 가격에 정체불명의 덩어리를 사? 말도 안 되는 소리지.]

[세상에 그런 희귀한 재료를 저만큼이나 가지고 있는 부자가 있나? 오대강족 왕의 재목들도 저만큼의 물품들은 가지고 있지 않겠다.]

회원들은 기가 막혀서 헛웃음만 흘렸다.

여상인이 뇌파를 높였다.

[혹시 구매 희망자가 안 계십니까? 제가 말한 가격에 기브흐 일족의 알껍데기를 구매하실 분 없으신가요? 구매를 희망하시는 회원께서는 신분패를 통해서 즉시 구매 의사를 밝혀주시기 바랍니다. 이건 정말 절호의 찬스랍니다.]

크라포 족 여상인이 아무리 외쳐도 회원들의 반응은 싸늘했다. 다들 팔짱을 끼고 단상 위의 여상인을 노려보았다.

회원들 가운데 일부는 [대체 기브흐의 알껍데기가 뭐하는 물건입니까?]라고 옆자리 회원에게 물었다.

그러면 옆자리 회원은 [나도 모릅니다.]라고 대꾸했다.

정체 모를 덩어리를 어마어마한 가격에 판매하려다 보니 당연히 구매자는 나타나지 않았다. 당장 이탄만 해도 알껍데기의 가격에 놀라서 절레절레 고개를 내저을 정도였다.

'최상급 리노의 뿔이 10개라니. 거기에다가 최상급 비늘 10개, 최상급 등껍질 10개, 최상급 눈물 1리터 등등, 모두 다 구하기 정말 힘든 것들이잖아? 이곳 블랙마켓 참석자들 가운데 그 정도 재화를 가지고 다니는 회원이 있을까?'

이탄은 이런 의문을 품었다.

단상 위에서 여상인이 한숨을 내쉬었다.

[하아아. 정말 안목들이 없으시군요.]

[뭐요?]

회원들 몇 명이 인상을 찌푸렸다.

여상인은 거듭 한숨을 쉬었다.

[하아아아. 이건 기브흐 일족의 알껍데기입니다. 무려 기브흐의 알껍데기란 말입니다. 이 귀한 물건이 상품으로 나왔건만 구매 희망자가 단 한 명도 없다니, 정말 예상 밖의 사태입니다. 저는 정말 이런 일이 벌어질 것이라고는 예상도 못했습니다. 의외의 사태에 제 머리가 다 어질어질하네요.]

결국 크라포 족 여상인은 기브흐 알껍데기를 판매하겠다는 계획을 포기했다.

[어쩔 수 없지요. 마땅한 임자를 찾지 못하였으니 기브흐 일족의 신비로운 알껍데기는 다시 거둬들여야겠습니다.]

여상인이 너구리 가면 노예에게 턱짓을 보냈다.

건장한 남자 노예가 낑낑거리면서 검푸른 알껍데기를 허리 아래로 내렸다. 그 다음 묵직한 덩어리를 들고 커튼 뒤로 사라졌다.

여상인은 물건이 팔리지 않아 어깨를 축 늘어뜨렸다가, 다시 기운을 차리고는 당차게 뇌파를 내보냈다.

[이제 다음 물건을 공개하겠습니다.]

[그래. 이상한 거나 팔지 말고 제대로 된 물건을 보여주라고.]

회원들이 크라포 족 여상인의 말에 다시 관심을 기울였다.

이탄은 다음 물건을 보지도 않고 자리에서 일어나 건물 밖으로 나왔다.

Chapter 10

자리를 뜬 이는 비단 이탄만이 아니었다. 크라포 족 여상인에게 실망한 회원들이 하나 둘 객석을 떠나서 마켓의 다른 구역으로 옮겨갔다. 때문에 이탄이 자리에서 이탈해도 전혀 두드러지지 않았다.

하지만 이탄의 행선지는 다른 회원들과는 달랐다. 이탄은 객석에서 나오자마자 곧바로 은신의 가호를 발휘하였다. 모레툼으로부터 하사받은 가호 덕분에 이탄의 몸은 곧 투명하게 변했다.

이탄은 투명화 상태에서 벼락처럼 몸을 날렸다.

눈 깜짝할 사이에 이탄이 나타난 곳은 커튼 뒤쪽의 어둑한 공간이었다.

이 공간은 판매 상품을 미리 준비해놓는 장소로, 오로지 크라포 족 상인들과 그들의 노예들에게만 출입이 허용되었다.

외부인이 이 공간에 들어오는 즉시 비상벨이 울리고 블랙마켓의 운영진이 출동하도록 되어 있었다.

한데 이탄이 이 공간에 나타났음에도 불구하고 비상벨은 울리지 않았다. 이탄이 지닌 차단의 언령 덕분이었다.

공간을 차단하고, 흐름을 차단하고, 의식을 차단하고, 마법진을 차단하고, 감시망을 차단하고.

이탄 주변의 모든 것들이 전부 다 차단되었다. 이제 이 공간은 오롯이 이탄의 지배를 받았다.

그게 끝이 아니었다. 이탄은 차단의 언령에 더해서 무한의 언령까지 동원했다.

째깍, 째깍, 째애깍, 째애애애—깍.

이탄 주변의 시간이 급속도로 느려졌다. 그러다 결국 거의 시간이 흐르지 않는 지경에 이르렀다.

이탄이 공간을 차단하고 시간마저 멈춰버리면서까지 이곳에 침투한 이유는 하나였다.

'뭐였지? 그 끌림은?'

이탄은 검푸른 덩어리, 즉 기브흐 일족의 알껍데기를 접하자마자 알 수 없는 끌림을 느꼈다.

'대체 그 물질이 뭐기에 나를 자극한 거야?'

이탄은 원인을 파악하기 위하여 이곳까지 찾아왔다.

너구리 가면을 쓴 건장한 남자 노예는 아공간의 문 속에 검푸른 알껍데기를 막 집어넣으려던 중이었다.

바로 그때 시간을 다스리는 무한의 언령이 발동했다. 시간이 극도로 느려졌다.

노예는 아공간 속으로 손을 반쯤 넣은 상태에서 조각상처럼 몸이 굳었다. 노예의 허리는 꾸부정하게 구부러진 상태였다. 극한으로 느려진 시간 속에서 노예는 주변의 빛을 볼 수도 없고, 소리를 들을 수도 없었다.

스르륵—.

이탄이 노예의 곁으로 미끄러지듯이 다가왔다. 이탄의 눈은 아공간 속으로 막 들어가려던 검푸른 덩어리에 고정되었다.

"어라?"

이탄이 흠칫했다.

놀랍게도 기브흐 일족의 알껍데기는 언령의 통제를 받지 않았다. 알껍데기의 표면에서는 주르륵 주르륵 액체가 흐르는 현상이 엿보였다. 알껍데기의 내부에서는 파도가 치듯 액체가 요동쳤다.

"시간이 거의 멈췄는데 어떻게 액체가 흐르지?"

이탄이 고개를 갸웃했다.

주변의 시간은 분명히 0에 근접하게 느려졌다. 이 정도면 거의 시간이 멈춘 것이나 다름없었다. 고정된 시간 속에서 오직 이탄과 이 해괴한 알껍데기만이 무한의 언령으로부터 벗어났다.

"정상 세계의 인과율을 담당하며 세계의 모든 것을 통제하는 것이 바로 언령인데 어떻게 이 알껍데기는 언령의 통제를 벗어났을까?"

이탄은 손으로 턱을 괴고 고민했다.

이윽고 어떤 가능성이 이탄의 뇌에 떠올랐다.

"혹시?"

지금 이탄이 발휘한 것은 정상 세계에서 시간을 담당하는 최상격의 언령 무한이었다.

"혹시 기브흐 일족의 알껍데기는 정상 세계의 기운이라고는 눈곱만큼도 담겨 있지 않은 부정 세계의 산물일지도 몰라. 만약 그렇다면 정상 세계의 언령이 이 알껍데기를 통제할 수 없겠지."

이탄이 만자비문을 불러일으켰다. 이탄의 뱃속에 뭉쳐 있던 만자비문이 툭툭 튀어나와 이탄의 주변을 맴돌았다.

부정 차원의 인과율을 지배하는 마격 언령이 바로 만자 비문이었다.

이탄은 만자비문 가운데 시간과 관련된 문자를 기브흐 일족의 알껍데기 주변에 집중적으로 배치했다.

"역시!"

이탄의 예상이 맞았다. 만자비문이 등장하자 액체도 고체도 아닌 검푸른 덩어리가 더 이상 흐르지 않았다.

그렇게 유동이 멈추자 기브흐 일족의 알껍데기는 더 이상 액체의 상은 잃어버리고 완전히 고체가 된 것처럼 보였다.

이탄이 아공간의 문 속으로 손을 넣어 기브흐 일족의 알껍데기를 붙잡았다.

기브흐 일족의 알껍데기가 바르르 떨었다.

실제로는 시간이 멈춰져 있기에 알껍데기가 진동할 수는 없었다.

그럼에도 불구하고 이탄은 이 알껍데기 속에 담겨 있는 무수히 많은 영혼들이 바르르 떠는 것처럼 느꼈다.

"정상 세계의 기운은 한 톨도 없이 순수한 부정 차원의 물질이라? 이게 대체 뭘까? 이게 뭐기에 나를 잡아끌었을까?"

이탄은 한 손으로 기브흐 일족의 알껍데기를 끌어당기면서 낮게 중얼거렸다.

그런데 놀라운 일이 벌어졌다.

사르륵.

발갛게 달구어진 프라이팬 위에서 버터가 녹는 것처럼 기브흐 일족의 알껍데기는 삐쭉삐쭉한 형태를 잃어버린 채 사르륵 녹더니 이탄의 피부 속으로 스며들었다. 그렇게 흡수된 액체가 이탄의 (진)마력순환로를 타고 곧장 뱃속으로 빨려 들어갔다.

"으응?"

이것은 이탄이 인지할 사이도 없이 벌어진 일이었다. 이탄이 검푸른 덩어리를 흡수하겠다고 의도한 바도 아니었다.

그렇게 눈 깜짝할 사이에 이탄의 뱃속으로 흡입된 기브흐 일족의 알껍데기—이제 더 이상 알껍데기라고 말할 수도 없지만—는 어느새 이탄 뱃속에 꽉 들어차 있는 음차원 덩어리에 달라붙었다.

똘똘 뭉친 음차원 덩어리가 검푸른 액체로 한 겹 얇게 코팅되었다. 이어서 그 검푸른 액체가 음차원 덩어리 속으로 빠르게 스며들었다.

제5화

특별 할인 판매

Chapter 1

끼야아아악.

끄와아악.

치리리리릿.

액체가 음차원 덩어리 속에 흡수되기 전, 액체 곳곳에서 기괴한 형상들이 나타나 까무러칠 듯이 울부짖었다.

이 형상들 가운데는 곰 몬스터를 닮은 것도 있고, 악어형 몬스터를 닮은 것도 보였으며, 여우형 몬스터나 코뿔소형 몬스터도 있었다. 문어형 몬스터나 머리가 여러 개 달린 표범형 몬스터도 가끔씩 드러났다.

어떤 사자형 몬스터는 얼굴 주변의 갈기 한 가닥 한 가닥이 모두 뱀이었다. 털이 수북한 몬스터의 형상이 빠르게 나타났다가 모습이 마구 변했다. 뚜렷한 형태가 없는 몬스터도 이 가운데 포함되었다.

이 밖에도 헤아릴 수 없이 많은 기괴한 형상들이 나타났다가 음차원 덩어리 속으로 빠르게 빨려 들어갔다.

검푸른 액체를 흡수한 뒤, 음차원의 덩어리는 이탄의 뱃속에서 스르륵 자전을 하기 시작했다.

지금까지 똘똘 뭉쳐만 있던 음차원의 덩어리가 스스로 움직이는 것은 처음이었다.

"이게 또 뭔 일이래?"

이탄은 손으로 자신의 볼록한 배를 쓰다듬었다. 뱃속에서 뭔가가 꿈틀거리자 어쩐지 느낌이 묘했다.

그러다 이탄이 화들짝 놀라 배에서 손을 떼었다.

"참 나, 어이가 없네. 내가 임산부도 아닌데 이게 무슨 생경한 느낌이야? 내가 왜 이따위 느낌을 받아야 해? 어우. 신경질 나."

이탄은 신경질적으로 머리를 벅벅 긁었다. 그런 다음 유령처럼 그 자리에서 꺼졌다.

몇 초 뒤.

거의 멈춰 있던 시간이 다시 정상적으로 돌아왔다. 노예는 꾸부정한 허리를 펴며 자신의 두 팔을 눈앞으로 끌어당겼다.

[어어? 어어어?]

기브흐 일족의 알껍데기가 감쪽같이 자취를 감췄다. 분명히 조금 전까지만 해도 노예가 두 손으로 들고 있었는데, 그게 갑자기 사라져버렸다.

[으어? 어버버버버.]

노예의 얼굴이 새하얗게 질렸다.

블랙마켓이 개최된 지 어느새 6일째가 되었다.

보통 블랙마켓의 열기는 뒤로 갈수록 고조되게 마련이었다. 아직까지 원하는 물건을 사지 못한 회원들이 눈에 불을 켜고 마켓을 돌아다니기 때문이었다.

한데 6일째인 오늘은 이러한 전례를 벗어났다. 아침마다 꼬박꼬박 울리던 신분패의 알람도 오늘따라 조용했다. 거리엔 스산한 기운까지 감돌았다.

크라포 족 상인들이 서늘해진 거리를 바쁘게 돌아다녔다.

상인들뿐만이 아니었다. 지금까지 등장하지 않았던 새로운 가면들도 다수 나타났다.

이들은 상인들과 대조되게 검은색 민무늬 가면을 쓰고 있었다. 하얀색 민무늬 가면이 블랙마켓에서 직영점을 운

영하는 크라포 족 상인이라면, 검은색 민무늬 가면은 블랙
마켓의 질서를 유지하는 무력부대를 의미했다.

거리에 깔린 검은 민무늬 가면 한 명 한 명이 어지간한
귀족 이상의 기세를 발산했다. 회원들은 그들의 기세에 눌
려서 거리를 제대로 돌아다니지도 못했다.

검은 민무늬 가면들은 거리뿐 아니라 회원들의 숙소까지
도 싹 다 뒤졌다. 그들의 손에는 신분패가 하나씩 들려 있
었는데, 회원들의 것과 달리 새까만 색이었다. 검은 민무늬
가면들은 새까만 신분패로 회원들의 숙소를 쭉 스캔했다.

[이게 무슨 짓이오?]

회원들이 불쾌함을 드러내었다.

[여기는 없다. 다음 방으로 가자.]

검은 민무늬 가면은 아무런 대꾸도 없이 회원들의 방을
스캔한 뒤 다음 방으로 옮겨갔다. 검은 가면들은 방을 탐색
하는 이유도 제대로 설명해주지 않았다.

화가 난 회원들은 검은 민무늬 가면 대신 크라포 족 상인
들에게 항의했다.

[어이쿠, 죄송합니다. 저희가 좀 긴급하게 찾아야 할 게
있어서요.]

크라포 족 상인들은 회원들을 만날 때마다 일일이 사과
했다. 그러면서도 그들은 탐색 행위를 멈추지 않았다.

회원들도 불쾌함만을 표시할 뿐 강하게 반발하지는 못했다. 그만큼 검은 민무늬 가면의 기세가 살벌했기 때문이었다.

이탄의 방에도 검은 민무늬 가면이 쳐들어왔다.

[너희들은 뭐냐?]

이탄은 서늘한 눈빛으로 불청객들을 바라보았다.

검은 민무늬 가면 2명이 이탄을 힐끗 보더니 새까만 신분패를 꺼내서 이탄의 방을 쭉 스캔했다. 그들은 이탄의 몸뚱어리와 이탄의 아공간 박스도 모두 스캔해 보았다.

'혹시 이 녀석들이 기브흐 일족의 알껍데기를 찾는 것일까? 쩌업. 그건 이미 액체로 변해서 내 뱃속에 흡수되었는데.'

이탄이 쓰게 웃었다.

기브흐 일족의 알껍데기를 흡수한 이후로 음차원의 덩어리는 이탄의 뱃속에서 느릿하게 회전했다. 그리고 그 회전은 하루가 지났음에도 꾸준히 계속되었다. 이탄이 길을 걸어도, 뜀박질을 해도, 침대에 누워도, 음차원의 덩어리는 멈출 줄을 모르고 일정한 속도로 계속 자전했다.

[여기도 없군.]

스캔을 모두 마친 뒤, 검은 민무늬 가면 사내들이 이탄의 숙소에서 휙 나갔다. 뒤이어 크라포 족 상인이 후다닥 들어왔다.

[회원님, 놀라셨죠?]

크라포 족 상인은 나긋나긋한 뇌파로 이탄을 달랬다.

이탄이 무뚝뚝하게 물었다.

[조금 전에 저들이 뭔 짓을 한 겁니까? 내 숙소를 스캔하는 것 같던데, 대체 이유가 뭔지나 압시다.]

[아이구. 회원님께서 속이 많이 상하셨죠? 갑자기 저놈들이 나타나 회원님의 룸을 스캔해서 화도 나셨죠? 정말 죄송합니다. 저희 크라포 일족이 이번에 중요한 물건을 잃어버려서 그만 이런 무례를 저지르게 되었습니다. 용서하십시오.]

크라포 족 상인은 이탄을 향해서 연신 허리를 꾸벅거렸다.

이탄은 귀찮다는 듯이 손을 내저었다.

[하아. 알았으니까 그만 나가보쇼.]

[회원님, 죄송합니다. 모두 다 저희들의 불찰이니 제발 기분을 푸세요.]

[알았으니까 그만 나가라고.]

이탄이 크라포 족 상인을 밖으로 내쫓고 방문을 쾅 닫았다.

[이크. 성질하고는.]

크라포 족 상인은 꽉 닫힌 방문 앞에 서서 멋쩍게 옆머리를 긁었다.

이러한 일들이 사방에서 벌어졌다.

이날 크라포 족은 직영점을 열지 않고 하루 종일 무언가를 찾아다녔다. 다만 회원들 간의 거래를 위한 천막들은 영업을 지속했다.

회원들도 이제 검은 민무늬 가면이 익숙해졌는지 하나둘 거리로 나와서 거래를 시작했다. 오전에는 한산했던 거리가 오후가 되자 다시 활기를 띠었다.

Chapter 2

쾅!

덩치가 곰처럼 크고 하얀 민무늬 가면을 쓴 상인이 두 주먹으로 탁자를 내리찍었다. 그 한 방에 두꺼운 돌탁자가 와스스 분해되어 가루로 변했다.

[그게 어떤 물건인데 잃어버려? 엉? 그게 어떤 물건인데 잃어버렸느냐고?]

[죄송합니다.]

자그마한 체형의 여상인이 그 앞에서 고개를 푹 숙이고 바들바들 떨었다. 기브흐 일족의 알껍데기를 회원들에게 선보였던 바로 그 여상인이었다.

여상인의 옆에는 기브흐 일족의 알껍데기를 잃어버린 노예가 팔다리가 잘리고 복부를 쇠꼬챙이에 꿰뚫린 채로 온몸을 비틀었다.

검은 민무늬 가면이 노예의 머리카락을 붙잡고 머리를 뒤로 확 젖혔다. 또 다른 가면 사내가 커다란 손으로 노예의 이마를 덮었다.

[끄으윽, 끄윽, 끄르륵.]

노예가 푸들푸들 몸을 떨었다.

노예의 기억이 이마를 통해 빠져나오더니 검은 민무늬 가면 사내에게 흘러들어왔다.

덩치가 큰 상인이 물었다.

[뭐 좀 발견했나?]

[못 찾았습니다. 노예의 기억 속에는 그 물건을 아공간의 문 속에 집어넣는 것까지만 있을 뿐입니다. 그런 뒤 어느 순간 갑자기 그 물건이 사라졌습니다.]

검은 민무늬 가면이 노예의 뇌를 뒤져서 찾아낸 장면들을 보고했다.

쾅!

덩치 큰 상인이 주먹으로 의자의 팔걸이를 내리찍었다. 그러자 상인이 앉아 있던 의자가 가루로 변해 바닥에 수북하게 쌓였다.

[죄, 죄송합니다.]

여상인은 죽을죄라도 지은 것처럼 고개를 푹 숙이고 쩔쩔맸다.

덩치 큰 상인은 의자를 부순 상태에서도 엉덩방아를 찧지 않았다. 의자에 앉았던 자세 그대로 고민에 빠졌다.

그 모습이 마치 투명한 의자 위에 앉아 있는 것 같았다.

잠시 후, 덩치 큰 상인이 옆으로 시선을 돌렸다. 그의 시선 끝에는 홀로그램 영상이 놓여 있었다. 영상 속에는 멸치처럼 깡마른 상인이 커다란 책상 앞에 얌전하게 앉아 있는 중이었다.

이 깡마른 상인은 이곳 행성이 아니라 우주 저 멀리 다른 행성에 머무르다가 덩치 큰 상인의 호출을 받고 홀로그램 영상통신망을 연결했다.

깡마른 상인이 말문을 열었다.

[블랙마켓이 한창일 시간인데 갑자기 저를 다 찾으시고요. 무언가 제 도움이 필요하십니까?]

덩치 큰 상인은 이글거리는 눈빛을 감추지 않았다.

[그 물건 때문에 자네에게 연결했네.]

[그 물건 말씀이십니까?]

홀로그램 속 깡마른 상인이 침을 꿀꺽 삼켰다.

덩치 큰 상인은 커다란 손으로 자신의 눈을 한 번 덮었다가 다시 뗀 뒤, 깡마른 상인에게 앞뒤 상황을 설명했다. 그런 다음 크게 한숨을 내쉬었다.

[후우우우. 정말 미치겠군. 지금까지 내가 자네에게 이야기한 것이 노예의 뇌를 샅샅이 뒤져서 겨우 찾아낸 사실일세. 아공간 속으로 들어가던 중에 그 물건이 감쪽같이 사라졌단 말이지. 후우우. 세상에 이렇게 비현실적인 현상이 일어날 수 있나? 자네가 그 신비로운 물건에 대해서 그래도 잘 아는 편이잖아? 그래서 내가 자네를 찾은 걸세.]

멸치처럼 마른 상인은 곰곰이 생각하다가 대답했다.

[으으음. 고대의 기록을 보면 그런 경우가 아주 없지는 않습니다.]

[뭐? 그런 경우가 또 있었다고? 기브흐 일족의 알껍데기가 눈앞에서 저절로 사라지는 일이 고대에도 또 있었단 말이야?]

덩치 큰 상인이 자리에서 벌떡 일어섰다.

홀로그램 속의 깡마른 상인은 고개를 주억거렸다.

[예. 그렇습니다. 저희가 살고 있는 이곳 차원에는 아주 드물게 다른 차원으로 이어지는 균열들이 존재합니다.]

[그건 나도 알지.]

[그 균열들 가운데는 음차원의 세계와 연결된 균열도 있습지요.]

[당연히 그렇겠지.]

덩치 큰 상인은 추임새를 넣으며 상대의 이야기를 들었다. 여상인도 눈을 동그랗게 뜨고 홀로그램에 시선을 집중했다.

홀로그램 속의 깡마른 상인이 말을 계속했다.

[그 균열 근처에서 기브흐 일족의 알껍데기가 불안정해지는 경향이 있습니다. 이것은 고대의 기록뿐 아니라 실험적으로도 발견된 현상입니다.]

[그러니까 자네의 말은, 노예가 아공간의 문 속에 알껍데기를 집어넣는 순간, 우연히 그 아공간 속에 차원의 균열이 발생했다? 그리고 그 균열이 음차원과 연결된 것 같다?]

[만약 그게 아니라면 그 물건이 갑자기 눈앞에서 사라질 리는 없지 않습니까?]

딴은 그러했다.

[으으으음.]

덩치 큰 상인이 손으로 수염을 쓰다듬었다.

만약 깡마른 상인의 이야기가 사실이라면, 이것은 여상인이나 노예의 잘못이 아니었다. 회원들 가운데 누군가가 기브흐 일족의 알껍데기를 훔쳐간 것도 아니었다. 그저 우연히 발생한 현상일 뿐이었다.

[제길. 하필이면 그런 빌어먹을 우연이 다 있나. 우연히 발생한 차원의 균열이 하필 그 물건 근처에 나타날 게 무어람.]

덩치 큰 상인이 세차게 발을 굴렀다.

콰앙!

상인의 발길질 한 방에 돌바닥에 거미줄 모양으로 금이 쩍쩍 갔다.

Chapter 3

[그렇게 낙담하실 필요는 없습니다. 그 물건이 사라진 것은 정말 우리 크라포 일족에게 큰 손실입니다만, 그래도 두 가지 좋은 소식이 있습니다.]

깡마른 상인이 홀로그램 속에서 손가락 2개를 폈다.

덩치 큰 상인은 기쁜 빛을 드러내었다.

[그 두 가지가 뭔가?]

깡마른 상인이 손가락 하나를 접었다.

[첫째, 기브흐 일족의 알껍데기를 알아본 회원이 2명이 있다고 하지 않으셨습니까?]

[있지. 그런 자들을 찾아내려고 우리가 그 물건을 세상에

공개한 것 아닌가. 다행히 둘이나 찾았다네.]

덩치 큰 상인이 히죽 웃었다.

깡마른 상인도 마주 미소를 지었다. 어딘지 모르게 싸늘하고 음산한 미소였다.

[그게 첫 번째 좋은 일이 아니겠습니까?]

[맞아. 일단 그들이라도 찾았으니까 다행이지. 흐흐흐.]

덩치 큰 상인도 깡마른 상인의 말에 동의했다. 그리곤 다시 물었다.

[하면 두 번째 좋은 소식은 무엇인가?]

[조금 전에 기브흐 일족의 알껍데기가 사라졌다고 하지 않으셨습니까?]

[그랬지. 한데 그게 뭐가 좋은 일인가? 그건 크나큰 손실이라고, 손실.]

덩치 큰 상인이 버럭 화를 내었다.

깡마른 상인은 부드럽게 웃었다.

[기브흐의 알껍데기가 사라진 이유가 음차원 때문이라면, 그건 나름 희소식입니다. 몇 년 전에 변괴가 발생하여 음차원의 마나가 뚝 끊어졌지 않습니까? 그런데 이건 음차원이 다시 연결될 조짐 아니겠습니까?]

[어엇? 그런가?]

덩치 큰 상인은 갑자기 안색이 밝아졌다.

이 세상에 음차원의 마나가 다시 공급된다면 그것보다 더 좋은 일은 없었다. 세상의 모든 종족들이 다 그렇겠지만, 특히 크라포 일족은 음차원의 마나가 많이 필요한 종족들 중 하나였다.

[흐으음.]

덩치 큰 상인은 두툼한 손가락으로 자신의 수염을 배배 꼬았다.

기브흐 일족의 알껍데기를 잃어버렸을 때만 해도 덩치 큰 상인은 미칠 것만 같았다. 그런데 깡마른 상인의 말을 듣고 보니 그렇게까지 폭삭 망한 상황은 아닌 듯했다.

덩치 큰 상인이 여상인에게 시선을 홱 돌렸다.

[너.]

[네넵?]

여상인이 기합이 번쩍 들어 차렷 자세를 취했다.

덩치 큰 상인은 벼락처럼 명령을 내렸다.

[당장 가서 직영점을 다시 오픈해라. 회원들을 수색하던 활동도 모두 중지하고, 회원들이 다시 직영점으로 모여들 수 있도록 우호적인 분위기를 조성해.]

[명을 받들겠습니다.]

자그마한 체구의 여상인이 부리나케 밖으로 달려 나갔다.

한편 여상인이 부리던 노예는 몸이 해체되고 뇌가 곤죽이 된 채 축 늘어졌다. 노예의 눈과 코, 입을 타고 검붉은 핏물이 주르륵 흘러내리는 중이었다.

이 노예는 이미 숨이 끊긴 상태였다.

억울하게 죽은 노예를 향해 덩치 큰 상인이 어린아이 손바닥 크기의 은덩이를 툭 던져주었다.

[이 녀석의 죄는 아니었군. 노예의 가족들에게 그거라도 갖다 줘라.]

[명을 받들겠습니다.]

노예를 죽인 검은 민무늬 가면 사내가 공손하게 대답했다.

6일째 저녁이 되자 회원들의 신분패에 다시금 알람이 떴다. 직영점이 오픈을 하니 어서 점포 방문하라는 메시지였다.

그 메시지에 덧붙여서 다음과 같은 안내도 회원들에게 전달되었다.

[소중하신 회원님들께 알립니다. 오늘 저희가 여러모로 미숙한 모습을 보였습니다. 중요한 물건이 도난을 당하는 바람에 회원님들께 큰 불편을 끼쳐드렸습니다. 이를 사죄하는 의미로 지금부터 시작되는 직영점에서 특별 할인가에 귀한 보물들을 대거 방출할 예정입니다. 회원님들께서는

어서 A구역 1번 직영점으로 오셔서 특별한 혜택을 받아 가시기 바랍니다. 사랑해요, 회원님.]

그 안내문을 듣자 회원들의 불쾌했던 마음이 사르륵 녹았다.

[특별 할인가라고?]

[귀한 보물들을 대거 방출한단 말이지?]

[케헴. 그 정도 생난리를 피웠으면 이쯤은 해줘야지. 역시 크라포 일족이 경우가 아주 없지는 않아. 케헤헴.]

회원들은 A구역의 1번 건물로 후다닥 달려갔다.

이탄도 원형 건물의 객석에 앉아 특별 할인 찬스를 기다렸다.

'뭐가 나오려나?'

이탄이 궁금해하는 가운데 하얀 민무늬 가면을 쓴 여상인이 단상에 올라왔다. 어제 기브흐 일족의 알껍데기를 보여주었던 바로 그 여자였다.

[회원님들 안녕하세요?]

여상인이 밝은 톤으로 인사를 했다.

비록 여상인의 뇌파는 밝고 명랑하였으나, 이탄은 그녀의 몸이 어딘지 모르게 경직되었다는 사실을 눈치챘다.

'긴장을 했구나. 그 긴장 때문에 근육이 굳었어. 혹시 기브흐의 알껍데기를 잃어버려서 상부로부터 혼쭐이 났나?'

그렇다면 여상인의 긴장은 이탄이 원인이었다.

'뭐, 내가 알 바는 아니지.'

이탄은 시치미를 뚝 떼고 단상 위를 바라보았다.

[첫 번째 특별 할인 상품입니다.]

여상인의 소개와 함께 너구리 가면을 쓴 남자 노예 2명이 상아빛 뿔을 단상 위로 가지고 올라왔다. 뿔의 표면에는 상어의 이빨처럼 뾰족뾰족한 이빨들이 돋아난 모습이었다.

[엇? 저건 최상급 리노의 뿔이잖아?]

객석 맨 앞줄의 회원이 뿔의 정체를 알아보았다.

리노 일족의 최상급 뿔이라는 말에 객성이 술렁거렸다. 이건 분명히 쉽게 접할 수 없는 보물이었다.

여상인이 자신 있게 상품을 소개했다.

[안목이 높으신 회원님들은 이미 알아보시는군요. 그렇습니다. 리노 일족의 최상급 뿔입니다. 이 재료의 가치가 어마어마하다는 것은 다들 아실 겁니다. 저희는 오늘 벌어졌던 소동을 사죄하는 의미로 이 귀중한 보물을 특별한 할인가에 제공하고자 합니다.]

[오오오!]

회원들이 흥분했다.

Chapter 4

이어지는 여상인의 뇌파에 회원들의 흥분도는 한층 더 올라갔다.

[과연 특별 할인가가 무엇이냐? 파격적이게도 상급 음혼석 50개. 그 가격에 리노 일족의 최상급 뿔을 판매하겠습니다. 수량은 단 2개뿐. 회원 여러분의 신분패에 알람이 울린 바로 그 순간부터 가장 빨리 주문을 넣은 분이 이 보물을 차지하는 겁니다.]

회원들은 벼락처럼 신분패를 꺼내들었다. 그 즉시 온 사방에서 띠링 띠링 알람 소리가 난무했다.

이탄은 또다시 무한의 언령을 발동했다.

무한히 느려진 시간 속에서 이탄만이 손가락을 놀렸다. 이탄이 알람 메시지를 끄고, 최상급 리노의 뿔을 주문하고, 아공간의 박스를 열어서 상급 음혼석 50개를 크라포 족 여상인에게 전송하기까지 걸린 시간은 거의 0초였다.

만약 한 명의 회원에게 리노의 뿔 2개가 허용되었다면, 이탄은 멈춰진 시간 속에서 두 번째 주문을 넣었을 것이다.

안타깝게도 여상인은 일인당 오직 한 개의 뿔만 판매했다.

이탄이 무한의 언령을 다시 해제했다. 극도로 느려졌던 시간이 다시 정상적으로 흘렀다. 객석의 회원들은 그제서야 미친 듯이 손가락을 놀렸다. 단상 위에서는 여상인이 손가락으로 2명의 회원을 지목했다.

[축하드립니다. 저쪽에 앉아계신 뼈다귀 가면 회원님, 그리고 맨 앞줄의 붉은 이구아나 가면 회원님. 두 분이 가장 빠르셨네요.]

여상인이 턱짓을 보냈다.

너구리 가면 노예 2명이 최상급 리노의 뿔을 2명의 회원들에게 인도했다. 물론 그 가운데 한 명은 이탄이었다.

이탄은 상아빛으로 빛나는 최상급 리노의 뿔을 받아서 아공간 박스 속에 집어넣었다.

이탄 주변의 회원들이 탐욕과 질투가 가득한 눈빛으로 이탄을 노려보았다. 그 가운데 몇 명은 동료들에게 은밀하게 눈짓을 보냈다.

이탄은 이 사실을 눈치챘음에도 불구하고 모르는 척했다. 그리곤 다리를 꼬고 앉아 단상 위만 묵묵히 지켜보았다.

여상인이 다음 보물을 소개했다.

[이번에 판매할 보물은 바로 구아로 일족의 최상급 이빨입니다.]

이번에도 남자 노예 2명이 흉측하게 생긴 이빨을 하나씩 들고 단상 위로 올라왔다.

[최상급 구아로의 이빨이라니!]

[이건 최상급 리노의 뿔만큼 희귀한 보물인데?]

[야아, 이거 장난이 아니잖아.]

회원들은 어느새 리노의 뿔을 잊어버렸다. 그들의 머릿속에는 눈앞에서 찬란하게 빛나는 구아로의 이빨만 가득했다.

크라포 족 여상인이 손을 번쩍 들었다.

[구매 방법은 똑같습니다. 이번에도 특별 할인가를 적용하여 구아로 일족의 최상급 뿔 2개를 각각 상급 음혼석 50개씩에 모시겠습니다. 가장 빨리 주문하신 분 두 분께 선착순으로 이 보물을 판매합니다. 물론 일인당 한 개씩만 구매가 가능합니다.]

띠링! 띠링! 띠링! 띠링!

크라포 족 여상인의 말이 떨어지기 무섭게 회원들의 신분패에서 요란하게 알람이 울려댔다. 회원들은 시뻘게진 눈으로 자신들의 신분패를 조작했다. 다들 미친 듯이 손가락을 놀렸다.

'훗.'

이탄은 느긋하게 무한의 언령을 발동했다.

한없이 느려진 시간 속에서 오직 이탄만이 자유로웠다. 이탄은 최상급 구아로의 이빨을 주문한 다음, 곧바로 상급 음혼석 50개를 꺼내서 크라포 족 여상인에게 전송했다. 주문과 동시에 결재까지 끝낸 셈이었다.

일을 마친 뒤, 이탄이 무한의 언령을 해제했다.

느려졌던 시간이 다시 풀렸다.

크라포 족 여상인은 고개를 한 번 갸웃한 다음, 2명의 회원을 지목했다.

[이번에도 두 분이 선택되셨습니다. 저쪽에 계신 뼈다귀 가면 회원님, 그리고 오른쪽 끝에 앉아 계신 삼목사 가면 회원님. 두 분 축하드립니다.]

객석이 웅성거렸다.

[또 뼈다귀 가면이야?]

[대체 저자는 손이 얼마나 빠른 게야? 손이 번개로 이루어진 종족인가?]

[아우. 나는 또 떨어졌어. 빌어먹을.]

남자 노예들이 2명의 회원에게 구아로 일족의 최상급 이빨을 전달했다. 이탄은 구아로의 이빨을 받아 아공간 박스에 냉큼 넣었다.

그런 다음 이탄이 객석 오른쪽 끝으로 시선을 돌렸다.

'삼목사 가면이라면 혹시?'

이탄의 짐작이 맞았다. C구역 299번 천막에서 물건을 팔던 바로 그 삼목사 가면 여자가 이곳 직영점에 나타나서 구아로 일족의 최상급 이빨을 구매한 것이다.

'서리를 판매하는 뱀이라고 했지? 저 삼목사 가면 여자 말이야.'

이탄은 새삼스러운 눈빛으로 삼목사 가면을 응시했다.

한편 이탄 주변에 앉아 있던 회원들은 눈빛이 한층 더 사납게 돌변했다. 그중 몇몇은 구매를 포기하고 아예 건물 입구 쪽으로 걸어 나갔다. 그리곤 건물 밖에서 이탄을 놓치지 않기 위해서 진을 쳤다.

대신 또 다른 회원들 한 무리가 이탄의 뒤쪽으로 자리를 옮겨 이탄을 둥글게 에워쌌다.

'일이 재미있어지는군. 후후후.'

이탄은 가볍게 어깨를 으쓱했다.

그러는 사이 크라포 족 여상인은 세 번째 특별 할인 물건을 회원들에게 자랑했다.

[세 번째 판매 물품은 조금 전의 것과 연계된 보물입니다. 바로 구아로 일족의 최상급 발톱이지요.]

회원들의 눈이 더욱 붉게 달아올랐다.

[허억, 또 최상급이라고?]

[크라포 일족은 대체 얼마나 많은 보물들을 가지고 있는

게야?]

[이번에는 꼭 사야지. 반드시 사고 말 거야.]

여상인이 손가락으로 뒤를 가리켰다.

이번에는 커튼 뒤에서 4명의 남자 노예가 걸어 나왔다. 그 한 명 한 명이 구아로 일족의 최상급 발톱을 머리 위에 이고서 회원들에게 선보였다.

[오오오, 저건 내 거야. 이번엔 꼭 내가 살 거라고.]

[아니야. 내 거야.]

회원들이 잔뜩 흥분했다.

크라포 족 여상인이 가격을 불렀다.

[이번 보물은 총 4개를 판매하겠습니다. 원래 구아로 일족의 최상급 발톱은 가격을 매기기 힘든 보물 중의 보물이나, 이번에도 특별 할인가를 적용하여 발톱 한 개당 상급 음혼석 50개씩에 모시겠습니다.]

Chapter 5

띠링! 띠링! 띠링! 띠링!

회원들의 신분패가 마구 울렸다. 회원들은 이빨을 악물고 손가락을 놀렸다.

'최상급 구아로의 발톱이라면 놓칠 수 없지.'

이탄은 이번에도 무한의 언령을 발동했다.

한없이 느려진 시간 속에서 이탄은 신분패를 통한 주문을 마쳤다. 상급 음혼석 50개를 전송하는 것도 잊지 않았다.

느려졌던 시간이 다시 정상으로 돌아왔다. 객석의 열기는 뜨겁다 못해 아예 통째로 용광로 속에 들어온 것 같았다.

크라포 족 여상인이 휘둥그레진 눈으로 이탄을 바라보았다.

그 모습에 회원들이 또 술렁거렸다.

[설마?]

[에이, 이번에는 아니겠지.]

[만약 이번에도 또 저 뼈다귀 가면이 구매에 성공한다면, 그는 분명히 손가락이 번개로 이루어진 종족일 게야. 틀림없어.]

크라포 족 여상인이 객석의 네 곳을 지목했다.

이번에도 어김없이 이탄이 포함되었다. 놀라운 점은, 삼목사 가면 여인도 또다시 구매자 명단에 포함되었다는 사실이었다.

우락부락한 남자 노예가 이탄에게 구아로 일족의 최상급 발톱을 전달했다. 이탄은 발톱을 받아 아공간 박스 속에 넣었다.

이탄 주변의 시선들이 한층 더 붉은 빛으로 달아올랐다. 이글거리는 그 눈빛에는 숨길 수 없는 탐욕의 기운이 점철되었다.

크라포 족 여상인이 다음 특별 할인 판매 상품을 소개했다.

[이번에 회원 여러분들께 소개시켜 드릴 보물은 다름 아닌 최상급의 수프리 나무의 뿌리입니다. 이 뿌리가 어떤 용도로 사용되는지는 다들 아시겠지요?]

여상인의 말이 떨어지기 무섭게 단상 뒤편의 커튼이 열렸다. 그 뒤에서 건장한 남자 노예 6명이 오른 주먹을 높이 들고 걸어 나왔다. 그들의 주먹에는 나무의 뿌리가 붙잡혀서 살아 있는 낙지처럼 꿈틀거렸다.

[최상급 수프리 나무의 뿌리다.]

[알블—롭 일족의 보물이야.]

[저것만 있으면 움직이는 성채를 만들 수도 있다고.]

회원들의 반응은 뜨거웠다.

하지만 리노 일족의 최상급 뿔이나 구아로 일족의 최상급 이빨, 최상급 발톱처럼 뜨겁지는 않았다.

최상급 수프리 나무의 뿌리가 리노의 뿔이나 구아로의 이빨과 발톱보다는 파급력이 약하다는 의미였다.

그래도 최상급 수프리 나무의 뿌리를 원하는 회원들은

많았다. 크라포 족 여상인의 말이 떨어지기 무섭게 모든 회원들이 미친 듯이 신분패를 조작했다.

이탄은 이번에는 무한의 언령을 사용하지 않았다. 그는 이미 최상급 수프리 나무의 뿌리를 2개나 가지고 있기 때문이었다.

'신왕 프사이의 비법에 따라 차원의 통로를 뚫을 때 최상급 수프리 나무의 뿌리는 2개만 있으면 돼. 그러니까 저게 꼭 필요한 재료는 아닌 거지.'

이게 이탄의 생각이었다.

그렇다고 해서 최상급 수프리 나무의 뿌리가 아주 필요 없는 것은 또 아니었다.

'나중에 저 뿌리를 다른 보물과 바꿀 수는 있겠지.'

이탄은 무한의 언령을 사용하지는 않았다.

하지만 나름 최선을 다해서 신분패를 눌렀다. 이탄은 빠르게 주문을 마치고 상급 음혼석 50개를 크라포 족 여상인에게 전송했다.

만약 운 좋게 구매에 성공하면?

이탄은 여분의 최상급 수프리 나무를 확보한 셈이니 대만족이었다.

만약 운이 나빠 구매에 실패하면?

그럼 이탄은 다른 회원들의 주목을 덜 받아도 되니까 나름 괜찮았다.

'이래도 그만, 저래도 그만이네.'

이탄은 바둑에서 꽃놀이패를 하는 기분으로 구매에 참여했다.

결과가 곧 나왔다.

'어랍쇼?'

크라포 족 여상인은 눈매를 가늘게 좁혔다. 그녀의 눈동자가 이채를 잔뜩 머금었다.

'어쩌다 언데드라고 했지? 저 회원이 리노의 뿔과 구아로의 이빨, 구아로의 발톱을 구매할 때는 압도적으로 1등을 했어. 정말 무섭게 손이 빨랐다고. 그런데 이번에는 6등이네? 구매에 성공하기는 했지만 아슬아슬하게 턱걸이를 했다고. 왜지? 최상급 수프리 나무의 뿌리가 별로 필요치 않아서 제 실력을 발휘하지 않은 것일까?'

크라포 족 여상인이 이런 생각을 품을 때였다.

[왜 구매자 명단을 발표하지 않는 게요?]

[설마 조작을 하려는 건 아니겠지?]

객석에서 회원들이 항의를 했다.

크라포 족 여상인은 냉큼 회원들에게 사과했다.

[죄송합니다. 제가 잠시 딴 생각을 했네요. 그럼 구매에 성공하신 분들의 명단을 발표하겠습니다.]

최상급 수프리 나무의 뿌리는 총 6개였다. 따라서 이번에는 총 6명의 회원들이 구매에 성공했다.

이 가운데는 이탄과 삼목사 가면 여자가 또 포함되었다. 당장 이탄을 향한 질시가 쏟아졌다.

[또야?]

[저 뼈다귀 가면이 4번이나 내리 구매에 성공했다고?]

삼목사 가면 여자도 회원들의 주목을 받았다.

[뼈다귀 가면만 볼 게 아니야. 눈 3개짜리 뱀 가면 여자도 3번 내리 구매에 성공했다고. 이거 이렇게 일부 회원이 보물을 독식해도 되는 거야? 엉?]

[이거 너무하잖아.]

이탄은 다른 회원들의 뜨거운 눈총을 아무렇지도 않게 견뎠다.

너구리 가면을 쓴 건장한 남자 노예가 이탄에게 최상급의 수프리 나무의 뿌리를 가져다주었다. 이탄은 살아 있는 낙지처럼 꿈틀거리는 나무뿌리를 곱게 받아서 아공간 박스 속에 보관했다.

이탄의 등 뒤에는 열댓 명의 회원들이 반원 형태로 포진하여 섬뜩한 기운을 풍겼다.

삼목사 가면도 이탄과 비슷한 처지였다. 그녀의 주변으로 일부 회원들이 슬금슬금 모여들었다. 그들은 탐욕으로 얼룩진 눈으로 삼목사 가면을 노려보았다.

[이것들이 쳐돌았나?]

그 즉시 삼목사 가면 주변에 8명의 회원들이 일어나 팔
짱을 꼈다. 모두 다 뱀 종류의 가면을 쓴 회원들이었다.

이 8명의 회원들은 삼목사 가면을 호위라도 하듯이 강력
한 기세를 내뿜었다. 그 기세에 눌려 원형 건물이 우르르
흔들렸다.

Chapter 6

[헙.]

[안 되겠구나.]

삼목사 가면을 노렸던 자들이 움찔 놀라서 다시 제자리
로 돌아왔다.

반면 이탄의 주변엔 아무런 호위도 없었다. 그러자 삼목
사 가면을 노렸던 자들까지도 이탄 주변으로 슬금슬금 접
근했다.

'후훗.'

이탄의 입가에 걸린 미소가 한결 진하게 물들었다.

크라포 족 여상인이 드디어 마지막 특별 할인 판매 상품

을 소개했다.

[아쉽게도 이것이 마지막 할인 판매 상품입니다. 자, 전에 한 번 보여드렸던 시체입니다.]

여상인의 뇌파와 함께 단상 아래쪽에서 유리관이 스르륵 올라왔다. 그 유리관 속에는 리노 일족 귀족의 시체가 생생하게 들어 있었다.

회원들의 눈이 휘둥그레졌다.

여상인이 조건을 걸었다.

[오늘 특별 할인 판매를 하기는 하지만, 이 시체는 정말 귀한 상품이지요. 그래서 제가 가격을 제시하지 않겠습니다. 회원 여러분께서 신분패를 통해서 가격을 제시해 주세요. 저희가 만족할 만한 조건이 나오면 그분께 이 시체를 판매하겠습니다.]

말이 떨어지기 무섭게 회원들이 신분패를 꺼내들었다.

하지만 결국 리노 일족의 시체를 구매한 회원은 없었다. 회원들이 제시한 가격이 크라포 족 여상인의 마음에 들지 않았다는 소리였다.

[어우, 제기랄.]

회원들이 아쉬움에 탄식을 내뱉었다.

어쨌거나 이것으로 특별 할인 판매는 종료되었다.

구매에 성공한 회원들은 후다닥 자리를 떴다. 혹시라도

다른 회원들과 시비가 붙을까 봐 우려한 탓이었다.

[에이, 썅.]

구매에 실패한 회원들은 애꿎은 객석 계단을 발로 걷어
차며 분통을 터뜨렸다.

이탄은 묵묵히 일어나 원형 건물 밖으로 향했다.

이탄의 움직임에 보조를 맞춰서 20명도 넘는 회원들이
뒤를 밟았다.

바로 그때였다.

[잠깐만요.]

뒤에서 부르는 뇌파에 이탄이 고개를 돌렸다.

[왜 그럽니까?]

이탄을 부른 이는 다름 아닌 삼목사 가면 여자였다.

이탄은 상대를 물끄러미 응시했다. 그런 이탄의 눈동자
속에는 일말의 불안함도 담겨 있지 않았다. 보물을 가진 자
라면 당연히 뒤를 경계해야 할 터인데, 이탄의 눈동자는 태
연하기 이를 데 없었다.

삼목사 가면이 빙그레 미소를 지었다.

[저를 알아보시겠죠?]

[당연히 알죠. C구역에서 거래를 한 사이가 아니오.]

원래 삼목사 가면은 이탄이 다른 회원들에게 해코지를
당할까 봐 보호해주려고 했다. 그녀는 그렇게 이탄에게 은

혜를 입힌 다음, 이탄이 조금 전에 구매한 최상급의 보물들을 그녀에게 팔라고 유도할 생각이었다.

물론 삼목사 가면은 최상급 보물들에 대한 가격은 적당하게 잘 치러줄 요량이었다.

한데 이제 보니 삼목사 가면이 이탄을 보호해줄 필요는 없었다.

'어쩌다 언데드 님은 내 도움이 필요하지 않아.'

삼목사 가면은 오히려 이탄 주변에 날파리처럼 꼬인 회원들을 불쌍히 여겼다.

[나를 부른 이유가 뭡니까?]

이탄이 삼목사 가면에게 다시 한 번 이유를 물었다.

삼목사 가면은 어깨를 으쓱했다.

[별 이유는 없어요. 그냥 아는 분을 만나서 인사를 한 것뿐이에요.]

[그렇군요. 나도 다시 만나서 반가웠소.]

이탄은 고개를 짧게 까딱이고는 등을 돌렸다.

[네. 저도 반가웠어요.]

삼목사 가면도 마주 인사를 하고는 이탄과 반대 방향으로 걸음을 돌렸다.

이탄을 노리는 자들이 그제야 안도의 한숨을 내쉬었다.

'후후후. 삼목사 가면이 영 부담스러웠는데, 뼈다귀 가

면과 한패가 아니라니 다행이다.'

'역시 저 뼈다귀 가면 녀석은 홀로 활동하는 외톨이야. 흐흐흐. 우리가 노리기에 딱 좋은 녀석이라고.'

이탄을 노리는 자들은 이탄의 뒤를 쫓아 바쁘게 발걸음을 놀렸다.

척척척.

이탄이 세 걸음을 걸었다.

이탄을 앞뒤에서 크게 둘러싼 자들이 이탄과 똑같이 세 걸음을 밟았다.

척척척척척척.

이탄이 여섯 걸음을 다시 걸었다.

이탄을 포위한 자들은 이번에도 여섯 걸음을 걸어 이탄과 보조를 맞추었다. 이탄은 낯선 자들에게 빙 둘러싸인 채 A구역의 거리를 지나쳤다.

'22명인가?'

이탄은 걷는 중에 상대의 숫자를 세었다.

22명의 약탈자 가운데 한 명이 이탄의 등 뒤에 바짝 접근했다. 얼굴에 회색 악어 가면을 쓴 자였다.

[이봐.]

[응? 나를 불렀소?]

이탄이 걸음을 멈추고 뒤를 돌아보았다.

이때 이탄의 몸이 바짝 경직되었다. 회색 악어 가면은 그 점을 놓치지 않고 포착했다.

'흐흐흐흐. 이제 보니 초보 녀석이었구나.'

회색 악어 가면은 이빨을 하얗게 드러내고는 턱으로 오른쪽을 가리켰다.

[이봐. 나 좀 따라 오지.]

[왜 그러는 거요?]

이탄이 불안한 듯 이유를 물었다.

회색 악어 가면은 낮게 으르렁거렸다.

[왜 그러긴. 네놈 때문에 우리가 여간 손해를 본 게 아니야.]

[손해라니? 그게 무슨 소리요?]

이제 이탄의 뇌파도 불안하게 흔들렸다.

회색 악어 가면은 상대의 덜덜 떨리는 뇌파를 은근히 즐겼다. 회색 악어 가면은 약자를 협박하고 괴롭히는 것을 아주 즐겨 했다.

Chapter 7

[크흐흐. 원래 블랙마켓에는 예의라는 게 있는 법이다.

그런데 네놈이 특별 할인 상품을 싹쓸이를 해? 누구 허락을 받고 그런 횡포를 저지른 게냐?]

[횡포라니? 나는 블랙마켓에 그런 규칙이 있는 줄 몰랐소.]

이탄이 당황하여 대답했다.

회색 악어 가면이 씨익 웃었다.

[규칙을 몰랐다? 그렇다면 이제부터 우리가 네놈에게 규칙을 가르쳐 주지. 너, 우리 좀 따라와야겠다.]

[흐흐흐흐흐. 당연히 따라와야지.]

[그래야 우리가 네놈에게 규칙이 뭔지, 예의가 뭔지 가르쳐주지. 킥킥킥킥킥.]

어느새 이탄의 주변에는 22명의 약탈자들이 둘러쌌다.

이탄은 겁먹은 듯 눈알을 데굴데굴 굴렸다.

회색 악어 가면이 눈알을 희번덕거렸다.

[야, 이 새끼 눈알 굴리는 것 좀 보소.]

[어디로 도망칠 구석이 없나 눈치 보는 게냐? 크흐흐흐흐.]

[킥킥킥. 도망칠 곳은 없다. 너를 도와줄 동료도 없지? 그런데 감히 무슨 배짱으로 보물을 싹쓸이한 게냐?]

회색 악어 가면은 이탄이 완전히 겁쟁이라고 여겼다. 그래서 다짜고짜 이탄의 멱살부터 잡았다.

원래는 상대의 손가락에 이탄의 몸에 닿는 순간 100배의 반탄력으로 폭발해야 정상이었다.

이탄이 억지로 반탄력을 자제했다. 덕분에 회색 악어 가면의 손가락은 터지지 않았다.

[어어엇? 이거 왜 이러십니까?]

이탄이 겁먹은 듯 몸을 사렸다.

회색 악어 가면이 이탄의 얼굴을 바짝 잡아당겨 협박했다.

[너, 얌전히 따라와. 그럼 죽이지는 않으마. 하지만 만약 따라오지 않고 반항하면 그 뒷일은 내 책임이 아니다. 크흐흐.]

[으읏. 그건!]

이탄은 바짝 얼어붙은 시늉을 했다.

회색 악어 가면이 이탄의 멱살을 잡아서 이송 마법진을 향해 걸었다.

이탄이 비틀비틀 회색 악어 가면을 뒤따랐다. 그 주변을 나머지 약탈자들이 키득거리며 에워쌌다.

회색 악어 가면이 이탄을 데려간 곳은, 독립 공간으로 통하는 이송 마법진이었다.

[여, 여기는!]

이탄이 파르르 떨었다.

회색 악어 가면은 음험하게 미소를 지었다.

[얌전히 따라와. 그럼 죽이지는 않는다니까.]

다른 약탈자들이 이탄의 귓가에 속삭였다.

[킥킥킥, 그래. 죽이지는 않지. 네놈의 팔다리는 좀 썰어 주겠지만 말이야.]

[목숨은 부지시켜 주는 대신 네놈이 직영점에서 싹쓸이 한 보물들과 네놈이 가지고 있던 물건들은 우리에게 다 내놓아야 할 게다. 크흐흐흐흐.]

[으으으읏.]

이탄이 버둥거렸다.

물론 그 몸짓은 미약하기 그지없었다.

회색 악어 가면이 이탄의 멱살을 강하게 잡아당겨 이송 마법진 안에 강제로 집어넣었다. 그런 다음 본인도 이송 마법진에 올라탔다.

다른 약탈자들도 모두 이송 마법진으로 들어왔다.

그 무렵, 먼 발치에서 삼목사 가면이 그 모습을 지켜보았다.

코브라 가면을 쓴 사내게 삼목사 가면에게 물었다.

[저희가 개입을 할까요?]

코브라 가면을 비롯한 8명의 사내들이 본격적으로 개입한다면 회색 악어 가면을 물리치고 이탄을 구하는 것은 일도 아니었다.

삼목사 가면이 고개를 가로저었다.

[아니, 내버려 둬. 어쩌다 언데드 님이 어느 정도의 강자인지나 한번 보자.]

[네. 알겠습니다.]

코브라 가면이 삼목사 가면 여자를 향해 고개를 푹 숙였다.

삼목사 가면과 코브라 가면이 이런 이야기를 주고받는 동안, 이탄은 독립 공간으로 완전히 이동했다.

회색 악어 가면을 포함한 22명의 약탈자들도 독립 공간에 나타났다. 그들은 미리 약속이라도 한 듯이 각자의 위치를 잡고 이탄을 빙 둘러쌌다.

[야, 이제 네놈의 아공간 박스부터 열어 보자.]

회색 악어 가면이 이탄의 멱살을 붙잡아 확 끌어당겼다.

그런데 이탄은 땅속에 뿌리를 내린 거대한 산악이라도 되는 듯 미동도 하지 않았다. 대신 회색 악어 가면이 이탄에게 획 딸려갔다.

이탄은 상대의 손목과 어깨를 잡아서 가볍게 비틀었다. 회색 악어 가면의 오른팔이 엄청난 압력에 의해 풍선처럼 부풀었다.

뻥!

회색 악어 가면의 오른팔이 폭발한 것과, 회색 악어 가면의 입에서 비명이 터진 것은 거의 동시였다.

[끄아아악.]

[시끄럽군.]

이탄이 한 손으로 회색 악어 가면의 턱을 잡았다.

뿌각!

회색 악어 가면의 턱이 세로로 접혔다. 턱뼈가 부러지면서 으깨진 뼈 조각이 회색 악어 가면의 입천장을 찔렀다.

이탄은 회색 악어 가면의 왼팔을 붙잡아 부우욱 찢어내었다.

[끄아아아악.]

회색 악어 가면이 고통에 몸부림쳤다.

이탄이 으스스하게 뇌까렸다.

[내 팔다리를 썰어준다며? 그렇다면 나도 너에게 똑같이 해줘야 공평하겠지?]

[끄아악, 내가 언제 그런 말을 했어?]

회색 악어 가면이 땅바닥에 드러누워 악을 썼다.

이탄이 하얗게 웃었다.

[웁스! 그게 네가 한 말이 아니었던가? 쏘리.]

이탄의 눈은 칠흑빛의 물고기 가면에게 향했다. 독립 공간으로 넘어오기 전, 이탄의 팔다리를 썰어주겠노라고 협박한 것은 바로 이 물고기 가면이었다.

[뭐, 뭐야?]

칠흑빛의 물고기 가면이 뒷걸음질 쳤다.

후왕—.

이탄의 몸이 길게 늘어난다 싶었다. 그러더니 이탄은 어느새 물고기 가면에게 달려들어 36개의 팔로 상대의 팔다리를 동시에 잡아 뽑았다.

제6화
삼신녀의 귀환

Chapter 1

몸에서 팔다리가 생으로 뜯겨나가는 고통이 얼마나 지독한 것인지 물고기 가면은 비로소 실감했다.

[끼야아아악.]

물고기 가면이 고주파의 비명을 질렀다.

이탄은 어느새 옆으로 움직여 또 다른 약탈자의 허리를 뒤로 접어버렸다. 척추가 뒤로 부러지면서 약탈자 한 명이 바닥에 나뒹굴었다.

[놈을 쳐!]

[다 함께 덤벼야 해.]

약탈자 무리가 이탄에게 우르르 달려들었다.

이탄은 적들의 공격을 피하지 않았다. 막지도 않았다.

적의 무기가 이탄을 찍었다가 그대로 튕겨 나가 가루로 변했다. 적들의 손과 발이 이탄을 때렸다가 그대로 폭발해 한 줌의 피보라가 되었다.

이탄은 괴물수라의 모습으로 주변을 한 바퀴 빙 돌았다.

22명의 약탈자들 가운데 두 발로 서 있는 자가 없었다. 다들 손이 터지고, 발이 으깨지고, 신체의 일부가 찢어진 상태로 땅바닥에 나뒹굴었다.

이탄은 회색 악어 가면에게 다가섰다.

[으으으, 잘못했습니다.]

회색 악어 가면이 재빨리 태세를 전환했다. 그는 다짜고 짜 용서부터 빌었다.

이탄이 회색 악어 가면의 복부에 발을 지그시 올려놓았다.

[끄어어어억.]

강한 압력에 회색 악어 가면의 눈알이 몸 밖으로 튀어나왔다. 이탄의 발은 회색 악어 가면의 복부를 뚫고 땅속 10 센티미터 깊이로 박혔다.

이탄이 발을 다시 들었을 때, 이탄의 신발에는 회색 악어 가면의 내장과 피가 범벅이 되어 찌이꺽 딸려 올라왔다.

이탄이 허리를 숙였다.

[으아아아으. 안 돼. 안 돼애—.]

회색 악어 가면이 강하게 도리질을 했다.

이탄은 용서가 없었다. 상대의 머리통을 양손으로 붙잡은 뒤, 그대로 목에서 뽑아버렸다. 회색 악어 가면은 그 즉시 숨이 끊겼다.

이탄은 약탈자들에게 아무런 질문도 던지지 않았다. 그저 시계방향으로 돌아가면서 한 명 한 명 배를 밟아 터뜨렸다. 머리통을 몸에서 분리해버렸다.

그렇게 한 바퀴를 돌면서 22명을 죽이는 데 불과 1분도 걸리지 않았다.

"이제 수확을 거둬볼까?"

이탄은 음험하게 씨익 웃은 다음, 22명의 몸을 뒤져서 아공간과 관련된 물건들을 차례로 꺼냈다.

아공간 주머니가 가장 많았다. 그 다음이 박스 형태의 아공간이었다.

이탄은 아공간을 강제로 개방한 뒤, 그 속에 들은 물건들을 땅바닥에 우르르 쏟아놓았다.

회색 악어 가면은 기특하게도 최상급 구아로의 발톱을 한 개 가지고 있었다. 그 밖에 상급 음혼석 15개도 보유했다.

칠흑빛 물고기 가면은 토트 일족의 상급 등껍질 6개를

수집해 놓았다. 상급 음혼석 몇 개와 중급 음혼석 여러 개도 그의 아공간 주머니 속에서 나왔다.

이탄은 약탈자들로부터 빼앗은 물건들을 종류 별로 정리했다.

최상급 구아로의 발톱 1개.

최상급 리노의 비늘 2개.

최상급 토트의 등껍질 1개.

상급 토트의 등껍질 2개.

상급 수프리 나무의 뿌리 8개.

상급 쁠브의 눈물 2 리터.

상급 음혼석 315개.

중급 씨클롭의 눈알 5개.

중급 구아로의 이빨 12개.

중급 토트의 등껍질 12개.

중급 음혼석 1,513개.

이상이 이탄이 획득한 물건들 목록이었다.

약탈자들의 아공간 속에서는 이 밖에도 하급 물품들이 다수 나왔다. 이탄은 하급 물품들은 건드리지도 않았다.

"하급품들은 별로 가치가 없어서 잘 팔리지도 않지. 가져가 봤자 귀찮기만 해."

이것이 이탄의 판단이었다.

이탄은 중급 이상의 수확품들을 분류에 따라 나눴다. 그런 다음 그것들을 아공간 박스 속의 각 슬롯에 잘 넣어두었다.

"흥흥흥흥흥~. 제법 수확이 있네."

한바탕 살육을 마친 뒤, 이탄은 두 손으로 자신의 머리카락을 쓸어서 뒤로 잘 넘겼다. 손에 묻은 피 덕분에 이탄의 머리카락이 올백으로 잘 넘어갔다. 이탄은 그렇게 피냄새를 폴폴 풍기며 이송 마법진으로 이동했다.

이탄이 독립 공간에 들어갔다가 다시 나오기까지 소요된 시간은 고작 10분도 되지 않았다. 먼 발치에서 이송 마법진을 지켜보던 삼목사 가면이 흠칫 놀랐다.

[벌써 나온다고?]

삼목사 가면, 즉 서리를 판매하는 뱀은 어쩌다 언데드가 상당한 무력을 지녔을 것이라고 확신했다.

그래도 그녀는 어쩌다 언데드가 귀족 이상의 기운을 풍기는 22명의 약탈자들로부터 불과 10분 만에 벗어날 것이라고는 예상하지 못했다. 당연히 어쩌다 언데드가 22명의 약탈자들을 모두 해치웠을 것이라고도 생각하지 못했다.

삼목사 가면은 그저 이탄이 마법의 힘으로 적들을 환상에 가둔 뒤 도망쳤을 것이라고 추측했다.

[제가 한번 안으로 들어가 볼까요?]

옆에서 코브라 가면이 물었다.

삼목사 가면이 고개를 끄덕였다.

[같이 가보지.]

[네.]

삼목사 가면이 움직이자 코브라 가면을 비롯한 8명의 호위들이 그녀를 둘러싸고 함께 이동했다. 그들은 조금 전에 이탄이 빠져나온 독립 공간으로 향했다.

Chapter 2

독립 공간 안에는 피비린내가 진동했다. 땅바닥에는 약탈자들의 해체된 시신이 둥글게 나뒹구는 중이었다.

22명의 약탈자들은 모두 복부가 터진 상태였다. 팔다리도 전부 뽑혔을 뿐 아니라 머리통도 몸에서 떨어져 나왔다.

22명 약탈자들의 시체 옆에는 잘게 부서진 아공간의 잔해가 휘날렸다. 그 옆에는 하급 물건들이 산더미처럼 쌓인 채였다. 중급 이상의 물건들은 어디로 갔는지 자취를 찾아볼 수 없었다.

[으으윽.]

끔찍한 광경에 삼목사 가면의 눈동자가 파르르 떨렸다.

[이럴 수가.]

코브라 가면도 믿을 수 없다는 듯이 입을 쩍 벌렸다. 다른 호위들도 눈앞에 펼쳐진 살벌한 장면에 경악을 금치 못했다.

블랙마켓 7일째.

오늘은 마켓이 종료되는 날이었다. 오늘 오후 여섯 시를 기점으로 블랙마켓은 7일간의 대장정을 마치고 문을 닫을 예정이었다.

회원들은 아쉽지만 다음을 기약할 수밖에 없었다.

그 아쉬움 때문일까? 상당수의 회원들이 잠도 자지 않고 밤새도록 마켓을 돌아다녔다.

아쉬운 일은 또 있었다.

블랙마켓의 마지막 날에는 직영점이 열리지 않았다. 회원들은 개인 간 거래를 통해서 조금이라도 이득을 보려고 갖은 애를 다 썼다.

이탄은 상대적으로 느긋했다.

이탄은 이미 블랙마켓을 통해서 많은 이익을 취했다. 그는 직영점과의 거래를 통해서 꼭 필요한 최상급 재료들을 많이 얻었을 뿐 아니라, 용역 임무도 3개를 신청해 놓았다. 이탄은 휴대용 플래닛 게이트가 상품으로 걸린 퀘스트도 신청했다. 삼목사 가면으로부터 파이브 스피어를 얻을 가능성도 이탄이 은근히 기대하는 바였다.

또한 이탄은 독립 공간에서 약탈자들을 맞아 싸운 횟수가 두 번이나 되었다. 그때 획득한 전리품들도 꽤 쏠쏠했다.

"어차피 개인 간 거래로는 뛰어난 보물을 얻기 힘들지. 오늘은 쉬엄쉬엄 몇 군데만 돌아봐야겠다."

이탄은 바쁘게 거리를 돌아다니는 대신 숙소에 머무르면서 그동안의 성과물들을 정리했다. 그런 다음 늦은 아침 무렵에 숙소를 나섰다.

거리에서 몇몇 회원들이 이탄의 가면을 알아보고는 흠칫 놀랐다.

어제의 사건 덕분에 이탄은 나름 명성을 얻었다. 꽤 많은 회원들이 [뼈다귀 가면을 쓴 자가 있는데, 그자가 그렇게 손이 빠르다네.]라는 소문을 들었다.

또한 소수의 회원들은 본인들의 조직을 통해서 [뼈다귀 가면을 노리던 약탈자들이 있었는데, 감쪽같이 사라졌다고 합니다. 아마도 그 뼈다귀 가면은 상당한 실력자이거나, 아니면 거대 종족의 보호를 받고 있나 봅니다.]라는 정보를 제공받았다.

이러한 명성 덕분일까?

이탄의 신분패에 알람이 3개나 떴다.

띠링!

[어쩌다 언데드 님, 축하드립니다. 용역 의뢰 번호 블랙 128번, 저주마법 해석의 임무가 의뢰자의 선택에 의하여 어쩌다 언데드 님께 배정되었습니다. 어쩌다 언데드 님께 서는 앞으로 한 달 이내에 고대의 저주마법에 대한 상세한 풀이 및 해석을 완료하신 뒤, 신분패를 통해서 그 결과를 의뢰자에게 보내시면 됩니다. 임무 완수 시 보상으로는 최 상급 구아로의 이빨 한 개가 지급될 예정입니다.]

이게 첫 번째 알람 메시지였다.

띠링!

[어쩌다 언데드 님, 축하드립니다. 용역 의뢰 번호 블랙 154, 플라모 일족의 신녀 리지스를 납치해달라는 임무가 의뢰자의 선택에 의하여 어쩌다 언데드 님께 배정되었습 니다. 어쩌다 언데드 님께서는 앞으로 50년 이내에 플라모 일족의 신녀 리지스 납치하여 의뢰자에게 넘겨주시면 됩니 다. 단 리지스 신녀는 반드시 살아 있어야 하며 신체 훼손 도 있으면 안 됩니다. 임무 완수 시 보상으로는 최상급 리 노의 뿔 한 개가 지급될 예정입니다.]

이게 두 번째 알람 메시지였다.

띠링!

[어쩌다 언데드 님, 축하드립니다. 용역 의뢰 번호 블랙 2894, 쁠브 일족 왕의 재목들을 암살해달라는 임무가 의뢰자의 선택에 의하여 어쩌다 언데드 님께 배정되었습니다. 어쩌다 언데드 님께서는 앞으로 무기한의 일정으로 쁠브 일족 왕의 재목 8명 가운데 한 명 이상을 암살하시면 됩니다. 이때 암살의 성공을 증명하기 위하여 어쩌다 언데드 님께서는 반드시 대상자의 머리통을 잘라서 신분패로 전송해주셔야 임무 완료를 인정받을 수 있습니다. 임무 완수 시 보상으로는 왕의 재목 머리통 하나당 최상급 틸트 스톤 4개가 지급될 예정입니다. 따라서 어쩌다 언데드 님께서 8명의 대상자를 모두 죽이면 최대 32개의 최상급 틸트 스톤을 받으실 수 있습니다.]

이게 세 번째 알렘 메시지였다.

이상 세 가지 용역 의뢰는 이탄이 사흘 전에 지원한 것들이었다. 그런데 세 가지 모두 이탄에게 배정되었다.

이것이 의미하는 바는, 용역 의뢰자들이 어쩌다 언데드(이탄)를 그만큼 믿음직스럽게 생각한다는 뜻이었다.

좋은 일은 여기서 끝나지 않았다.

띠링!

이탄의 신분패에 네 번째 알람이 울렸다.

"이번엔 또 뭐지?"

이탄이 고개를 갸웃하면서 메시지를 확인했다.

[빰빠라밤! 어쩌다 언데드 님, 축하드립니다. 서리를 판매하는 뱀 님께서 어쩌다 언데드 님의 임무 수행을 성공으로 판정하셨습니다. 성공의 보상으로 서리를 판매하는 뱀 님께서는 어쩌다 언데드 님께 파이브 스피어 중 물의 구슬을 보내기를 원하십니다. 어쩌다 언데드 님께서는 이 물건을 받으시겠습니까?]

서리를 판매하는 뱀은 삼목사 가면을 쓴 여자였다.

"오오옷, 당연히 받아야지."

이탄은 냉큼 수락 버튼을 눌렀다.

이윽고 기이잉 소리와 함께 이탄의 신분패 위에 하얀 구슬이 나타났다. 눈처럼 새하얀 구슬 속에서는 푸른 번개가 쩌저적! 쩌저적! 뛰놀았다.

이것은 신왕의 딸 벨린다가 사용하던 오행주 가운데 하나였다. 이탄은 이제 불 속성의 오행주에 이어서 물 속성의 오행주까지 손에 넣었다.

띠링!

이탄의 신분패가 또 울렸다.

[어쩌다 언데드 님, 서리를 판매하는 뱀 님께서 거스름돈을 받기를 원하십니다. 상급 재료 4개를 서리를 판매하는 뱀 님께 보내주세요. 만약 규칙을 어기면 어쩌다 언데드 님

의 신용도가 대폭 하락합니다. 그러면 앞으로는 그 누구도 어쩌다 언데드 님과 거래하지 않을 것입니다.]

이러한 경고 메시지와 함께 이탄의 신분패에 불이 번쩍번쩍 들어왔다.

Chapter 3

이탄이 낮게 투덜거렸다.

"알았어. 알았다고. 보내면 될 것 아냐."

이탄이 보유한 상급 재료들 가운데 리노의 비늘이 가장 수량이 많았다. 이탄은 상급 리노의 비늘 104개 가운데 4개를 골라서 신분패 위에 올려놓았다.

기잉, 기잉, 기잉, 기이잉.

네 번의 진동 소리와 함께 리노 일족의 상급 비늘 4개가 서리를 판매하는 뱀, 즉 삼목사 가면에게 전송되었다.

[거스름돈 잘 받았어요.]

불과 몇 초 뒤, 신분패를 통해서 삼목사 가면의 뇌파가 들렸다. 놀랍게도 이 신분패는 뇌파를 통한 의사소통도 가능했다.

이탄도 해당 기능을 찾아서 답을 주었다.

[파이브 스피어도 잘 받았소. 약속을 지켜주어서 고맙구려.]

[고맙긴요. 제가 찾아보니까 어쩌다 언데드 님의 말씀이 맞더라고요. 이제 파이브 스피어는 한낱 전설 속의 골동품일 뿐 더 이상 무기로 사용할 수는 없네요.]

[나는 거짓말을 하지 않소.]

[호호. 알아요. 그나저나 어쩌다 언데드 님.]

[왜 그러시오?]

[혹시 나중에 제가 또 연락을 드려도 될까요? 어쩌다 언데드 님과 신뢰가 좀 쌓였으니 용역 의뢰를 좀 넣어보려고요.]

삼목사 가면은 나긋나긋하게 이탄을 구슬렸다.

이탄도 나쁠 것은 없다고 판단했다. 그래서 상대의 요청에 흔쾌히 응했다.

[알았소. 내가 할 수 있는 일이라면 도와드리리다.]

[호호호, 고마워요.]

삼목사 가면은 짧은 인사와 함께 대화를 끊었다.

이탄도 신분패를 다시 주머니 속에 넣고 이 천막 저 천막을 기웃거렸다. 그러다 무슨 생각이 들었는지 L구역 1번 건물로 이동했다.

"어차피 개인 간 거래에서는 좋은 결과를 얻기 힘들어. 차라리 새로 게시된 용역이 있는지 확인해 보자."

이것이 이탄의 생각이었다.

L구역의 건물 안에는 세 가지 색깔의 나무판들이 열 지어 늘어섰다.

이탄은 이 가운데 검은색 나무판으로 향했다. 이 나무판에 가장 값비싼 용역들이 올라오기 때문이었다.

검은색 나무판 앞에는 회원들이 그리 많지 않았다. 이탄은 나무판에 올라온 의뢰들을 쭉 훑어보다가 희한한 것을 하나 발견했다.

— 블랙 500번: 알블—롭 일족의 숨겨진 무력 파악

— 요청 사항: 알블—롭 일족이 은밀하게 강자를 육성했다. 그자의 정체와 무력을 파악한 뒤, 그자의 위치를 보고할 것

— 용역 완수 기한: 10년

— 용역 수행 방법: 숨겨진 강자의 정체, 무력 정도, 주특기, 현재 위치를 모두 파악해야 함

— 용역 성공 대가: 뻘브 일족의 최상급 눈물 한 방울

"어라? 이건 나를 찾는 용역이잖아?"

알블―롭 일족의 숨겨진 무력이라면 이탄을 의미하는 것이었다.

"내 정체와 무력 정도, 주특기, 그리고 현재의 내 위치만 알려주면 되는 거야? 이거 너무 쉬운데? 하하하."

이탄이 껄껄 웃었다.

그러다 이탄의 눈길이 '용역 성공 대가' 부분에서 멈췄다. 이탄은 손가락으로 자신의 턱을 조몰락거렸다.

"흐으음. 상품으로 뿔브 일족의 최상급 눈물을 내걸었단 말이지?"

최상급 뿔브의 눈물은 이탄이 찾는 재료 가운데 하나였다. 이탄은 뿔브 일족의 상급 눈물은 제법 모았으나 최상급은 단 한 방울도 가지지 못했다.

"의뢰자가 나를 찾는 대가로 최상급 뿔브의 눈물을 내걸었다면, 아마도 그는 뿔브 족이 아닐까?"

이탄은 이렇게 추측했다.

얼마 전 이탄은 알블―롭 일족의 도와서 흐나흐 족과의 거래에 참여했었다. 그 자리에서 이탄은 중재자로 나선 뿔브 족 귀족을 쳐 죽였다.

그러니 뿔브 일족이 이탄을 찾는 것은 어쩌면 당연한 일이었다.

이탄은 주머니에서 신분패를 꺼내서 블랙 500번 목록에 가져다 대었다.

띠링!

그 즉시 이탄의 신분패에서 경쾌한 소리가 울렸다.

[어쩌다 언데드 님께서는 블랙 500번 용역 거래에 지원하셨습니다. 이번 일감을 맡긴 의뢰자가 어쩌다 언데드 님과의 거래를 승낙하면 그 즉시 업무에 착수하시면 됩니다.]

이러한 메시지가 이탄에게 전달되고 잠시 후, 또 한 번의 메시지가 이탄의 신분패로 들어왔다.

띠링!

[어쩌다 언데드 님, 축하드립니다. 용역 의뢰 번호 블랙 500번, 알블―롭 일족의 숨겨진 무력을 파악하는 임무가 의뢰자의 선택에 의하여 어쩌다 언데드 님께 배정되었습니다. 어쩌다 언데드 님께서는 앞으로 10년 이내에 알블―롭 일족이 키워낸 숨은 강자의 정체, 무력 정도, 주특기, 현재 위치 등을 파악하여 신분패에 등록하시면 됩니다. 임무 완수 시 보상으로는 뽈브 일족의 최상급 눈물 한 방울이 지급될 예정입니다.]

이 말인즉슨, 의뢰자가 이탄의 지원 사실을 확인하자마자 곧바로 거래 수락 버튼을 눌렀다는 뜻이었다.

이탄은 어안이 벙벙했다.

"허어. 내가 이렇게 인기가 좋았어? 지원하자마자 바로 선정되네?"

어쩐지 묘한 기분이 드는 이탄이었다.

저녁 여섯 시가 되자 블랙마켓이 완전히 종료되었다.

크라포 족 상인들 철수를 진두지휘했다. 여러 명의 노예들이 동원되어 천막을 거두고 짐을 정리했다.

회원들은 각자의 행성을 향해 먼 길을 떠났다.

이탄도 마켓을 떠나 알블─롭 일족의 1번 나무 군락을 향해 출발했다. 이곳에 올 때와 마찬가지로 이탄이 목적지에 도착하기까지는 꼬박 8일이 소요되었다.

꽤 긴 일정이지만 그렇게 지루하지는 않았다. 이탄은 날개 달린 늑대의 등에 앉아서 블랙마켓에서 획득한 성과물들을 머릿속으로 정리했다.

Chapter 4

6월 6일 늦은 저녁.

알블─롭의 나무 군락 위로 하늘이 붉게 채색되었다.

빵 위에 발린 버터처럼 얇게 펼쳐진 구름은 석양을 향해 도르륵 말려들어 가는 것 같았다. 바람은 서쪽으로 불었다.

어둠은 동쪽에서부터 찾아왔다. 짙은 어둠이 슬금슬금 영역을 넓혀 세상을 칠흑색으로 물들였다.

오늘따라 달도 뜨지 않았다.

이탄은 어둠과 함께 1번 나무 군락에 도착했다.

날개 달린 늑대가 이탄의 집 앞에 착지하여 커다란 날개를 접었다. 그런 다음 늑대는 습관적으로 주둥이를 하늘로 치켜들었다.

이탄이 날개 달린 늑대의 입을 막았다.

[안 돼. 울지 마.]

날개 달린 늑대는 하늘을 향해 한바탕 긴 울음을 토하려고 하다가 이탄에게 저지를 당했다. 늑대가 시무룩하게 앞발로 나무 바닥을 긁었다.

[그만 투정 부리고 이리 들어와라.]

이탄은 날개 달린 늑대를 향해 소매를 내밀었다.

끼잉, 낑낑.

늑대는 싫다는 듯이 주둥이를 좌우로 가로저었다.

하지만 이탄이 빤히 쳐다보자 결국 조그만 나무 수액 구슬로 변해서 이탄의 소매 속으로 쏙 들어왔다.

이탄이 집으로 들어가고 잠시 후, 로바가 대모를 찾아갔다.

대모가 나뭇가지로 이루어진 파란색 머리카락을 머리 위

로 일렁이며 로바를 맞았다. 대모는 대뜸 질문부터 던졌다.

[그가 돌아왔더냐?]

[네, 대모님. 이탄 님의 이웃집에 배치해 놓은 정찰병으로부터 조금 전에 연락이 왔습니다. 이탄 님이 나무 군락으로 돌아와 숙소로 들어가는 모습을 확인했다고 합니다.]

[휴우우, 다행이로구나. 그가 우리 알블―롭 일족을 떠난 게 아니었어.]

대모는 비로소 안도의 한숨을 내쉬었다.

로바가 대모에게 물었다.

[이탄 님이 결국 이곳으로 돌아올 것이라는 점은 대모님께서도 이미 예측했던 바가 아니었습니까? 이탄 님이 플래닛 게이트를 이용하지 않는 한 이 근처에서 마땅히 갈 곳이 없습니다.]

[네 말이 맞다. 그저 마음 편히 먹고 기다리기만 하면 그는 결국 이곳으로 돌아오겠지. 하지만 지금 우리 알블―롭 일족의 처지가 너무 절실하구나. 하여 그 이방인이 무려 3주나 밖에 나가 있는 것이 불안하더라. 혹시라도 그가 없는 동안 흐나흐 족이 쳐들어오지나 않을지 걱정도 되었고.]

대모가 솔직한 심정을 밝혔다.

[지난 3주 동안 이탄 님이 어디를 다녀온 것인지 알아볼까요?]

[아니. 괜히 뒤를 캐었다가는 신뢰가 깨질 수도 있지. 그가 돌아왔으니 되었다. 묻어둘 것은 그냥 모르는 척 묻어두자.]

대모는 현명했다.

로바도 다른 쪽으로 화제를 돌렸다.

[대모님, 혹시 삼신녀님께서는 아직 소식이 없으십니까? 신왕님의 토템이 그분들에게 전달된 지 한 달이 되었지 않습니까.]

[신왕님의 천랑회진을 재현하기까지는 시간이 꽤 오래 걸릴 게다. 대신 삼신녀님께서 조만간 이곳 행성으로 돌아오기로 결정하셨단다.]

알블―롭 일족은 현재 3개의 행성에 터전을 만든 상태였다. 그 가운데 이곳 행성이 가장 세력도 크고 번성했다. 당연히 삼신녀도 주로 이 행성에 머무르면서 알블―롭 일족의 정신적 기둥이 되어 주었다.

그러다 스피네 족의 반란이 터졌다. 스피네들의 번식력과 공격력이 어찌나 지독했던지 알블―롭 일족은 이 행성의 터전을 포기하는 것까지 고민했을 정도였다. 그에 앞서서 알블―롭 일족은 우선 삼신녀부터 다른 행성으로 피신시켰다.

그 삼신녀가 다시 이 행성으로 돌아온다는 말은, 어찌 되었든 간에 알블―롭 일족이 최악의 위기를 벗어났다는 점을 의미했다.

[아아아! 신녀님들께서 드디어 다시 돌아오시는군요. 흐흐흑.]

로바는 손바닥으로 자신의 눈 밑을 찍었다. 너무도 가슴이 벅차 눈물이 다 흐를 지경이었다.

대모는 그런 로바의 등을 가만히 토닥거려 주었다. 대모의 입가에는 손녀를 대하는 듯한 푸근한 미소가 떠올랐다.

그날 밤.

이탄은 오랜만에 아나테마의 악령을 불러내었다.

[끼요오옵! 요런 못된 놈. 늙은이를 이렇게 오랫동안 재워놓고 또 가둬놓다니. 혀를 뽑아서 그 혓바닥으로 내장을 둘둘 묶어버릴 놈 같으니. 눈깔을 뽑아서 그 눈깔로 항문을 막아버릴 놈 같으니. 씩씩씩.]

고대의 리치 아나테마는 그동안 이탄의 영혼 속에서 강제로 잠이 들었다. 그 잠에서 깨어난 이후 아나테마는 자신이 붉은 금속으로 이루어진 독방―이탄의 영혼 안에 설치된 방―에 갇혀 있다는 사실을 깨달았다.

그러다 오늘에서야 겨우 아나테마가 구금에서 풀려난 것이다.

강제로 갇힌 것이 못내 억울했던 것일까? 아나테마는 자유를 얻자마자 이탄에게 욕설부터 퍼부었다.

이탄이 인상을 썼다.

[쓰읍. 지금 뭐라고 했소?]

이탄의 영혼 속에서 붉은 금속이 불길처럼 드세게 일어나 아나테마의 주변을 에워쌌다.

[끄읍? 아니, 내가 꼭 너에게 한 말은 아니다, 뭐.]

아나테마의 악령이 찔끔 놀라 목을 움츠렸다.

이탄이 다시 부드럽게 인상을 펴고 친근하게 상대를 대했다.

[이보쇼. 아나테마 영감.]

[왜? 내가 그릇된 차원에 관심이 많다는 것을 잘 알면서도 나를 강제로 재워버리고 또 독방에 가둬 두지 않았더냐. 그러더니 갑자기 나를 불러서 이렇게 친근하게 말을 거는 저의가 뭔데? 내게서 또 뭘 털어가려고?]

아나테마가 이탄을 경계했다.

이탄이 상대를 살살 달랬다.

[어유. 영감도 참. 내가 털어가긴 뭘 털어간다고 그러쇼? 그동안 영감이 내게 저주마법을 가르쳐 주면서 하루하루 일수도장을 찍었던 거야 엄연히 정당한 거래가 아니었소. 한동안 중단되었던 일수도장을 우리 다시 찍어봅시다.]

[끼요오오옵. 그 일수도장이라는 게 무섭다. 나는 그 일수도장이라는 게 무섭단 말이다. 고대 문명의 시기에 모든 사람들을 벌벌 떨게 만들었던 우리 악마사원도 일수도장이라는 살벌한 제도를 만들어내지는 못했더란 말이다. 그런데 네 녀석은 너무 사악해. 너무 지독해. 끼요오오올.]

일수도장이라는 말에 아나테마가 경기를 일으켰다.

Chapter 5

이탄이 손으로 귀를 막았다.

[으이그, 정신 사나우니까 괴성 좀 그만 지르쇼.]

[끼요옵, 내가 지금 가만히 있게 생겼냐? 대체 그릇된 차원에서 시간이 얼마나 흐른 게야? 나를 얼마나 가둬둔 거냐고? 그런데 느닷없이 나를 풀어주더니 또 일수도장을 찍자고 해?]

아나테마는 억울한 듯 주먹으로 가슴을 탕탕 두드렸다.

이탄은 아나테마의 말에 구구절절 대응하는 대신, 그가 관심을 가질 만한 내용을 넌지시 던져주었다.

[영감. 혹시 그릇된 차원에서 독창적으로 창조해낸 저주마법에 관심이 없소?]

[으응? 그릇된 차원의 저주마법이라고?]

아나테마의 동공이 파르르 흔들렸다.

이탄이 새끼손가락으로 귓구멍을 팠다.

[관심 없으면 마쇼. 영감이 흥미를 느낄 것 같아서 내가 큰 손해를 감수하면서 저주마법을 구해놓았더니 대뜸 욕설부터 날리다니. 쳇. 다 때려칩시다.]

[헉? 그게 정말이냐? 나를 위해서 희귀한 마법서를 구한 게야?]

아나테마의 눈빛이 순식간에 돌변했다.

이탄이 심드렁하게 콧방귀를 뀌었다.

[그럼 뭐하겠소. 영감이 이렇게 나를 괄시하는걸. 쳇. 그만둡시다. 그만둬.]

[아니다. 아니야. 그건 오해야. 내가 한 욕은 너를 대상으로 한 게 아냐. 암. 이 아나테마가 그렇게 경우가 없지는 않지. 그렇고말고.]

아나테마가 이탄에게 매달렸다.

이탄은 미덥지 않다는 듯 아나테마를 흘겨보았다.

[내게 한 욕이 아니라고?]

[아니라니까. 내가 왜 네게 욕을 하겠느냐? 네 영혼 한구석에 빌붙어 사는 처지에 말이다. 끼요호홋홋.]

아나테마가 호들갑을 떨었다.

[말이 나왔으니까 말인데, 다 늙은 게이 리치 영감을 내가 왜 받아주었겠소? 이건 다 내가 모질지 못해서 그런 거지.]

이탄이 자화자찬을 했다.

아나테마가 맞장구를 쳤다.

[맞다. 너는 모질지가 않아.]

[게다가 나는 영감이 그릇된 차원의 저주마법에 흥미가 있을 것 같아 큰 희생을 치르면서까지 이걸 구했잖소.]

[맞다. 네 희생을 내가 절대 잊지 않으마.]

[그러니 우리 일수도장을 다시 찍어봅시다. 나는 영감에게 그릇된 차원의 저주마법 원본을 전해주리다. 그럼 영감이 하루에 10분의 1씩 꼬박꼬박 해석을 해서 내게 결과를 알려주쇼. 대신 하루에 10분의 1을 채우지 못하면 그 이자로 나중에 나에게 무료봉사 10일씩을 해대는 거지.]

[뭣? 무료봉사 10일이라고? 그건 너무 가혹한데?]

아나테마의 눈동자가 다시 흔들렸다.

이탄이 아나테마를 살살 구슬렸다.

[어우, 영감이 누구요? 고대 문명 최고의 지성 아니오?]

[그야…… 그렇지.]

뜬금없는 칭찬에 아나테마가 당차게 대답했다. 아나테마는 그동안 이탄에게 제대로 대접을 받지 못하여 늘 칭찬에 목이 말라 있었다.

이탄이 아나테마를 향해 엄지를 치켜세웠다.

[그런 분이 뭘 그리 걱정하쇼? 불멸의 리치 아나테마 옹께서 한낱 몬스터들의 저주마법을 해석하는 데 열흘이나 걸릴 리가 없잖소. 이건 정말 파격적인 조건이오.]

[그, 그런가?]

아나테마가 눈을 껌뻑거렸다.

이탄이 손을 휘휘 저었다.

[아, 정말 파격적이라니까. 불멸의 리치라면 이 정도 해석쯤은 단 하루 만에 끝낼 거 아뇨. 나는 영감의 실력을 확실하게 믿는다니까. 그러니까 일수도장 계약서에 무료봉사 10일이라는 조건이 무슨 큰 의미가 있겠소? 계약서를 다시 쓰기도 귀찮으니까 그냥 이 조건에 계약합시다. 내가 이 저주마법을 구하느라 얼마나 큰 손해를 감수했는지 아쇼? 영감은 나에게 정말 고마워해야 한다니까. 영감, 설마 내게 고마워하지도 않는 거요?]

[어어? 아니지. 나야 당연히 고맙지.]

[그럼 되었소. 우리 일수도장 계약서부터 씁시다.]

이탄은 미리 준비해두었던 계약서를 아나테마의 악령 앞에 척하고 내밀었다.

아나테마는 얼떨결에 그 계약서에 지장을 찍었다. 그러면서도 아나테마는 [이게 아닌데. 이게 아닌데.]라고 반복해서 중얼거렸다.

이탄이 크라포 시스템을 통해 의뢰받은 네 가지 용역 가운데 하나, '저주마법 해석'은 이렇게 얼렁뚱땅 아나테마의 일거리가 되어버렸다.

이탄이 아나테마 몰래 씨익 웃었다.

'후훗. 이렇게 임무 하나는 영감에게 떠넘겼구나.'

이탄은 기분이 무척 상쾌했다.

이탄은 나무 군락에 복귀한 이후에도 한동안 밖에 나가지 않았다. 계속 집 안에만 틀어박혔다.

이 기간 동안 이탄은 기억의 바다에서 무작정 머릿속에 욱여넣어 두었던 방대한 정보들을 뒤져서 두 가지를 뽑아내었다.

이탄이 뽑아낸 첫 번째 정보는 벨린다의 오행주에 대한 상세한 내용이었다.

이어서 두 번째 정보는 휴대용 플래닛 게이트의 사용법이었다.

이탄은 이 가운데 우선 오행주부터 먼저 살폈다.

그릇된 차원은 법보에 대한 지식이 전혀 없는 곳이었다. 따라서 그릇된 차원의 거주민들은 망가진 오행주를 고칠 방법을 알지 못했다.

이탄은 달랐다.

이탄은 벨린다의 기억을 추출하여 오행주에 대한 세세한 정보를 도출해내었다. 그런 다음 동차원에서 배운 술법 지식을 바탕으로 망가진 법보를 다시 제련할 방법을 연구하기 시작했다.

물론 쉬운 일은 아니었다.

"어우, 머리 아파. 이럴 줄 알았으면 동차원에 있을 때 법보 제련에 대한 책을 좀 더 적극적으로 읽어둘 것을. 쳇. 그때는 법보에 별로 관심이 없어서 책 내용을 대충만 훑어보았더니 영 어렵네."

이탄이 머리카락을 벅벅 긁었다.

Chapter 6

"휴우우. 그래도 어찌어찌 첫 발은 떼었구나. 오행주 가운데 나무 속성의 구슬이 깨졌잖아? 그러니까 나무 속성의 구슬을 다시 만들어야 하는데, 이때 필요한 재료가 무엇인지는 대충 파악했어."

나무 속성 구슬을 만들 때 가장 중요한 재료는 세 가지였다.

첫째, 강력한 영성을 띠고 있는 나무.

둘째, 엄청난 양의 뇌전의 기운.

셋째, 드래곤의 피.

"이 가운데 첫 번째 재료는 최상급 수프리 나무의 뿌리로 대체하면 될 것 같아. 북명의 어지간한 재료보다 최상급 수프리 나무의 뿌리가 훨씬 더 좋은 재료니까 당연히 오행주의 성능도 업그레이드 될 테지."

이탄은 흐뭇하게 뇌까렸다.

문제는 두 번째와 세 번째 재료였다.

"일단 뇌전의 기운을 구할 방법을 찾아봐야겠네. 그 다음은 드래곤의 피가 문제인데……."

이탄은 지금까지 총 두 차례에 걸쳐서 드래곤을 만났다.

그 가운데 마르쿠제 술탑주가 타고 다니는 머리 셋 달린 드래곤이 이탄의 뇌리에 우선적으로 떠올렸다. 이어서 이탄을 듀라한으로 만들었던 정체불명의 여마법사가 타고 다니던 블랙 드래곤이 생각났다.

"어우 쌍. 오라질 년. 네년에게는 내가 언젠가 복수하고야 만다."

이탄은 자신을 듀라한으로 만들은 여자 흑마법사를 떠올리는 것만으로도 가슴 저 밑바닥으로부터 뜨거운 분노가 치밀었다.

겨우겨우 화를 가라앉힌 뒤, 이탄이 진지하게 중얼거렸다.

"아무래도 혼명에 가서 마르쿠제 대선인님을 한번 만나 봐야겠지? 그런데 마르쿠제 대선인님에게 드래곤의 피 좀 나눠달라고 하면 내줄까? 으으음."

마르쿠제가 이탄에게 드래곤의 피를 줄지 안 줄지는 알 수 없었다. 하지만 일단 부딪쳐 볼 수밖에 없었다.

"마르쿠제 대선인님을 만나려면 방법은 하나뿐인데."

이탄은 곰곰이 생각에 잠겼다.

이곳 그릇된 차원과 동차원의 북명 사이엔 이미 차원의 통로가 뚫려 있는 상태였다. 오래 전 신왕 프사이도 그 통로를 통해서 북명에 다녀왔을 뿐더러, 벨린다는 거꾸로 그 통로를 이용해서 북명으로부터 이곳 그릇된 차원으로 넘어 왔다.

이탄은 기억의 바다를 통해서 통로의 위치를 파악해 두었다.

"나중에 시간을 내서 혼명에 한 번 다녀와야겠구나. 우선은 그 전에 뇌전의 기운부터 확보해 놓은 다음에 말이야."

주재료 세 가지를 확보하는 것은 오행주를 만들기 위한 기초 작업일 뿐이었다. 이 밖에도 법보 제련을 위해서는 해야 할 일들이 많았다. 이탄은 일의 순서를 정한 뒤, 지금 미리 해둘 수 있는 것들부터 해놓았다.

그렇게 열흘이 지났다.

이탄은 드디어 나무 속성 구슬의 뼈대를 잡는 데 성공했다.

하지만 진도가 더 나가지는 못했다. 이탄이 여기서 진도를 더 뽑으려면 새로운 재료들을 구해야만 했다.

"후우. 오행주 제작은 일단 여기까지만 하자."

이탄은 최상급 수프리 나무의 뿌리를 꽉 압축하여 만든 동그란 구체를 내려다보면서 나직하게 중얼거렸다.

이 구체는 나무의 섬유질이 얼기설기 엉겨 붙어 동그란 형태를 잡고 있었다. 이것이 바로 오행주 가운데 나무 속성 구슬을 제작하기 위한 뼈대였다.

이탄은 구슬의 뼈대를 아공간 박스 속에 집어넣은 뒤, 그 다음으로 휴대용 플래닛 게이트를 꺼내들었다.

휴대용 플래닛 게이트는 이탄이 원숭이 가면 무리를 죽이고 빼앗은 보물이었다. 이탄은 기억의 바다에서 획득한 정보를 바탕으로 휴대용 플래닛 게이트의 사용법을 연습하기 시작했다.

휴대용 플래닛 게이트는 그 자체도 비싼 보물이지만, 한

번 사용할 때마다 들어가는 재화도 만만치 않았다.

가까운 행성으로 이동하는 데만 상급 음혼석 100개 필요.

그것도 행성의 위치 좌표를 휴대용 게이트에 정확하게 입력해야 비로소 이동이 가능했다.

만약 먼 행성으로 이동하고 싶으면 상급 음혼석이 500개 이상 들었다. 아주 먼 곳이면 그보다 두 배가 더 들어갈지, 세 배가 들어갈지 알 수 없었다.

이탄의 가장 큰 목표는 알블—롭 일족의 발원지 행성을 찾아가는 것이었다. 왜냐하면 그곳에 언령의 벽이 있기 때문이었다.

이 목표를 이루고 나면 이탄은 북명으로 연결된 통로를 방문할 요량이었다.

"앞으로 내가 해야 할 일이 두 가지로 압축되네. 우선 알불—롭 일족 발원지와 차원 통로의 정확한 위치 좌표부터 알아내야지. 그리곤 상급 음혼석을 엄청나게 모아둬야 해."

이탄은 목표를 명확히 세웠다.

다시 또 닷새가 지났다.

이탄은 여전히 집 안에만 콕 박혀 지냈다. 이탄의 침묵이 답답했는지 로바가 모처럼 용기를 내어 이탄의 집을 방문했다.

똑똑똑.

정중한 노크 소리에 이탄이 문을 열어주었다.

[이탄 님. 안녕하셨어요?]

로바가 문 앞에서 이탄에게 가볍게 목례를 했다.

[어? 여긴 어쩐 일이오?]

이탄이 로바를 멀뚱멀뚱 바라보았다.

로바의 등 뒤에서 아일라가 얼굴을 쏙 내밀었다.

[이탄 님, 저도 같이 왔답니다.]

아일라는 한 가닥으로 땋은 머리카락을 엉덩이까지 길게 늘어뜨린 모습이었다.

[엇? 아일라 님도 함께 오셨네? 안으로 들어오시죠.]

이탄은 아일라와 로바 모녀를 집안으로 들였다.

아일라가 이탄의 집 안을 쏙 둘러보았다.

[집이 너무 비좁으신 것 아닌가요? 이참에 더 넓은 곳으로 옮기시면 어떨지요? 이탄 님이 말씀만 하시면 넓은 집부터 시작해서 가구나 생활용품까지 저희 가문에서 전부 제공해드릴 수 있는데요.]

이탄은 아일라의 호의를 받지 않았다.

[아니오. 이보다 더 크면 불편하기만 하지. 나는 여기가

좋소.]

상대의 권유를 완곡하게 거절하면서 이탄은 아일라와 로바 모녀를 탁자로 안내했다.

날개 달린 늑대가 나뭇잎 향이 그윽한 찻잔을 입에 물고 나타나 탁자 위에 툭 내놓았다.

놀랍게도 날개 달린 늑대는 탈것의 용도만 있는 것이 아니었다. 녀석이 워낙 영리하고 눈치가 빨라서 하녀의 역할도 척척이었다. 이탄은 그릇된 차원에서 획득한 그 무엇보다도 날개 달린 늑대가 마음에 들었다.

Chapter 7

[으으음, 향이 좋네요.]

아일라가 찻잔을 가까이 들어 향을 음미했다. 이어서 그녀는 차를 한 모금 입에 넘겼다. 로바는 아일라보다 한 박자 늦게 찻잔에 입술을 대었다.

늑대들은 사람보다도 위계질서가 철저하여 가모인 아일라보다 로바가 먼저 음식물에 입을 대는 것은 절대 금물이었다. 알블—롭 일족은 위계질서를 철통같이 지켰다.

이탄이 아일라에게 방문 이유를 물었다.

[여기까지 오신 이유가 무엇인가요?]

아일라는 엷게 쓴웃음을 짓고는, 이탄을 찾은 목적을 밝혔다.

[조만간 삼신녀님께서 귀환하실 거예요. 원래 그분들은 이곳 행성의 7번 나무군락에 머무셨거든요.]

[그렇소?]

이탄은 '삼신녀의 귀환이 나와 무슨 상관이냐?'는 표정으로 되물었다.

아일라의 입가에 걸린 쓴웃음이 더욱 짙어졌다.

[삼신녀님의 귀환에 맞춰서 이탄 님께서 그분들을 뵀으면 해서요. 아니, 좀 더 정확하게 말씀드리면, 그분들께서 이탄 님을 직접 만나기를 원하세요.]

[삼신녀께서 나를 말이오?]

이탄이 손가락으로 자기 자신을 가리켰다.

[네. 이탄 님을요.]

아일라는 힘차게 고개를 끄덕였다.

이탄이 가만히 팔짱을 끼었다.

'이탄 님이 거부하면 어떻게 하지?'

'강제로 이탄 님을 삼신녀님 앞으로 데려갈 수는 없는데. 알블—롭의 그 어떤 귀족이 감히 이탄 님을 움직일 수 있겠어?'

선뜻 답을 주지 않는 이탄을 보면서 아일라와 로바는 한 가닥의 불안감을 느꼈다.

다행히 아일라 모녀의 우려는 기우였다.

[알겠소.]

[네에?]

[알블―롭의 삼신녀들께서 나를 보고 싶다고 하지 않았소? 그럽시다. 내가 한번 그분들을 뵙지, 뭐.]

[잘 생각하셨어요.]

아일라는 비로소 근심을 접고 활짝 미소를 지었다.

[휴우우.]

로바도 가슴에 손을 얹고 안도의 한숨을 내쉬었다.

이탄이 날짜를 물었다.

[내가 언제 어디로 가면 되오? 삼신녀님들을 뵈려면 말이오.]

아일라가 냉큼 대답했다.

[날짜와 장소는 아직 정해지지 않았어요. 하지만 제 짐작으로는 다음 달 초에 삼신녀님께서 귀환하실 것 같아요. 장소는 7번 나무 군락일 가능성이 높고요.]

[그렇군. 정확한 날짜와 장소가 정해지면 내게 알려주시오.]

[당연히 그래야죠. 호호호.]

아일라가 손으로 입을 가리고 웃었다. 그런 아일라의 태도가 묘하게 애교를 부리는 것 같아서 로바가 흠칫했다.

'설마?'

로바는 놀란 눈으로 모친을 바라보았다.

삼신녀의 귀환일이 7월 1일로 결정되었다. 귀환 장소는 예상했던 대로 알블—롭의 7번 나무 군락이었다.

[와아아아아—.]

[삼신녀님, 만세! 만세!]

알블—롭 일족은 정신적 기둥의 귀환에 열렬히 환호했다. 12명의 대모와 12명의 현자, 귀족들, 전사들, 심지어 알블—롭의 일반 백성에 이르기까지 삼신녀의 귀환을 기뻐하지 않는 자가 없었다.

안타깝게도 열두 대모와 열두 현자들은 각 나무 군락과 한 몸을 이룬 터라 삼신녀를 집적 뵈러 나갈 수가 없었다. 오직 7번 나무 군락의 대모와 현자만이 삼신녀의 실체를 알현할 기회를 가졌다.

그래도 상관없었다.

알블—롭의 대모와 현자들은 영혼이 서로 연결되어 있기에 실물을 보지 못하더라도 영혼을 통해 삼신녀를 알현하는 것이 가능했다.

7월 1일이 되기 며칠 전부터 각 나무 군락의 주요 귀족들은 7번 나무 군락으로 집결하기 위하여 길을 떠났다.

각 나무 군락에는 수문장 한 명씩만 남아서 혹시 모를 사태에 대비했다. 수문장을 제외한 대부분의 귀족들은 삼신녀를 직접 보기 위해서 몸을 움직였다.

이탄도 그 안에 포함되었다. 이탄은 아일라, 로바 모녀와 함께 1번 나무 군락을 출발했다. 긴 여행 끝에 이탄이 7번 나무 군락에 도착했을 때는 삼신녀가 도착하기 하루 전인 6월 30일이었다.

이탄은 날개 달린 늑대를 타고 비행하는 내내 팔짱을 끼고 눈을 지그시 감았다.

'이탄 님이 기분이 안 좋으신가?'

'아무래도 언짢으신가본데? 이걸 어쩌지?'

아일라와 로바는 이탄이 저기압인 것 같아 안절부절못했다.

Chapter 8

사실 이탄은 기분이 언짢은 것이 아니었다. 그는 그저 아나테마의 악령으로부터 저주마법 해설을 듣고 하루하루 일수도장을 찍느라 바빴을 뿐이었다.

블랙 128번 저주마법 해석 의뢰는 의외로 까다로웠다. 고대 문명 최고의 흑마법사이자 불멸의 리치인 아나테마로서도 쉽게 해석이 되지 않을 정도로 난해했다.

그렇게 어려운 마법을 하루에 10분의 1 분량씩 꼬박꼬박 해석하기란 정말 쉽지 않은 일이었다. 요 며칠 동안 아나테마는 그야말로 피똥을 싸는 기분으로 저주마법 해석에만 매달려야 했다.

[에헤라 디야~. 끄요옵.]

아나테마의 눈이 퀭하게 풀렸다.

이탄은 그런 아나테마에게 일수도장을 찍자고 압박하여 쥐어짜기도 하고, 살살 어르고 달래기도 하면서 저주마법의 해석 결과를 받아내었다.

결과적으로 아나테마는 이 지독한 과업을 달성해내었다. 아나테마는 진짜 천재였던 것이다. 이탄은 마음속으로 아나테마의 능력에 감탄했다.

비록 과업은 해내었지만, 불행하게도 아나테마는 지주마법을 완벽하게 해석하는 데 총 13일이 걸렸다.

애초에 계약했던 것보다 사흘이 늦은 셈이었다.

결국 13일 뒤 아나테마에게 남겨진 것은 세 가지, 영혼을 송곳으로 찌르는 듯한 두통, 과로로 인해 피폐해진 정신, 그리고 총 30일간의 무료 봉사였다.

반면 이탄이 손에 거머쥔 것도 세 가지였다. 이탄은 아나테마 덕분에 용역 의뢰를 성공했을 뿐 아니라, 그에 대한 보상으로 최상급 구아로의 이빨을 받았으며, 새로운 저주 마법도 익히게 되었다.

"하하하."

이탄은 기분이 좋아 호탕하게 웃었다.

[어허허허. 끄요옵.]

아나테마도 정신적 피폐함에 허허롭게 웃었다.

둘의 웃음은 비슷한 듯하면서도 결이 완전히 달랐다.

7월 1일.

하늘엔 양털 구름이 얇게 끼어서 바람을 타고 흘러갔다. 기온은 약간 후텁지근하였다. 짙게 우거진 나뭇잎 사이에서 이름 모를 풀벌레들이 저마다의 울음소리를 뽐내었다.

알블—롭 일족의 7번 나무 군락에는 인파가 구름처럼 모였다. 인파의 맨 앞줄에는 알블—롭의 귀족들이 자리했다.

1번 나무 군락의 아일라와 로바, 3번 나무 군락의 머록, 4번 나무 군락의 티핀, 5번 나무 군락의 카이림, 6번 나무 군락의 슈이림, 12번 나무 군락의 코벨.

이상 7명의 귀족들이 인파의 중심에 자리를 잡았다.

사실은 이 자리에 7번 나무 군락의 비토와 8번 나무 군락의 구르토 형제가 함께했어야 정상이었다.

그러나 이 두 귀족은 지난번 흐나흐 족과 전투로 인해 큰 부상을 입은 터라 어쩔 수 없이 자리에서 빠졌다.

그 밖에 다른 귀족들은 7명의 핵심 귀족들 주변에 둥글게 포진했다.

귀족들의 뒤에는 각 귀족 가문의 구성원들과 전사들이 자리를 잡았다. 다시 그 뒤편으로 일반 알블―롭 백성들이 구름처럼 모였다.

이탄은 아일라 옆에서 한가롭게 뒷짐을 지고서 동쪽 하늘을 올려다보았다.

주변의 귀족들이 힐끗힐끗 이탄의 눈치를 보았다. 흐나흐 족과 전투를 함께 치렀던 귀족들은 이탄에게 아는 체를 했다.

이탄은 귀족들의 인사를 살갑게 받아주었다.

덕분에 알블―롭 귀족들의 안색이 활짝 폈다.

7번 나무 군락 정중앙, 높이 솟은 2개의 나무 위에는 나무와 일체를 이룬 대모와 현자의 모습이 보였다. 그녀들은 두 손을 가슴에 꼭 모으고 삼신녀의 현신을 애타게 기다렸다.

[앗! 저기 오시나 봅니다.]

현자가 동쪽 하늘가를 향해 손가락을 뻗었다. 현자의 파란 머리카락이 삼신녀를 마중 나가기라도 하는 것처럼 동쪽을 향해 펄럭거렸다.

[오오오, 드디어 오시는구나!]

대모가 눈물을 글썽거렸다.

알블―롭의 모든 귀족들이 현자가 가리킨 방향을 향해서 고개를 쭉 뺐다. 이탄도 호기심 어린 눈으로 동쪽을 바라보았다.

현자의 말이 맞았다.

둥그런 나무 양산을 활짝 펼친 채 분홍색 꽃으로 장식된 꽃가마가 하늘을 훨훨 날아서 다가오는 중이었다.

날개 달린 늑대 64마리가 꽃가마의 앞쪽에서 가마를 끌었다. 날개 달린 늑대들은 한 줄에 여덟 마리씩 총 여덟 줄을 만들었다.

꽃가마의 앞과 옆, 뒤, 그리고 가마의 위와 아래에는 창과 방패로 무장한 알블―롭의 전사들이 촘촘하게 둘러싸서 호위했다. 이 전사들도 날개 달린 늑대를 타고 있었다.

특히 가마의 오른쪽과 왼쪽에 바짝 붙어서 밀착 경호 중인 두 남녀의 기세가 심상치 않았다.

이 가운데 왼쪽 사내는 탄탄한 체형에 왼쪽 눈에 길게 자리한 흉터가 인상적이었다. 그가 바로 알블—롭의 명문가인 오스트 가문의 가주였다.

한편 가마 오른쪽의 중년 여성은 뚱뚱한 체형에 머리카락이 뽀글뽀글했다. 그녀의 이름은 테슘이라고 했다.

오스트와 테슘 모두 알블—롭 일족의 명망 높은 귀족들로, 그들의 무력은 코벨이나 슈이림보다 뛰어나면 뛰어났지 결코 뒤처지지는 않는다고 하였다.

원래 이들의 가문은 다른 행성에 뿌리를 내리고 있었으나, 삼신녀의 안전을 위해서 이 먼 곳까지 밀착 경호를 맡은 것이다.

오스트와 테슘뿐 아니라 꽃가마의 호위를 맡은 다른 전사들도 모두 날개 달린 늑대를 타고 7번 나무 군락을 향해서 빠르게 비행했다.

얼마 뒤, 삼신녀를 태운 꽃가마가 드디어 목적지에 날아내렸다.

[삼신녀님 만세! 만세!]

[아아아, 어서 오십시오. 삼신녀님의 귀환을 진심으로 환영합니다.]

[우흐흑, 삼신녀님.]

알블—롭 백성들의 환호가 더욱 커졌다. 일부 백성들은 북받치는 감정을 추스르지 못하고 울음을 터뜨렸다.

처처척.

삼신녀의 호위전사들이 늑대의 등에서 내려서 발목을 바짝 붙였다. 창은 옆구리에 착 붙여서 창날이 위로 가게끔 곧추세웠다. 몸 앞에는 사각방패를 내려놓았다.

전사들을 태웠던 늑대들은 주인의 바로 옆쪽에 자리를 잡은 뒤, 바닥에 엉덩이를 붙이고 앉았다.

질서정연하게 줄을 쫙 선 전사들의 모습이 실로 위풍당당했다.

Chapter 9

[어허험.]

오스트가 헛기침 소리와 함께 꽃가마 앞쪽으로 한 걸음 걸어 나왔다. 테슘도 육중한 몸을 움직여 오스트의 옆에 섰다.

두 귀족은 부리부리한 눈으로 주변을 스캔했다. 혹시라도 삼신녀에게 해가 될 존재가 있는지 살피기 위함이었다.

딱히 위협은 발견되지 않았다.

테슘은 그제야 꽃가마 안쪽을 향해 정중하게 아뢰었다.

[삼신녀님, 이제 나오셔도 괜찮사옵니다.]

이윽고 꽃가마의 휘장이 들렸다. 그 안에서 삼신녀가 모습을 드러내었다.

14세 정도나 되었을까? 앳되어 보이는 외모에 귀엽게 쌍갈래로 머리카락을 땋은 소녀 한 명이 가마에서 걸어 나왔다.

[와아아아아아—.]

[삼신녀님 만세!]

백성들의 환호가 극에 달했다.

"응? 왜 혼자지?"

이탄이 고개를 갸웃했다.

이탄은 꽃가마 안에서 또 다른 여자가 나오기를 기다렸으나, 어린 소녀 외에는 더 이상 등장하는 인물이 없었다.

이탄이 아일라를 향해 슬쩍 상체를 기울였다.

[삼신녀님이 왜 혼자요? 세 분이어야 하지 않소?]

[호호호. 맞아요. 삼신녀님은 원래 세분이시죠. 하지만 그 세 분이 하나의 몸을 공유하세요. 다시 말해서 몸은 하나시고, 영혼만 셋인 거죠.]

[허어? 그게 참말이오?]

아일라의 설명에 이탄이 눈을 동그랗게 떴다.

[참말이고말고요. 호호호. 제가 왜 이탄 님께 거짓말을 하겠어요.]

아일라는 활짝 웃으면서 자신의 팔꿈치로 이탄의 팔을 톡 건드렸다. 그러다 이탄의 팔에서 느껴지는 강한 반탄력에 화들짝 놀라 몸을 휘청거렸다.

한편 이탄은 새삼스러운 눈으로 삼신녀를 바라보았다.

이탄은 기억의 바다를 통해서 알블—롭 일족의 유구한 역사 대부분을 파악한 상태였으나, 그 가운데 삼신녀가 한 몸에 3개의 영혼을 공유하고 있다는 정보는 없었다. 이탄은 한층 더 호기심 어린 눈빛으로 삼신녀를 관찰했다.

마침 삼신녀도 이탄을 바라보는 중이었다.

둘의 시선이 허공에서 서로 얽혔다.

그 즉시 오스트와 테슘도 이탄을 위아래로 훑어보았다. 이탄을 바라보는 오스트의 눈빛에는 호기심이 가득했다.

'이자가 이탄이라는 이방인인가? 귀족을 뛰어넘어 왕의 재목이라지?'

반면 테슘의 시선에는 이탄에 대한 경계심이 나무옹이처럼 꽉 틀어박혔다.

'종족을 파악할 수 없다는 이방인이 바로 저 녀석인가? 끄흐음.'

이탄도 삼신녀에 이어서 오스트와 테슘을 대충 훑어보았다. 두 귀족을 보고서도 이탄의 눈빛에는 하등 변화가 없었다.

[크흠.]

그 점이 마음에 들지 않았는지 테숌이 그르렁거리는 소리를 내었다.

삼신녀의 귀환 첫날인 7월 1일.

12개 나무 군락의 대모들은 서로의 영혼과 정신을 하나로 연결하여 가상의 공간을 만들었다.

삼신녀가 그 공간 안으로 들어와서 열두 대모와 만남을 가졌다.

삼신녀는 물리적인 공간에서는 하나의 몸뚱어리를 공유했다.

하지만 영혼 속 공간에서는 달랐다. 3명의 신녀가 각기 다른 모습으로 등장하여 열두 대모들로부터 인사를 받았다.

이 가운데 첫 번째 신녀는 젊고 우아한 자태를 자랑했다.

두 번째 신녀는 늙고 꼬장꼬장한 노파의 외모를 지녔다.

마지막 세 번째 신녀는 14세 소녀의 모습, 즉 현재 삼신녀의 몸뚱어리와 동일한 외모였다.

7월 2일.

삼신녀가 귀환한 지 이틀째 되던 날, 삼신녀는 가상의 공간으로 들어가 알블—롭의 열두 현자들과 긴 이야기를 나누었다.

삼신녀는 대모들보다 현자들과 더 오랜 시간을 토의했다. 그들 사이에서 신왕의 늑대 토템과 천랑회진에 대한 이야기가 오가다 보니 자연히 회의시간이 길어질 수밖에 없었다.

7월 3일.

어느새 삼신녀의 귀환 3일째가 되었다. 이날 삼신녀는 더 이상 가상공간으로 들어가지 않았다. 대신 그녀는 7번 나무 군락 내부에 마련된 신녀전에서 알블―롭 귀족들의 인사를 받았다.

어린 모습의 삼신녀는 고풍스럽고 구불구불한 등나무 의자에 앉아서 두 발을 모아 앞뒤로 까딱거렸다.

삼신녀의 양 옆에는 오스트와 테슘이 떡하니 버티고 섰다.

알블―롭의 귀족들은 삼신녀 앞으로 한 명씩 나와서 삼신녀의 손등에 입술을 맞추고 충성 맹세를 재확인했다.

코벨도, 슈이림도, 그리고 아일라도 예외는 아니었다.

삼신녀는 알블―롭의 귀족들과 이런저런 대화를 나눴다. 그중에서도 삼신녀는 코벨과 가장 많은 이야기를 하였는데, 주제는 주로 네 가지였다.

우선 천랑회진.

이어서 신왕의 늑대 토템.

그 다음으로 오스트의 해머.

마지막으로 이탄.

네 가지 주제 모두 흥미가 진진하여 알블—롭의 여타 귀족들은 물론이고 오스트와 테숨까지도 숨을 멈추고 코벨의 말에 귀를 기울였다.

긴 대화 끝에 삼신녀가 눈동자를 반짝였다.

[이탄이라는 이방인과 내일 만나기로 하였죠? 그를 직접 보고 싶군요.]

[당연히 그러셔야 할 것이옵니다.]

코벨이 삼신녀를 향해 정중하게 머리를 조아렸다.

[그렇사옵니다. 이탄은 삼신녀님께서 직접 알현하실 만한 가치가 있사옵니다.]

아일라와 머록도 코벨의 말에 동의했다.

반면 테숨은 불퉁한 얼굴로 콧방귀를 뀌었다.

[흥. 그래 봤자 미천한 이방인일 뿐이지.]

테숨의 독백을 들었는지 코벨과 아일라, 머록이 미세하게 얼굴을 찌푸렸다. 하지만 지고하신 삼신녀의 앞이라 테숨에게 딱히 뭐라고 지적하지는 못했다.

제7화
토템 탈환 작전

Chapter 1

7월 4일.

이탄이 코벨과 아일라의 안내를 받아 삼신녀의 신전을 방문했다.

삼신녀는 구불구불한 등나무 의자에 앉아서 이탄을 굽어보았다. 삼신녀의 양옆은 오스트와 테숨이 철기둥처럼 든든하게 지켰다.

삼신녀의 맞은편에는 둥그런 나무 의자가 하나 놓였다. 아무런 장식도, 등받이도 없는 초라한 의자였다.

햇살이 안개처럼 옅게 퍼진 신녀전 내부에 자리한 밋밋한 의자가 묘한 분위기를 자아내었다. 이탄은 그 의자를 물끄러미 바라보았다.

그나마 이 의자는 삼신녀가 이탄을 배려하여 내준 것이었다. 코벨과 아일라는 의자도 없었다. 그들은 이탄보다 한 발 뒤에서 무릎을 꿇고 삼신녀를 우러러보는 중이었다.

'……'

이탄은 무표정하게 의자에 착석한 다음, 계단 위의 삼신녀를 올려다보았다.

삼신녀는 그런 이탄을 위에서 내려다보았다.

신전 천장에서 떨어지는 햇살이 삼신녀를 비추어 거룩한 느낌을 자아내게끔 만들었다. 이와 반대로 이탄이 앉아 있는 자리엔 어두운 그림자가 드리웠다.

[이방인 이탄.]

삼신녀의 앳된 음성이 이탄의 머릿속에 울려 퍼졌다. 삼신녀는 두 발을 모아 앞뒤로 까딱까딱 흔들면서 이탄을 관찰했다.

이탄은 아무런 대꾸가 없었다.

[감힛.]

테숨이 입술을 푸들푸들 떨었다. 그녀의 두꺼운 입술 사이로 하얀 송곳니가 언뜻언뜻 드러났다.

한편 오스트는 호기심 어린 눈으로 이탄을 훑어보았다. 오스트의 오른팔에는 묵직한 해머가 하나 들려 있었는데,

이것은 바로 흐나흐 족으로부터 되찾은 선조들의 무기, 일명 오스트의 해머였다.

이탄은 오스트의 해머를 힐끗 눈으로 훑은 다음, 다시 삼신녀와 시선을 맞추었다.

[삼신녀님, 나를 보자고 한 이유가 무엇입니까?]

평소 이탄은 알블―롭의 귀족들뿐 아니라 대모와 현자에게도 존칭을 쓰지 않았다. 그저 하오체를 써서 상대방을 예사높임 해줄 따름이었다.

그러던 이탄이 삼신녀에게는 그보다 한 단계 높은 존칭을 써주었다.

'휴우, 다행이구나.'

'이탄 님도 나름 노력하시는 게지.'

코벨과 아일라가 남몰래 안도의 한숨을 내쉬었다.

반면 테숨은 만족하지 못했다. 이탄을 노려보는 테숨의 눈꺼풀이 파르르 떨렸다. 테숨은 단숨에 달려들어 두툼한 손으로 저 시건방진 이방인의 목줄기를 움켜잡은 다음, 그의 머리를 신녀전 바닥에 꽉 눌려버리고 싶은 심정이었다.

이탄이 테숨의 살벌한 눈빛을 읽었다. 이탄은 이마를 미미하게 찌푸리고는 오른손을 한 번 쥐었다 폈다.

코벨과 아일라는 가슴이 철렁 내려앉았다.

[크르르르.]

테슘의 눈빛은 한결 더 사나워졌다. 테슘의 입꼬리 위로 늑대 특유의 하얀 송곳니가 뾰족하게 드러났다.

바로 그 타이밍에 삼신녀가 개입했다.

[보이지가 않네요. 이탄 그대가 어느 종족인지 투시가 되지 않아요. 히히힛.]

삼신녀는 천진난만하게 웃었다. 그러면서 삼신녀는 갸름한 손가락으로 머리카락을 쓸어 올려 귓바퀴 뒤로 넘겼다.

삼신녀는 태어날 때부터 '진실의 눈'을 가진 자였다. 그녀는 진실의 눈을 통해 각종 현혹 마법을 파훼할 뿐 아니라 상대방의 정체와 속마음을 읽어내는 것으로 유명했다.

그런 삼신녀가 이탄을 간파할 수 없다고 자백했다. 오스트와 테슘이 흠칫 놀라 삼신녀를 돌아보았다.

삼신녀가 조금 더 말을 이었다.

[히히히. 그대 안에 붉은 장벽이 있다고나 할까? 아니면 붉은 거울이 있다고나 할까? 아무튼 그런 걸로 둘러싸여 있어서 전혀 투시가 되지 않네요. 히히.]

[으음.]

이번에는 이탄도 놀랐다.

'내 영혼을 둘러싸고 있는 적양갑주를 꿰뚫어 보았단 말인가?'

삼신녀가 자조적으로 읊조렸다.

[딱히 이상한 일은 아니에요. 나의 간파 능력에는 한계가 있으니까요. 히히. 사실은 그게 문제죠. 나의 한계 때문에 우리 알블—롭 일족이 고달파요.]

삼산녀가 울적해하자 이탄을 제외한 나머지 귀족들 전체가 영향을 받았다.

[삼신녀님, 그런 말씀 하지 마십시오.]

[그리 자책하시면 저희들의 가슴이 찢어집니다.]

오스트와 테숨이 기겁을 하며 고개를 가로저었다.

[삼신녀님, 제발 마음을 굳건히 하소서.]

[흐흐흑. 불쌍하신 우리 삼신녀님.]

코벨과 아일라도 안타깝게 외쳤다.

이탄은 내심 감탄했다.

'삼신녀는 주변 수인족들의 감정을 마음대로 쥐고 흔드는구나. 간파 능력에 이어서 감정 컨트롤까지 하다니, 제법 탁월한 능력을 지녔어.'

이탄이 고개를 끄덕였다.

원래는 삼신녀가 이탄을 간파하려고 했는데, 거꾸로 이탄이 삼신녀의 능력을 파악해버렸다. 순간적으로 삼신녀가 움찔했다.

신녀전 안에 잠시 침묵이 흘렀다.

잠시 후, 삼신녀가 한숨과 함께 침묵을 깼다.

[하아. 어차피 제 능력으로는 그대를 꿰뚫어 볼 수 없는 걸요. 괜한 헛힘을 쓰지 않고 그냥 솔직하게 말할게요. 나는 우선 이방인 이탄에게 감사 인사부터 하고 싶어요. 그동안 우리 알블―롭 일족을 적극적으로 도와주어서 감사해요.]

삼신녀가 커다란 의자에서 깡충 뛰어내리더니 이탄을 향해 고개를 살짝 숙였다.

[삼신녀님. 그러실 필요는 없습니다.]

테숨이 발을 쿵 굴렀다.

Chapter 2

삼신녀는 테숨은 쳐다보지도 않고 이탄에게 뇌파를 이었다.

[더불어서 이방인 이탄에게 부탁하고 싶은 바가 두 가지 있어요.]

[그게 무엇입니까?]

이탄이 삼신녀를 물끄러미 올려다보았다.

[첫째.]

삼신녀가 손가락 하나를 접었다.

[앞으로도 5년간, 최소한 그 기간 동안만이라도 우리 알블—롭 일족을 계속 지켜줘요. 물론 5년 뒤에도 계속 알블—롭의 친구로 남아주면 더 좋고요.]

이탄은 잠시 고개를 숙였다가 다시 들었다.

[향후 5년 내내 이곳에만 머무를 수는 없습니다. 하지만 중간에 자리를 비웠다가도 다시 이곳으로 돌아오도록 하지요. 아주 불가피한 상황만 아니면요.]

이 정도면 이탄의 입장에서는 최고의 호의를 보인 셈이었다. 삼신녀도 그 정도 선에서 만족했다.

삼신녀가 다시 한 번 이탄을 향해 정중하게 목례를 했다.

[감사해요.]

이어서 삼신녀는 두 번째 손가락을 접었다.

[두 번째로 그대에게 부탁하고 싶은 게 있어요.]

[말씀하십시오.]

[그대 덕분에 우리 알블—롭 일족은 흐나흐 족이 빼앗아 갔던 신왕님의 토템을 되찾았어요. 그리고 나는 최근 이 늑대 토템을 주의 깊게 연구했지요. 그러다 새로운 사실을 하나 발견했지 뭐예요.]

[무엇을 발견했습니까?]

이탄이 삼신녀의 말에 호기심을 느꼈다.

삼신녀는 커다란 의자에 다시 앉아 두 발을 가지런히 모앉다. 그런 다음 미소 띤 얼굴로 본론을 꺼내놓았다.

[알고 보니 신왕님의 늑대 토템이 한 쌍으로 이루어져 있더라고요. 암컷 늑대와 수컷 늑대 한 쌍 말이에요. 이 한 쌍의 늑대 토템을 모두 모으지 않으면 우리 알블—롭 일족은 선조의 유산을 재현하기 어려울 것 같아요.]

[삼신녀님.]

테숨이 당황했다. 조금 전 삼신녀의 입에서 튀어나온 '신왕', '늑대 토템', 그리고 '암수 한 쌍'이라는 키워드는 모두 다 극비 중의 극비였다. 테숨은 삼신녀가 그런 극비 사항을 이방인에게 털어놓는 것이 이해가 되지 않았다.

반면 삼신녀의 생각은 달랐다.

'이 이방인의 도움을 받아야 해. 그렇지 않고서는 결코 천랑회진을 재현할 수 없어.'

삼신녀는 '우리 알블—롭 일족이 이탄의 도움을 받으려면, 우선 그에게 숨기는 바가 없어야 한다.'라고 판단했다.

[흐음. 암수 한 쌍의 토템이라.]

이탄이 검지로 턱밑을 왕복해서 쓸었다.

사실 이탄은 기억의 바다를 통해서 신왕 프사이의 천랑회진을 낱낱이 파악한 상태였다. 만약 충분한 재료만 갖춰져 있다면 이탄은 당장에라도 늑대 토템을 제작하여 천랑회진을 펼치는 것이 가능했다.

'신녀의 말이 맞는군. 신왕의 늑대 토템은 암수로 성별이 나뉘어 있었어. 그리고 천랑회진이 제 위력을 발휘하려면 한 쌍의 토템이 모두 필요하겠네.'

이탄이 천천히 고개를 들었다.

[그래서, 삼신녀님께서 내게 부탁하려는 바가 무엇입니까?]

[이번에 그대의 도움을 통해 되찾은 늑대 토템은 암컷 토템이더군요. 그리고 나는 그 토템을 연구하다가 알게 되었어요. 저 약삭빠른 흐나흐 녀석들이 수컷 토템도 가지고 있다는 사실을 말이에요.]

삼신녀가 정확하게 보았다. 흐나흐 족은 원래 신왕의 늑대 토템을 2개 가지고 있었다. 이 중 하나는 암컷이고, 다른 하나는 수컷 토템이었다.

흐나흐 족의 시칸은 한 쌍의 토템 가운데 암컷 늑대의 토템을 거래장으로 가지고 나와 알블―롭 일족을 약 올렸다.

이탄이 삼신녀에게 확인하듯 물었다.

[흐나흐 녀석들이 또 다른 토템을 가지고 있으며, 알블―롭 일족은 그 토템이 반드시 필요하다. 이 말입니까?]

짝!

삼신녀가 손뼉을 쳤다.

[맞아요. 바로 그 이야기예요. 우리는 또 하나의 늑대 토

템을 반드시 손에 넣어야 해요. 신왕님의 유물을 온전히 한 쌍으로 다시 만들어야 한다고요.]

[흠.]

[그래서 내가 그저께에 현자들과 깊은 대화를 나누었지요. 어떻게 하면 남은 토템 하나를 무사히 되찾아올 수 있을까? 과연 우리는 어떻게 해야 하나?]

[흐나흐 녀석들이 남은 토템을 순순히 내줄 리는 없을 테지요. 아무래도 흐나흐 족이 머무는 행성으로 가서 토템 탈환 작전을 펼쳐야겠군요.]

이탄이 답을 내놓았다.

짝짝짝!

삼신녀는 연달아 손뼉을 쳤다.

[맞아요. 맞아. 아무리 머리를 굴려 보아도 바로 그 수밖에 없어요. 토템 탈환 작전. 우리 알블―롭 일족에게는 그 작전이 필요해요.]

이탄이 팔짱을 스윽 끼었다. 상대의 요청에 호락호락 응하지는 않겠다는 의미였다.

삼신녀가 초롱초롱한 눈빛으로 이탄을 응시했다.

[나의 두 번째 부탁이 무엇인지는 이제 그대도 깨달았겠죠? 나는 우리 알블―롭 일족을 대표하여 이방인 이탄에게 정중하게 부탁을 합니다. 부디 토템 탈환 작전에 참여해

주세요.]

삼신녀는 말을 빙빙 돌리지 않았다. 직설적으로 이탄에게 작전 참여를 요청했다.

이탄은 잠시 고민하다가 고개를 들었다.

[삼신녀님.]

[말해보세요.]

[흐나흐 족은 알블―롭 일족보다 더 번성한 것으로 들었습니다. 그런 만큼 여러 행성에 퍼져있을 테고요.]

[안타깝게도 현재는 그렇죠. 한때는 그 반대였지만. 어쨌거나 지금은 우리 알블―롭 일족이 그들보다 쇠퇴했으니까요.]

삼신녀가 솔직하게 상황을 인정했다.

[끄응.]

옆에서 테숨이 신음을 내뱉었다. 오스트와 코벨, 아일라도 표현은 하지 않았지만 안타까움에 주먹을 부르르 떨었다.

이탄이 말을 이었다.

[흐나흐 녀석들도 바보는 아닐 테죠. 당연히 신왕님의 늑대 토템을 아주 깊숙하면서도 은밀한 곳에 숨겨놓았을 겁니다. 어딘지 찾기도 불가능한 곳에 말입니다.]

Chapter 3

삼신녀가 빙그레 웃었다.

[그 점은 걱정하지 않아도 되어요. 한 쌍의 늑대 토템은 금슬이 정말 좋아서 먼 거리에서도 서로 공명을 하거든요. 덕분에 우리가 찾아야 할 수컷 토템의 위치를 대략적이나마 파악을 해놓았어요. 아마도 며칠 뒤면 수컷 토템의 정확한 위치도 추적할 수 있을 거예요.]

[아!]

삼신녀의 말에 알블―롭의 귀족들이 감탄했다. 그들은 벌써부터 수컷 토템을 되찾기라도 한 것처럼 눈물을 글썽거렸다.

이탄은 삼신녀에게 곧장 질문을 던졌다.

[정확한 위치를 파악하면, 그곳 행성까지는 어떻게 갑니까?]

[위치 좌표만 계산해내면 플래닛 게이트를 조작하여 그 행성으로 보내줄 수 있어요. 토템 탈환 작전의 참여자 전원을요.]

삼신녀의 대답에는 거침이 없었다.

이탄이 다시 물었다.

[혹시 작전 참여자가 이미 결정되었습니까? 만약 결정되

었다면 몇 명이나 됩니까?]

[참여자는 결정되었어요. 당연히 명수도 정해졌죠. 하지만 이 질문에 대한 답은 나중에 그대가 이번 작전에 참여하겠다고 승낙을 하면 그때 알려줄게요.]

삼신녀가 똑 부러지게 말했다.

이제 이탄은 세 번째 질문으로 넘어갔다.

[좋습니다. 만약에 내가 토템 탈환 작전에 참여한다고 치죠. 그럼 작전이 성공했을 때 내가 받을 보상은 무엇입니까?]

이탄이 이런 질문을 한다는 것은, 작전에 참여할 마음이 조금은 있다는 소리였다. 삼신녀의 얼굴에 웃음꽃이 활짝 피었다.

[히히히. 그대는 어떤 보상을 원하나요? 막대한 전공 점수? 대량의 상급 음혼석? 여자? 노예? 보물? 나에게 보상을 묻지 말고, 거꾸로 그대가 원하는 바를 제시해 보세요. 그대는 어떠한 조건이면 토템 탈환 작전에 참여할 생각인가요?]

[삼신녀님, 나는 정확한 것을 좋아합니다. 그래서 그동안 알블—롭 귀족 가문이 주관하는 거래나 토벌 작전에 참여할 때 항상 사전에 계약서를 작성했습니다.]

[그 이야기는 들었어요. 1번 나무 군락의 아일라 가모, 3번 나무 군락의 머록 가주, 그리고 12번 나무 군락의 코벨

가주가 그대와 계약을 했다더라고요. 히히히. 마침 그 가운데 2명이 이 자리에 있네요.]

삼신녀의 장난기 어린 눈빛이 아일라와 코벨을 훑었다.

이탄도 뒤를 힐끗 돌아보았다.

[삼신녀님.]

코벨과 아일라는 감당키 어렵다는 듯 머리를 조아렸다.

삼신녀가 이탄에게 시선을 돌렸다.

[그대는 어떤 계약을 원하나요? 한번 제시해 볼래요?]

이탄은 별 고민도 하지 않았다.

이탄이 삼신녀에게 밝히지는 않았지만, 사실 그는 이번 작전에 참여하기를 원했다. 세 가지 이유 때문이었다.

우선 이탄은 플래닛 게이트에 행성의 위치 좌표를 입력하는 방법이 궁금했다.

'나중에 나도 알블―롭의 발원지 행성을 찾아가야 하잖아. 좌표 입력 방법을 미리 보아두면 손해날 것 없지.'

이탄은 이런 생각을 품었다.

또한 이탄은 흐나흐 족 행성에 한번 쳐들어가 보고 싶었다.

'그곳에 가면 내게 필요한 재료들을 꽤 많이 확보할 수 있을 것 같아. 지난번에 보니까 그 여우 종족이 꽤나 부유하더라고. 하하하.'

이것이 이탄의 엉큼한 속셈이었다.

마지막으로 이탄은 조금 전 삼신녀로부터 [신왕님의 늑대 토템이 암수 한 쌍으로 이루어져 있다.]라는 말을 들었을 때, 곧바로 기억의 바다에서 얻은 정보들을 뒤져서 확인했다.

이탄이 기억의 바다에서 획득한 정보의 양은 가히 천문학적일 정도로 방대했다. 이탄도 그 많은 정보들을 일일이 다 기억하지는 못했다. 그저 뇌리에 정보들을 욱여넣은 상태에서 필요할 때마다 찾아보는 식이었다.

조금 전 이탄은 '암수 한 쌍의 늑대 토템'이라는 키워드로 정보를 검색했다.

그 결과 이탄도 인지하지 못했던 특이한 정보가 툭 튀어나왔다.

알블—롭의 죄인이 적는다. 나는 벨린다 님으로부터 알블—롭을 지키라는 엄명을 받은 알블—롭의 신녀다.

위대한 혈통을 이어받으신 벨린다 님께서는 사방에서 우리를 물어뜯으려고 달려드는 악적들로부터 알블—롭 일족의 명맥을 지켜주신 왕이시다. 비록 왕이라는 칭호를 받지는 못하였으나 벨린다 님은 다른 종족의 왕들보다 더 강하셨다.

하지만 안타깝게도 벨린다 님은 수인족의 피를

50퍼센트만 이어받은 터라 다른 종족의 왕들보다 수명이 짧으셨다. 게다가 벨린다 님께서는 여러 왕들과 동시에 싸우느라 그 수명이 더욱 단축되셨다.

벨린다 님께서는 본인의 수명이 얼마 남지 않았음을 깨달으신 뒤, 신녀 중 으뜸인 나에게 '만랑회진'이라는 기괴한 마법(?)을 알려주셨다.

안타깝게도 내가 둔하고 어리석어 벨린다 님의 만랑회진을 눈곱만큼도 이해하지 못하였다. 사실이 만랑회진은 다른 종족의 왕들조차 두려워하는 엄청난 마법(?)인 것이다. 내가 만랑회진을 이해하지 못하여 벨린다 님은 크게 실망하셨을 것이다.

그리하여 벨린다 님께서는 어리석은 나를 위해서 또 다른 무기를 남겨주셨다. 다름 아닌 '파이브 스피어'가 바로 그것이다.

벨린다 님께서는 비록 다른 명칭으로 그것을 부르셨지만.

어쨌거나 나는 벨린다 님의 파이브 스피어 덕분에 수많은 악적들을 물리칠 수 있었고, 알블―롭 일족의 명맥이 끊어지지 않도록 혈통을 이어갈 수 있었다.

그러나 그것도 이제 한계에 달했다.

나의 부족한 실력으로는 왕급 재목들만 상대할 수 있을 뿐, 진짜 왕들을 감당하지는 못하였다. 벨린다 님의 파이브 스피어 덕분에 어찌어찌 버티고는 있지만, 조만간 나는 한계에 부딪치리라.

저 사악한 씨클롭의 왕이 하나뿐인 눈알을 희번덕거리며 벨린다 님의 파이브 스피어를 빼앗기 위해 다가오고 있음이니, 나는 알블—롭 일족을 지키기 위하여 스스로 파이브 스피어를 온 우주에 흩어버릴 수밖에 없겠다.

파이브 스피어는 다른 종족의 왕들이 모두 손에 넣기를 원하는 보물 중의 보물!

안타깝게도 나와 알블—롭 일족은 그 보물을 지킬 힘이 없고, 약자에게 보물은 오히려 독이 될 뿐이구나.

이에 나는 휴대용 플래닛 게이트를 통해서 불 속성의 구슬을 우주 중심부로 보내버린다. 물 속성의 구슬은 외곽 우주로 멀리 보내버린다. 이어서 금속 속성의 구슬은 내가 끝까지 들고 있다가 내 목숨과 함께 씨클롭의 왕에게 넘겨줄 수밖에 없을 것이다.

Chapter 4

하지만 씨클롭의 왕이라면 내가 흩어버린 구슬들을 다시 모을 능력이 있겠지?

그 사악한 왕이 벨린다 님의 마법 아이템(?)을 모으도록 내버려 둘 수는 없음이니, 결국 나무 속성의 구슬은 내 스스로 깨뜨리기로 하자. 그리고 마지막 흙 속성의 구슬은 신왕님의 늑대 토템 뱃속에 넣어두어야지.

아아아!

우리 알블—롭 일족은 신왕님과 벨린다 님께서 돌아가신 이후로 크게 허약해져서 온 사방에서 강적들이 우리를 물어뜯고 있도다.

비참하게도 나는 뿔브의 왕에게 스스로 신왕님의 늑대 토템 한 쌍을 바쳐서 뿔브 일족의 공격을 중지시킬 생각이다.

결국 벨린다 님의 흙 속성 구슬은 늑대 토템의 뱃속에 담긴 채 뿔브 일족의 손아귀에 들어갈 테지.

설마 씨클롭의 왕이 제아무리 강자라고 하여도 뿔브 일족의 소유가 되어버린 늑대 토템까지 빼앗지는 못할 것이다.

아주 오랜 시간이 흐른 이후에도 씨클롭 일족이 벨린다 님의 파이브 스피어를 다시 모으지 못하게 만드는 것이 나의 목표다.

우주의 다른 종족들은 이미 깨어진 나무 속성의 구슬을 되살리지 못하리라.

하지만 씨클롭은 재현 마법에 최적화된 종족!

혹시라도 그들이 벨린다 님이 남기신 5개의 구슬 가운데 4개를 모으고, 그 구슬들의 신비로운 연계를 해석해낸다면, 내가 망가뜨린 나무 속성의 구슬을 재현해 낼까 봐 걱정되는구나. 그래서 나는 불가피하게 마지막 흙 속성의 구슬을 신왕 님의 늑대 토템의 뱃속에 숨겨 �쁠브 일족에게 진상품으로 바칠 수밖에 없도다.

알블─롭의 후손들이여.

선조님의 위대한 유산을 다른 종족에게 비굴하게 진상품으로 바치는 이 죄인을 용서치 마라. 또한 선조님의 유산을 스스로 망가뜨린 어리석은 이 죄인을 욕하고 또 미워하라. 이제 나는 더 이상 알블─롭 일족의 신녀가 아니다.

이상이 오래 전 알블—롭의 신녀가 남긴 일기장의 내용이었다.

이탄은 이러한 정보를 기억의 바다에서 건져 올린 뒤, 뇌세포 한구석에 처박아 두었다. 그러다 오늘 '암수 한 쌍의 늑대 토템'을 검색했는데, 예상치 못하게도 흙 속성 구슬의 행방에 대한 정보가 툭 튀어나와 버렸다.

'혹시 신녀가 흙 속성의 오행주를 숨겨놓았다는 늑대 토템이 흐나흐 족의 손에 들어간 것 아냐?'

가능성은 충분했다.

우선 쁠브 일족과 흐나흐 일족은 사이가 꽤 좋았다. 그러니 쁠브 일족이 진상품으로 받은 보물이 흐나흐 족에게 흘러들어 갔을 가능성도 다분했다.

'신왕이 죽은 지 꽤 오랜 세월이 흘렀지. 쁠브 족의 문어 대가리 녀석들은 늑대 토템이 뭔지도 모를 수 있어.'

이탄이 속으로 가만히 따져보았다.

오래 전 알블—롭 일족의 신녀는 쁠브의 왕에게 암수 한 쌍의 늑대 토템을 진상품으로 바쳤다.

이탄은 최근 흐나흐 족으로부터 암컷 늑대 토템을 빼앗았다.

'그때 토템의 뱃속에서는 법보의 기운이 전혀 풍기지 않았지. 흙 속성의 기운도 전혀 없었다고. 그러니까 암컷이

아닌 수컷 늑대 토템의 뱃속에 흙 속성의 구슬이 들어있을지도 몰라. 하하하. 그렇다면 그건 내 것이지.'

이탄은 오행주 가운데 세 번째 구슬을 찾을 수 있다는 희망에 기분이 유쾌했다.

삼신녀가 이탄의 대답을 한 번 더 종용했다.

[이방인 이탄, 그대가 원하는 바를 제시해 보라니까요. 어떤 조건이면 토템 탈환 작전에 참여할 건가요?]

[그럼 한 번 조건을 불러보겠습니다.]

이탄이 계약서의 초안을 그 자리에서 적어 내려갔다.

내용은 다음과 같았다.

—— 계 약 서 ——

1. 토템의 탈환 성사 여부와 상관없이 이탄은 토템 탈환 작전에 참여하는 것만으로도 최상급 수프리 나무의 뿌리 세 가닥을 제공받는다.

2. 작전 중에 흐나흐 족과 전투가 벌어질 경우, 다음의 조건에 따라 전공 점수를 산정한다.

　　—— 흐나흐 족 왕의 재목 한 명을 죽이면 전공 점수 30,000점, 물리치면 10,000점, 생포하면 40,000점.

　　—— 흐나흐 족 귀족 한 명을 죽이면 전공 점수

300점, 물리치면 100점, 생포하면 400점.

　　— 흐나흐 족 전사 한 명을 죽이면 전공 점수 3점, 물리치면 1점, 생포하면 4점.

　3. 전쟁이 끝난 뒤 전리품 분배 비율은 다음과 같다.

　　— 이탄 단독으로 획득한 전리품의 분배 비율 = 0(알블―롭) : 10(이탄)

　　— 이탄 주도로 획득한 전리품의 분배 비율 = 3(알블―롭) : 7(이탄)

　　— 이탄이 보조하여 획득한 전리품의 분배 비율 = 7(알블―롭) : 3(이탄)

　　— 기타 전리품의 분배 비율 = 9(알블―롭) : 1(이탄)

　4. 이번 토템 탈환 작전과 관련되어 발생하는 비용 일체는 알블―롭 일족이 부담한다. 이탄은 개인 생필품만 챙긴다.

　얼마 전 알블―롭 일족의 코벨은 흐나흐 족과의 거래를 대비하여 이탄과 계약서를 썼었다. 이탄은 그 계약서를 바탕으로 하되, 크게 세 가지 항목을 추가하거나 수정했다.

　이 가운데 이탄이 가장 먼저 추가한 부분은, 왕의 재목에 대한 전공 점수 산정이었다.

'지난번 흐나흐 족과의 거래에는 왕의 재목이 등장하지 않았지. 하지만 흐나흐 족 본진으로 쳐들어가면 왕의 재목과 싸우게 될 수도 있잖아? 왕의 재목은 귀족보다 100배는 비싸게 불러야 해.'

이것이 이탄의 계산이었다.

이어서 이탄은 전리품 배분 방법을 획기적으로 바꿨다.

지난번 흐나흐 족과 싸웠을 당시를 되새김질해 보면, 이탄이 주로 적들을 해치웠다. 그런데도 계약을 5대5로 해서 이탄은 전리품 가운데 일부만 가지고 나머지 물품들—물론 이탄에게는 별로 필요 없는 것들이었지만—은 그냥 알블—롭 일족에게 넘겨주었다.

이번에는 이탄이 독하게 마음을 먹었다.

'내가 단독으로 빼앗은 보물은 다 내 거야.'

이탄은 이런 욕심으로 계약서 3항의 첫 번째 줄을 새로 삽입했다.

그 다음 내친김에 두 번째 줄도 5대5에서 3대7로 바꿨다. 물론 이탄이 7이고 알블—롭 일족이 3이었다.

계약서의 내용을 받아보자마자 테숨이 콧김을 크게 뿜었다.

[아니, 뭐 이딴 계약이 다 있어? 삼신녀님, 참으로 너무

하지 않습니까? 이 계약대로라면 저 이방인은 아무것도 하지 않고도 최상급 수프리 나무의 뿌리를 세 가닥이나 받게 됩니다. 그리고 이방인이 단독으로 획득한 보물이야 그가 갖는다고 쳐도, 그가 전혀 기여하지 않은 보물도 10퍼센트를 가져가겠다는 소리가 아닙니까? 게다가 그가 별로 도움을 주지 않았더라도 조금만 기여도가 있으면 30퍼센트를 챙길 겁니다. 세상에 이렇게 날강도 같은 계약이 어디 있습니까?]

제8화
탈환대 임무 개시

Chapter 1

원래 테숨은 삼신녀를 극진히 보필하는 귀족이었다. 그녀는 감히 삼신녀 앞에서 이렇게 흥분하여 끼어든 적이 없었다. 테숨은 평소에 삼신녀의 허락 없이는 함부로 나서지 않았다.

그런 테숨이 지금은 머리꼭대기까지 화가 나서 뇌파를 크게 내보냈다.

삼신녀는 테숨을 꾸짖는 대신 이탄을 빤히 직시했다.

이탄이 배짱을 부렸다.

[삼신녀님께서는 최근 3일 동안 열두 대모들과 열두 현자, 그리고 알블—롭의 귀족들을 만나보셨을 겁니다. 그리

고 당연히 흐나흐 족과 거래 중에 벌어졌던 일들도 들으셨을 테고요. 제 말이 틀렸습니까?]

말을 하면서 이탄이 코벨과 아일라를 돌아보았다.

두 귀족이 움찔했다. 지난번 전투에서 이탄이 보여주었던 무지막지한 괴력과 무자비한 살육 장면이 두 귀족의 뇌리를 스쳐 지나갔다.

이탄이 다시 삼신녀에게 시선을 돌렸다.

[삼신녀님, 그 정도 활약을 했으면 이런 조건이 붙을 만하다고 봅니다. 내 생각이 틀렸습니까?]

[우웅.]

삼신녀가 고개를 좌우로 까딱거렸다. 모둠발도 시계추처럼 앞뒤로 흔들었다.

그러다 삼신녀가 활짝 미소를 지었다.

[좋아요. 이방인 이탄. 만약 우리가 이대로 계약을 한다면 그대는 토템 탈환 작전에 참여할 생각인가요?]

[그렇습니다.]

이탄은 선뜻 고개를 주억거렸다.

삼신녀가 계약서에 한 가지 항목을 보탰다.

[그럼 이 자리에서 계약을 하죠. 단, 그 전에 계약서에 5번 항목을 추가해야겠네요.]

[5번에 뭘 추가합니까?]

이탄이 물었다.

삼신녀가 웃음기 어린 얼굴로 뇌파를 보냈다.

[이번 작전의 목적은 우리 알블—롭 일족이 수컷 늑대 토템을 되찾는 거잖아요? 그러니까 설령 그대가 단독으로 수컷 늑대 토템을 탈환한다고 해도 그 토템을 그대에게 전리품으로 줄 수는 없어요. 다른 전리품은 다 가져도 되지만, 수컷 늑대 토템은 무조건 우리 거예요. 이방인 이탄, 그대는 내 말에 동의하나요?]

삼신녀의 주장은 어쩌면 당연한 것이었다. 이탄은 일체의 머뭇거림 없이 상대의 말에 동의했다.

[좋습니다. 계약서에 5번 항목을 추가하시죠.]

이탄의 말이 떨어지기 무섭게 삼신녀가 아일라에게 턱짓을 보냈다. 아일라는 종이를 꺼내어 계약서를 작성한 뒤, 거기에 5번 항목을 추가했다.

항목의 내용은 다음과 같았다.

5. 이번 작전을 통해 입수한 수컷 늑대 토템은 온전히 알블—롭 일족의 소유로 한다. 이탄은 수컷 늑대 토템에 대한 어떠한 권리도 주장하지 않는다.

삼신녀는 계약서가 작성되는 장면을 흐뭇한 눈으로 바라보았다. 코벨과 아일라, 오스트도 5번 항목을 추가로 집어넣어서 만족이었다.

오직 테숨만이 속으로 불만을 삭였다.

'체엣. 정말 마음에 들지 않아. 저 시건방진 이방인 녀석을 어찌 믿는담? 저 녀석이 언젠가 우리 알블―롭 일족의 해가 될 수도 있다고.'

테숨의 이글거리는 눈빛이 이탄에게 딱 고정되었다.

이탄의 왼쪽 눈동자가 테숨을 한 번 휙 훑고 지나갔다.

삼신녀와 계약을 마친 뒤, 이탄은 신녀전에서 물러나왔다.

이탄이 집을 떠나 7번 나무 군락까지 날아온 이유는 삼신녀를 면담하기 위해서였다.

[할 일을 다 마쳤으니 이제 집으로 돌아가야지.]

이탄은 소매 속에 숨겨두었던 날개 달린 늑대를 꺼냈다. 커다란 늑대가 날개를 몇 번 퍼덕거린 다음, 이탄의 발밑에 납죽 엎드렸다.

[가자.]

이탄은 단숨에 늑대의 등에 올라탔다.

우우우우우―.

날개 달린 늑대는 긴 울음과 함께 창공으로 날아올랐다.

이탄이 물러난 뒤, 삼신녀는 귀족들과 함께 몇 가지 사항을 의논했다. 이어서 삼신녀는 가상공간으로 들어가 12명의 대모, 12명의 현자들과 수컷 늑대 토템을 되찾기 위한 전략을 짰다.

Chapter 2

한 달이 훌쩍 지나갔다.

8월의 햇살은 대지에 불화살을 내리쏜 것처럼 뜨거웠다. 강렬한 폭염에 나뭇잎들이 바짝 타들어 갔다. 더위에 강한 알블—롭 일족도 대낮에는 햇볕을 피해서 집 안에만 머물렀다.

이탄도 마찬가지였다.

아니, 이탄은 대낮뿐 아니라 한밤중에도 집 밖으로 나오는 법이 없었다.

[집안에 꿀이라도 발라놓았나? 아니면 이여쁜 노예라도 숨겨놓았나? 대체 뭐야?]

이탄의 옆집에 살면서 이탄을 남몰래 지켜보던 알블—롭 일족의 정찰병이 이렇게 투덜거렸다. 솔직히 말해서 정찰병은 상부에 보고할 거리가 너무 없어서 심심했다.

8월 4일.

이탄이 모처럼 집을 나섰다.

이탄은 가벼운 차림에 조그만 배낭만 하나 짊어졌다. 이탄의 행색을 보면 더위를 피해서 플라모 강에 물놀이라도 나가는 것 같았다.

사실은 그게 아니었다. 이탄은 지금 까마득하게 먼 행성으로 늑대 토템을 탈환하기 위해서 출전하는 중이었다.

나흘 뒤인 8월 8일.

이탄과 알블—롭의 귀족 6명이 7번 나무 군락에 모였다. 이 자리에 모인 이들이 바로 삼신녀가 직접 선발한 토템 탈환 작전 부대, 줄여서 '토템탈환대'였다.

토템탈환대의 대장은 오스트.

부관은 코벨.

여기에 아일라 가모와 티핀 가모가 탈환대의 척후 역할을 맡았다. 그녀들은 신체를 안개로 변화시키거나 어째신 능력을 타고 나서 척후병 임무에 적격이었다.

무력이 뛰어난 카이림과 슈이림은 침투 및 파괴공작을 담당했다.

테숨은 공격력도 발군이지만 방어력이 알블—롭의 귀족들 가운데 가장 뛰어났다. 따라서 그녀는 토템탈환대의 후방 방어를 홀로 전담하게 되었다.

마지막으로 이탄은 적과 교전이 벌어졌을 때 갑자기 뛰어나와 적을 짓뭉개버리는 임무를 맡았다.

삼신녀는 이상 8명에 이어서 길잡이 2명과 광대 한 명을 토템탈환대에 투입했다.

길잡이들과 광대의 정체는 토템탈환대의 대장 외에는 아무도 몰랐다. 심지어 이 3명은 토템탈환대와 함께 출발하지도 않았다. 오스트는 길잡이들과 광대가 흐나흐 족의 현지 행성으로 직접 투입될 예정이라고 말했다.

총 11명의 토템탈환대 대원들 가운데 8명이 플래닛 게이트로 이동했다.

알블―롭 일족의 플래닛 게이트는 7번 나무 군락에서 동쪽으로 나흘 거리에 위치해 있었다. 대장인 오스트의 설명에 따르면, 플래닛 게이트는 이미 모든 이송 준비를 마쳤다고 했다. 삼신녀와 알블―롭의 현자들이 미리 확보한 암컷 늑대 토템을 활용하여 수컷 토템의 정확한 위치 좌표를 계산해내었다.

알블―롭의 대모들은 그렇게 계산된 위치 좌표로 이탄 등을 날려 보내기 위하여 플래닛 게이트를 수정했다.

물론 12명의 대모들이 게이트를 직접 건드리는 것은 불가능했다. 그녀들은 나무 군락과 한 몸을 이루고 있기 때문이었다.

대신 대모들의 명을 받은 알블—롭의 귀족들이 대모들이 지시한 대로 플래닛 게이트의 거대 스톤에 새겨진 문자들을 바꿨다. 스톤의 위치와 각도도 다시 조정했다.

그렇게 수정된 플래닛 게이트에 이탄을 포함한 토템탈환대 8명이 나타났다.

[어서 오십시오.]

플래닛 게이트를 지키던 알블—롭의 병사들이 비장한 표정으로 길을 열어주었다.

오스트 대장이 선두에서 걸었다.

나머지 대원들은 두 줄로 그 뒤를 따랐다. 저벅저벅 울리는 토템탈환대의 발걸음 소리가 비장함을 더했다.

마침내 토템탈환대 전원이 스톤으로 둘러싸인 게이트 중심부에 들어섰다. 오스트가 게이트 외곽을 지키던 병사들에게 명했다.

[시작하라.]

[넵.]

병사들은 상급 음혼석을 꺼내서 게이트 주변에 꽂기 시작했다.

플래닛 게이트 주변에는 복잡한 마법진이 다섯 겹으로 둘러싼 상태였다. 마법진에는 489개의 홈이 복잡한 선으로 연결되어 있었는데, 이 홈 하나하나가 상급 음혼석에 해당하는 양의 음차원 마나를 요구했다.

병사들은 반복훈련을 받은 듯 능숙하게 음혼석을 제자리에 꽂았다.

12명의 대모가 설계한 마법진이 489개의 음혼석이 방출하는 음차원의 마나를 집약하여 스톤에 공급하였다.

우우우우웅―.

에너지를 공급받자 스톤이 무섭게 진동했다. 스톤 아래쪽에 새겨진 기괴한 문자들이 황금빛 광채를 토해놓았다.

해괴하게도 스톤에 새겨진 문자들이 스톤 밖으로 튀어나와 톱니바퀴처럼 튜르릉 튜르릉 회전했다. 그러면서 스톤 전체를 파란 빛깔과 황금 빛깔로 물들였다.

쩌저적, 쩌저저적, 쩌저저적!

이윽고 그 광채들이 벼락처럼 뿜어져 나와 각각의 스톤들을 연결했다. 마치 벼락이 사슬에 엮인 것처럼 하나로 연결되었다. 파란 빛깔의 체인 라이트닝(Chain Lightning)이 형성되면서 장관을 이루었다.

벼락으로부터 쏟아져 나온 시퍼런 전하는 플래닛 게이트 전체를 뒤덮었다. 게이트 전체가 우두두두 공진을 일으키다 못해 공간을 찢고 시간축을 뒤틀었다.

'어디 보자. 뭐가 달라졌나?'

이탄은 5개월 전 플래닛 게이트의 옛 모습과 지금의 달라진 모습을 머릿속으로 비교했다.

5개월 전의 플래닛 게이트는 미리 정해둔 위치로만 이송이 가능했다. 또한 도착 지점에도 반드시 플래닛 게이트가 설치되어 있어야 이송할 수 있었다. 이렇게 '쌍방향 게이트'의 경우 마법진이 비교적 간단하고 마나 소모량이 작았다.

Chapter 3

지금은 상황이 예전과 달랐다.

우선 새로운 행성의 위치 좌표가 플래닛 게이트에 적용되어야만 했다. 그에 따라 새로운 좌표에 대응되는 문자가 스톤 표면을 뒤덮었다.

또한 이번에는 도착 지점에 플래닛 게이트가 존재하지 않았다. 기존의 쌍방향 게이트와 달리 '단방향 게이트'는 마법진이 무척 복잡하고 마나 소모도 엄청났다.

예전과 지금의 차이를 비교하자 이탄은 플래닛 게이트를 어떻게 사용해야 할 것인지 감이 잡힐 듯했다.

'다행히 기억의 바다에서 획득한 정보 가운데 플래닛 게이트와 관련된 것들이 좀 있었지. 지금 스톤의 모습과 그

정보들을 병행해서 연구해 보면 장차 휴대용 플래닛 게이트를 구동할 수 있을 거야.'

이탄이 눈을 반짝였다.

이윽고 스톤의 진동이 극에 달했다. 새파랗게 번쩍이는 전하들 사이에서 황금빛 광휘가 폭발하듯이 뿜어졌다.

번쩍!

신왕의 늑대 토템을 되찾아오기 위한 탈환대 8명이 일순간에 자취를 감추었다. 대원들은 눈 깜짝할 사이에 머나먼 우주 저편의 낯선 행성으로 날아갔다.

행성의 하늘은 저녁노을에 물든 것처럼 붉었다. 그 하늘로부터 새파란 번개가 번쩍 내리쳤다.

콰콰쾅!

뒤이어 우렛소리가 울렸다.

특이한 현상은 아니었다. 이곳 행성은 워낙 날씨 변동이 심하고 번개가 자주 내리쳐서 거주민들은 모두 번개에 무관심했다.

번개 속에서 8명이 튀어나와 비틀거렸다.

[우우욱. 속이 다 뒤집히는군.]

인상을 잔뜩 쓰면서 중얼거린 자는 다름 아닌 오스트 대장이었다.

[플래닛 게이트를 여러 번 타봤지만 이처럼 고통이 심한 경우는 또 처음입니다.]

코벨이 맞장구를 쳤다.

그래도 오스트는 대장다웠다. 토템탈환대 가운데 이탄을 제외하면 가장 먼저 신체균형을 되찾고 주변을 둘러보았다.

[정확한 장소에 도착했겠지? 그렇다면 곧 길잡이가 나타날 텐데…….]

오스트가 이렇게 독백할 때였다. 그의 독백에 반응이라도 하듯이 옆에 있던 바위가 대답을 했다.

[자네들이 바로 세 갈래 나무 님이 보낸 자들인가?]

[으흡?]

오스트가 흠칫 놀라 몸을 돌렸다.

오스트의 옆, 커다란 바위가 쿠르륵 일어나 날카로운 집게발을 펼쳤다. 그런 다음 집게발이 다시 10분의 1로 줄어들어 사람의 팔뚝으로 변했다. 바위도 함께 줄어 사람의 몸통이 되었다.

몸통 안쪽에서 더벅머리 노인의 머리통이 툭 튀어나왔다. 이어서 땅 속에서는 사람의 다리처럼 보이는 것들이 무 뽑히듯이 쑥쑥 빠져나왔다.

[로셰—랍 일족!]

오스트가 깜짝 놀라 외쳤다.

더벅머리 노인이 뒤통수를 긁었다.

[허어. 우리 일족은 아는 자가 별로 없는데? 제법 안목이 있군.]

말이 노인이지, 얼굴을 제외한 노인의 몸뚱어리는 건장하기 이를 데 없었다. 뇌파도 쩌렁쩌렁하여 전혀 노인이라는 느낌이 들지 않았다.

로셰―랍 노인이 다시 한번 오스트 일행에게 물었다.

[자네들이 바로 세 갈래 나무 님이 보낸 자들인가?]

다른 대원들은 노인의 질문을 이해하지 못했다. 오직 오스트만이 이 상황을 이해했다. 오스트가 빠르게 고개를 끄덕였다.

[맞소이다. 그분이 우리를 여기로 보내셨소.]

[그렇군. 그럼 우선 복장부터 갈아입지.]

로셰―랍 노인은 머리 쪽이 뾰족하고 밑은 펑퍼짐한 로브 8개를 휙 던져주었다. 8개 모두 붉은 벨벳 감촉이었다.

오스트가 토템탈환대 대원들에게 눈짓을 보냈다. 그러면서 본인이 먼저 의복을 훌렁 벗고 붉은 로브로 갈아입어 시범을 보였다.

그러자 나머지 대원들도 후다닥 의복을 바꿔 입었다.

[나를 따라오게.]

로셰―랍 노인이 지팡이를 짚고 비탈길을 내려갔다.

그러고 보니 이곳은 가파른 산의 중턱 어림이었다. 토템 탈환대원들은 로셰―랍 노인의 뒤를 따라 경사가 진 비탈길을 내려갔다.

하산을 하는 중에도 붉은 하늘에선 번개가 계속 떨어졌다. 적홍색 구름이 산봉우리 방향으로 몰려들면서 붉은 비를 뿌렸다.

로셰―랍 노인은 하늘을 째려보며 혀를 찼다.

[쯧쯧쯧쯧. 또 비가 오는구먼. 계곡물이 불어나기 전에 어서 내려가세.]

노인은 산을 타는 일에 익숙한지 발걸음이 여간 빠르지 않았다.

오스트 등도 뒤처지지 않도록 속도를 내었다.

2시간에 걸쳐서 하산을 하는 동안, 비는 내렸다가 그쳤다가를 수차례나 반복했다. 그 사이 벼락은 수백 번도 더 낙하했다.

일행이 그렇게 한참을 내려오자 마을 하나가 보였다.

마을의 건물들은 조개껍질 가루를 구워서 벽을 세우고 그 위에 주홍빛 기와를 덮어 지붕을 만든 형태였다. 이 마을의 건물들은 전반적으로 둥글둥글하게 생겼다. 다만 원추형의 기와지붕만큼은 뾰족했다.

로셰―랍 노인이 굵은 손가락으로 마을 한쪽을 가리켰다.

[저기에 내 집이 있네. 이틀간 거기서 머물게야. 그런 다음 내가 다음 길잡이에게 데려다 줌세.]

[다음 길잡이요? 그게 누굽니까? 그 길잡이도 로셰―랍 일족입니까?]

오스트가 로셰―랍 노인에게 질문 세례를 퍼부었다.

로셰―랍 노인은 무뚝뚝하게 오스트의 질문을 잘랐다.

[더는 묻지 말게. 그게 세 갈래 나무와 내가 한 약속이야. 나도 자네들이 이곳에 나타난 목적이나 정체에 대해서는 묻지 않겠네. 나는 그저 자네들을 다음 길잡이에게 데려다줄 뿐이지, 다른 것은 관심 밖일세. 그러니 자네들도 그 이상은 알려고 하지 말게.]

[알겠소이다.]

오스트는 노인의 말에 수긍했다.

지금 토템탈환대는 위험한 일에 뛰어든 상황이었다. 이런 중에 로셰―랍 노인이 깊게 끼어드는 것은 위험을 자초하는 일이었다.

그때부터 토템탈환대와 로셰―랍 노인은 한 마디도 말을 섞지 않았다.

노인은 그저 앞장서서 걸었고, 대원들은 붉은 로브의 깃을 여미며 총총걸음으로 노인을 뒤따랐다.

〈다음 권에 계속〉